名/家/忆/往
系/列/丛/书

汪兆骞 主编

周大新 著

自在

中国文史出版社

图书在版编目（CIP）数据

自在 / 周大新著. —北京：中国文史出版社，2018.12
（名家忆往系列丛书 / 汪兆骞主编）
ISBN 978-7-5205-0855-1

Ⅰ.①自… Ⅱ.①周… Ⅲ.①回忆录—作品集—中国—
当代 Ⅳ.①I251

中国版本图书馆 CIP 数据核字（2018）第 266604 号

责任编辑：李晓薇

出版发行：中国文史出版社

社　　址：北京市海淀区西八里庄 69 号院　　邮编：100142
电　　话：010 - 81136606　81136602　81136603（发行部）
传　　真：010 - 81136655
印　　装：北京新华印刷有限公司
经　　销：全国新华书店
开　　本：880mm × 1232mm　1/32
印　　张：9.375
字　　数：202 千字
版　　次：2019 年 6 月北京第 1 版
印　　次：2019 年 6 月第 1 次印刷
定　　价：48.00 元

个人印记的精神图景

——关于散文的絮聒之三

汪兆骞

　　记得壬辰年之春，曾应中国文史出版社之邀，为该社主编过一套"当代著名作家美文书系"散文丛书。所选皆与我熟稔的著名作家之散文名篇，每人一卷。经年老友多过花甲之年，正是"老去诗篇浑漫与"，其为文已到随心所欲之化境，锦心绣口，文采昭昭，自出杼机，成一家风骨。文合为时而著，本人性，状风物，衔华而佩实。我在总序中说："这些大家的散文，是血肉之躯与多彩现实撞击出的火光；是人性与天理对晤出的大欢喜、哀凉与哲思；是直面人生，于世俗烟火中，发现芸芸众生灵魂绽放出人性光辉的花朵；是针砭世事，体察生活沉重，发出的诘问。高山安可仰，徒此揖清芬，篇篇似兰斯馨，如松之盛，赠君以言，重于金玉，乐于琴瑟，暖于棉帛。"

　　该丛书面世之后，反响不俗，其中莫言、陈忠实两卷尚获重要文学奖项，可惜仅出版六卷，便草草收场。问题不少，但其主要原因，是我已准备十多年的七卷本"关于民国大师们的集体传记"《民国清流》系列的撰写，到了不能再拖的地步，实在无力分心旁骛，只能抽身。

忽忽六年过去，早已在眉梢眼角爬上恁多暮气的我，已成白头老翁，所幸七卷本《民国清流》，在晨钟暮鼓、花开花落中，陆续顺利出版，且另一长卷《文学即人学：诺贝尔文学奖群星闪耀时》，也即付梓。此时中国文史出版社再次请我主编"名家忆往系列丛书"，鉴于壬辰年所主编丛书，虎头蛇尾，一直心怀愧歉，便欣然从命。于是再邀文坛名家老友，奉献散文佳作。幸哉，老友鼎力相助，纷纷响应。惜哉，一贯为散文发展热情捧薪添火，"纵横正有凌云笔"的贤亮、忠实二君，已不幸驾鹤西行。"西忆故人不可见"，只能"江风吹梦到长安"了。

本人一生以职业编辑之身羁旅文学，在敬畏、精诚、庄严、隐忍中，为人作嫁衣裳，便有了与诸多作家和他们的文字相知对晤的机缘。哲人云"缀文者情动而辞发，观文者披文以入情"。徜徉于作家们"笼天地于形内，挫万物于笔端"的文字里，读出他们灵魂中的人文关怀、文化担当和审美个性。如芙蓉出水，似错彩镂金，辨而不华，质而不俚，风调高雅，格力遒劲，文里寄托着他们太多的人生思考，太浓的文化乡愁。

在中国现当代文学创作体裁格局中，散文承载着民族文化和民族心理的丰厚蕴涵，但综观当下散文创作，呈现一种浮躁焦虑状态，缺乏耐心解构，"过于正确与急切的叙事"

抒情，其面目无论多么喧嚣与璀璨，都不过是"现实的赝品"，致使一端根植在现实大地、一端舒展于精神天空的散文艺术，弥漫着文化废墟和精神荒原的气息。

编这套名家"忆往"散文丛书，所选皆是作家记住或想起保留在脑子里过往事物印象的文学书写。人生天地间，若白驹过隙，忽然而已。往事俯仰百变，人生如梦，"人生到处知何似，应似飞鸿踏雪泥"。那雪泥上留下的爪痕，便是人生行旅的印迹。作家在回忆人生往事时，举凡小事大道，说的都是自己对过往的所思所悟，其间自有人生的哲学睿智、思想境界和灵魂风骨。他们在山河人群和过往的历史中寻找自己，确证自己的命运过程，从中可看出行于江湖的慷慨悲凉、缠绵悱恻的种种气象。他们是带着哲学思辨意味的作家学者的气质，赋予个人印记以精神脉络的，忆往便构成共和国历史生活图画的一部分。

文者，言乎志者也，散文之道，理性与感性、世俗与审美、形而上与形而下之间的穿梭徘徊，胡适先生云："有什么话，说什么话。"说真话，说新话，说惊世骇俗之话，说"人人心中有，个个笔下无"的禅机妙语。另又想起壬戌年岁尾，去津门拜望孙犁先生，寒暄之后，知先生刚为我就职的人民文学出版社要出版的《孙犁散文集》写完序，即向先生请教散文之道。先生笑而不语，遂将其序示我。其序简约，语言平实，只谈了三点"作文和做人的道理"。年代虽久远，先生关于好散文的标准，仍铭记于心，便是：要质胜于文，质就是内容和思想；要有真情，要写真相；文字要自然，若反之，则为虚伪矫饰。先生之于文，可谓闳其中而肆其外。灵丹一粒，合要隽永。如何写好散文，胡适、孙犁两位大师以三言两语警策之言，已说得明明白白。但让人不解的是，总是有些论者，把散文创作说得神乎其神，看似格韵高绝，然如雾里看花，终隔一层。诸如异想天开，鼓吹什么体裁层面上移形换位的跨界写作便可商榷。

编此丛书，无意匡正散文创作的现状，只想向读者推荐货真价实的好散文。于是从他们的作品中，揽片羽于吉光，拾童蒙之香草，挑出"天籁自鸣天趣足，好文不过近人情"的既有人间烟火气，又"有真情""写真相"的"尽美矣，又尽善也"（《论语·八佾》）的美文，编辑整合，以飨读者。

诗书不多，才疏学浅，序中难免有谬误之论，方家哂之可也。对中国文史出版社和诸作家为构建书香社会捧薪添柴的精神，深表敬意。

　　　　　　　戊戌年初秋于北京抱独斋

目 录

第一辑

昨日琴声

也许随着人的年纪的增加，随着人的阅历的增多，人都会抛弃过去曾经一心追求的东西……

在 乡 间

我来到这个世界上时，20 世纪已经过去了 52 年；在中国的土地上持续了多年的战争也终于平息下来。这个世纪送给我童年的礼物，除了社会的安定之外，还有贫穷和艰难。所以我很小就学会了割草、拾柴、放羊和剜菜。这诸种活儿给幼小的我带来过苦累，也带来过很多的乐趣，我对田野、对草地、对树林、对大自然的深爱之情就是从那时建立的。

我 6 岁半开始进乡村小学读书。我就读的那所小学叫河湾小学，河湾小学的校舍被一条名叫柳丰的弯弯的小河环抱着，半床清澈河水的浅唱伴着我和同学们整日的读书声。那时疟疾还在乡间肆行，我记得我常常被疟疾击倒，盖几床被子睡在阳光下的山墙旁还依然抖个不停。"打摆子"过后我常常无力行走，但受尽了不识字之苦的父母总鼓励我坚持上学，病后的我有时被父亲背送到学校，有时则是让也在小学读书的一个远房姑姑背着我到校。那位远房姑姑长我七八岁，她上学晚，年龄大力气也大，我至今还记得把双手环在她的脖子里把头搁放在她肩上的那种摇摇晃晃的舒服之感。愧疚的是当我成年之后，我很少再去看望这位嫁在邻村的远房姑姑。

家境的窘迫使我知道我必须把书读好，不然就会愧对父母。我的语文和算术成绩一直不错，我当过班里的学习委员。我的一些作业本都是学校奖励的，这些小小的奖励不仅多少减去了我家庭的一点负担，而且给了我能学习好的自信和勇气。我把那些印有"奖品"二字的作业本保存到当兵之前。

　　我是一个胆小的孩子，我不知道是什么原因造成了我的这一脾性。我害怕看打架的场面，一旦看见有人捋袖要打架，我总是赶紧避远。有时因为做什么游戏惹怒了别的同学，每当他们开口辱骂或是伸拳要打时，我总是吓得要哭。我小时候虽然也胖但力气不大，我想我的懦弱可能与气力不大有点关系。当然，我的内心里也很要强，每当受了别人欺负的时候，我总在心里说：咱们等到考试时再说吧，我的考试成绩一定要压过你！

　　我小时候的肤色很黑，即使今天也不白。娘说我小时候在水塘里洗了澡再经阳光一晒，浑身黑亮黑亮。村里的几位远房爷爷常叫我"黑胖"。每当我吃饱了饭把黑亮的肚子腆起时，那些爷爷见了不是用手指弹我的肚子就是用烟袋锅敲我的肚子。我小时候很能吃，晌午饭吃三碗面条，下塘洗了澡上来还能再喝一碗。几碗面条把我的肚子撑得好高，走起路来总是一晃一晃。我小时候一直被"饿"这个家伙死死缠着，白馍面条、胡辣汤、饺子、"锅出溜"这些饭食一直诱惑着我。我那时常心存一个愿望：如果我日后学成当了官，一定要好好吃几顿白馍！

　　我的爷爷和外婆在我出生前都已过世，奶奶和外爷是在我读小学时先后去世的。对奶奶和外爷的面相我已记不清楚，但他们给我做好吃的东西的事儿还留在我的记忆里。我记得奶奶总把特意为我保存的白馍掰碎泡进开水碗里，而后在碗里撒点盐倒一滴香油让我吃，这种叫"馍花"的加餐已经永久地留到了我的脑子中。外爷虽是个男子汉，但他做"锅出溜"的手艺很好，我认为他做的"锅出溜"是我此生吃过的最好吃的东西。

因为我是长子，父母对我很是溺爱，打我的次数不多，但也有过。我记得较清的一次是父亲用脚踢我，是当着众人踢的而且踢得很疼，那次为了反抗也为了报复，我在家里那张方桌的桌撑上拴了一截麻绳，而后对娘申明我要上吊而死，娘又气又好笑地用剪子把那截麻绳剪了。

我10岁半那年结束了初小的学习并考上了高级完小。高级完小在离家六里的构林镇上。我是在秋天的一个艳阳高照的上午背着一个用花布缝成的书包和几个杂面馍去构林高小报名的。从此，我的又一段生活开始了。

在 构 林

构林是一个不大的镇子，位于宛襄公路的中段。古时候它是一个驿站，在很长的冷兵器时代，拥有寨河和寨墙的它曾是这条通道上的一个关口，所以它又称构林关。

我在构林镇读完了高小、初中和高中。在我求学的这段日子里，构林镇萧条得可怜。两条不长的街呈十字形摊开，街上的店铺十分稀少，我记得有一个百货店、两个土产杂品店、两个饭馆、一家照相馆、一个邮电所和一个粮管所，还有一个很少开门的戏院。但就这样一个世界也令我十分新奇，它比我住的村庄和我们那个河湾小学，要大得多，也热闹得多了。

我们的学校在镇南边，高小在西，中学在东，两校只隔了一条并无多少水的小河。我读高小时不住校，每天早上天不亮就起床，喊上同村的同学一起往六里外的学校走。每天下午放学后，再步行回家。中午带点干粮和捣碎的咸辣椒在学校里吃。干粮就是娘用最好的红薯干碾成面后给我烙的饼，那种饼很黑，凉了以后好硬，好在学校的教师食堂有一个工友专门负责给学生用笼屉把干粮再蒸热，还负责供应开水。每天上午的第二节课结束以后，带干粮的同学们就把自己带的干粮送到伙房放进笼屉里去，为了防止弄混，同学们要么是把自己的饼子装在一个小布袋放到笼屉上蒸，要么是用一根刻有姓名的筷子把饼子串成一串放到笼屉上。我常常采用的是后者。就是这种吃法败坏了我对饼的胃口，使我此后再看见饼，不管它是用什么面做的，心里就难受就无吃它的兴致。

在高小的两年里，给我印象最深的教师是教我语文的两位班主任，一位叫范荣群，一位叫郑恒奇。两位教师都经常鼓励说我的作文写得好，在作文评讲的时候，还常对班里的同学们念念我的作文，"五一"节、国庆节学校出特刊，两位教师总把我的作文荐到特刊上发表——就是用墨笔抄在大白纸上贴到墙上。这些小小的表扬和看重，满足了我的荣誉心也刺激了我学习语文的兴趣。我除了完成规定的语文作业以外，还抽空写一些作文，这些作文的内容我已经记不起了，但它们大概是我最早的散文写作练习。也就是从这个时候起，我开始读课外书——小说，我读得最早的小说是《高玉宝》，这本自传体小说曾让我着迷了好长一段日子。

升入初中之后我开始住校。娘给我缝了一床大被子，爹用麦秸给我织了一个铺床的稿荐外加一领高粱秸席，我就这样睡进了那个容纳四十个男生的大寝室。冬天的寝室里放一个大木尿桶，半夜里我常被哗哗的撒尿声惊醒，所幸我那时正是贪睡的年纪，这响声并不妨碍我很快又沉入梦乡。

住校后的吃饭成了大问题，三顿饭都吃干粮显然不行，但三顿饭都在学校食堂买着吃家里又拿不出这部分钱。爹娘先是让我在学校附近一家亲戚家吃，后来又让我自己单独做。爹给我买了一口小锅，在学校旁边的一个村子里找了一个熟人，让我在他家的灶屋里用几块土坯把锅支起来，爹每隔两三天给我送来一点柴火、一点娘预先擀好的面条、一点苞谷糁和洗净的红薯。我的做饭手艺就是在这段日子锻炼成的。但我实在不愿自己动手做饭，一则是懒，一则是自己做的饭太不好吃。后来总算有了一个办法：学校近处一个孤独的老汉愿意为我们这些吃不起学生食堂的远乡孩子做饭，不收任何钱，条件是管他吃饭，每个学生家里每个月多送四斤面来。于是我们一共12个远乡同学凑在一起吃饭。这段搭伙吃饭的日子留给我最深的记忆是唯恐自己吃不饱。老人每顿把饭一做好，我们12个人就围了上去，争着去先盛饭，唯恐别人吃得多自己吃得少。饭盛到碗里以后，大家谁也不说话，只一个劲呼呼地喝，12个人吞起面条来真像刮风一样，为了抢在别人前头多吃一碗，有时嘴里都烫出了泡。

我们这所中学里有一个藏书几万册的图书馆，还有一个不错的阅览室。这两处地方加浓了我对写作和文学的兴趣。我常到学校的阅览室里去看各种各样的文学杂志，我最爱读的是《奔流》。我有一个借书证，我用它从图书馆里借来了《一千零一夜》《青春之歌》《战火中的青春》《长城烟尘》《红岩》《林海雪原》《敌后武工队》《红旗谱》等一大批小说，这些小说把我领进了一个个新奇的世界。我对作家的敬佩就是在这时候生出的，"我要能写一本书那该多好"的企望就是在这当儿像豆芽一样从心里拱了出来。

不幸的是"文化大革命"开始了，这场"革命"把我那个刚刚出芽的愿望一下子砸断，大批的作家被划为"黑五类"，让我

自
在

感到了当作家的可怕。这场"革命"给我的唯一好处是让我外出串联了两次：一次是坐车，我到了武汉，到了株洲，到了南京，到了郑州；一次是步行，沿襄樊、荆门、荆州、沙市、公安、益阳、湘阴这条路走到了韶山，后来又到了长沙和上海。这两次串联让我大开了眼界，让我知道了外面的世界原来很大。

学校完全"停课闹革命"之后，我曾经回家干了一段时间的农活。在干农活的单调时光里，我读了浩然的长篇小说《艳阳天》，这是在当时唯一可以找到的小说。这部小说的思想和艺术价值不管今天怎么评价，但在当时它确实深深地吸引了我，萧长春这个书中的人物是那样鲜活地站在我的面前，他使我再一次感到了小说这个东西的奇妙。原来被砸断的那个想写一本书的嫩芽，又一点一点地从心里挺了起来。

复课闹"革命"之后我被贫下中农推荐上了高中。但这时我的家已经更穷，每星期去学校时能拿到五毛钱都属不易，穷困使我迫切地想离开农村。况且这时的高中已经学不到什么东西，我们常常被派下去学农，我曾到拖拉机站，跟随开拖拉机的师傅们下乡学开东方红链轨式拖拉机犁地。我渐渐看明白，这辈子要想不当农民，靠上学读书是不行了，必须另想法子。恰好，1970年12月，山东的一个部队来小镇招兵，我报名后，因身高一米七八可当篮球队员而被顺利批准。12月下旬的一个早晨，我们这些新兵坐上了汽车，我的军旅生涯随着汽车在寒风中的启动而开始了。

这段小镇上的求学生活和对文学的最初向往，为我今后以操作文字写小说为生打下了最早的基石……

一盅茶

那家开在大街上的茶馆之所以吸引着我，不是因为茶，那时的我对茶是什么滋味尚不清楚，对喝茶有啥好处更不明白。我之所以常常走近它，是因为它里边有唱坠子书的。唱河南坠子的是一男一女，男的有50来岁的样子，眼有些昏蒙，但偶尔应腔时声音却响得震耳；女的年轻些，脸长得很耐看，尤其是嗓子脆生。那男的把弦子拉得极是抑扬动听，女的唱起来吐字很清且十分悦耳。常常是弦子一响，满茶馆的茶客便都静了下来，只听那女的脆脆地叫上一声：列位听官，昨日唱到樊梨花夜深思郎，咱们今日接唱樊梨花天明进到后花厅……

我一有机会总是扒在门框上探了头去听。这当然不过瘾，一是有些唱句听不太清，影响我记住故事的情节；二是茶馆伙计来来回回地给茶客的茶盅续水，不时截断我的视线，使得我看不清楚那女的表情和手势。因此，我一直想找机会溜进茶馆，以便听个仔细看个痛快。但这并不容易，茶馆老板对不喝茶只听唱的人极其反感，尤其是对我们这些穷学生，他决不让一个蹭听的人混进茶馆里。胖胖的他总是站在门口，盯着往里进的人，谁进门，必得先交一毛茶钱。我哪里有钱去喝茶？即使口袋里有钱，也是供上学用的，怎舍得交给他？

　　一天，正当我站在门口探头去听时，街上忽然有人喊老板出去有事，没有了把门的人，我心中一喜。那日唱的好像是一出武戏，戏里边的双方正打得热闹，我急切地想听个明白，于是就不管三七二十一地溜进了茶馆。我听得很过瘾，且目不转睛地看着那女的边唱边做各样手势。我渐渐进入了戏中角色的喜怒哀乐之中，当一个角色因为胜利哈哈大笑时，我竟也出声地呵呵笑了。我的笑引起了茶客们的侧目，也跟着引起了重又站在门口的老板的注意。只见他手拎一条擦汗的毛巾大步朝我走过来，我自然开始慌张，有心想跑，无奈茶馆的回旋空间太小，我没法逃脱，只好等他走近我并拎住了我的耳朵。我被拎到了一个墙角。老板凶凶地看住我并用手指点着我的鼻尖压低了声音喝问：你说咋办？

　　我低头搓着衣角，没有回答。我真的不知道咋办才好。

　　两个办法，头一个是你去给我挑十担水！

　　我望了望茶馆炉前的水桶和扁担，它们不是我这身个能挑起来的。我嗫嚅着说：我挑不动。

　　挑不动就老老实实给我出一毛茶钱！

　　我把身上的两个口袋翻过来让他看：全是空的。

　　那就用你的书包换！

　　我急忙抱紧了自己的书包：一毛钱就能换我的书包？

　　反正你今天不给钱就别想出老子的茶馆门，你这个小赖皮！

　　有一些茶客开始嬉笑着回头看我。

　　满脸屈辱的我最后只好从书包里摸出了一支新铅笔：我这铅笔是用一毛钱买的，给你！

他接过去认真地看了一阵，才点点头说：好吧。

我流着眼泪看着他转过身去，这时我突然意识到，就这样结束此事有点不公平，我叫住他说：给我送一盅茶来！

他回头有些发怔地看着我。

我既是付了茶钱，你就应该给我上茶！

他没再说话，只是扭头去给我沏了一盅茶，端来重重地放到了我面前的桌上。我挺了挺身子，在凳子上坐下，我原本是想像别的茶客那样一脸平静地边听坠子书边喝茶的，可当我端起茶盅去吹漂在水面上的茶叶时，我的眼泪流得有些急了。那是我第一次正正经经地喝茶，可我并没有喝出什么滋味，更不知道是用什么茶叶泡的。不断线的眼泪使我没能把那盅头泡茶喝完便跑出了茶馆，连我最喜欢听的坠子书也没去听了……

自
在

夏夜听书

少时，夏夜里最有趣的事儿，莫过于听大鼓书。

农人们收完麦种罢秋之后，夜晚天热一时睡不着，便要请附近的鼓书艺人来说段书热闹。说书人一来，大伙儿拿把蒲扇拎个小凳往月亮下一坐，静听说书人说一段或喜或悲的古时故事，也算一种享受。

在我们那一带村子中，最有名的大鼓书艺人要数秀成。秀成姓冯，那时有 40 来岁，口才极好，鼓的敲法也与寻常艺人不同，逢他来说书，村中很少有人不去听的。

村中夏夜说书通常都在老碾盘旁的大空场上，那个长满葛麻草的空场足够坐几百人。哪天晚上秀成要来说书，一般都有前兆，这前兆就是村上有人拎一个口袋，挨家挨户收苞谷。每家人不管人口多少，一律用吃饭的碗舀一碗苞谷粒出来倒进那个口袋，这收起来的苞谷是给秀成的酬劳。村上不管平日多么抠门的人家，舀这碗苞谷时都很痛快，因为这碗苞谷立马就会换回一阵享受哩。

我们这些孩子，一见有人收苞谷，就知道晚上秀成要来说书了，于是就催娘早做晚饭，而且在天还不黑时就搬了家中的凳子去老碾盘前占位置，那位置当然是离秀成放鼓的地方越近越好。我那年月去占位置时，除了搬凳子之外，还总要抱一领苇席铺在凳子前的草地上。我爱坐在苇席上听书，听累了的时候，就把头枕在娘的腿上或半倚在娘的身上听。

占罢位置之后，我们就奔回去急急地吃晚饭。唯有这些晚上，各家的大人不需喊孩子回家吃饭，因为都已早早地围在了锅台前。呼噜噜吞完娘给盛上的面条或稀粥，手上捏个馍就又往老碾盘前跑。

先到的全是我们这些孩子。大伙儿互相品评着谁占的位置好，也有人学秀成的腔调说上几句，惹得大家一齐疯笑。大人们这时也打着饱嗝三三两两地来了，一阵"吃了没?""吃了!"的寒暄过后，就各个在自家孩子所占的位置上坐下。有些光棍汉没人给他们占位置，他们就拎着小凳往前挤，于是就引来抗议，可他们照样嬉皮笑脸地往空隙里插，有的还朝按辈数可以开玩笑的女人身上捏一把，引来一阵笑骂。

当人们黑压压坐齐时，秀成便由村干部们陪着向空场上走来。秀成抱着他那面圆鼓，其余的鼓架、鼓槌、书桌、茶壶、椅子，则由村干部们拿着。这时人们都静下来，默看秀成摆放他的说书家什。一待摆放齐毕，秀成喝一口水，清一下嗓子，啪地用惊堂木在小桌上一拍，双手抱拳四下里一揖说道：列位听官，今夜里由不才秀成为诸位说个段子解解闷儿，说得好不求鼓掌，说得坏则求宽谅，今晚书说瓦岗寨——他说到这儿拉一个长腔，接着就操起鼓槌敲了起来。人们就在这鼓声中惬意地倾起了耳朵；有时，月亮也在鼓声中探出头来，看这一场子聚精会神的听客。

秀成说的鼓书内容大致可分两类，一类是武打的，如"赤壁大战""杨家将""林冲上山"等；一类是言情的，如"西厢记""樊梨花""守寒窑""闹洞房"等。这两类我都爱听。他所说的许多故事和人物都深深印在了我的脑子里，至今我还能背出他形容一个侠士腾空飞檐情状的词语：只见他两膀一耸，双脚一拧，使一个聚气吹灯、旱地拔葱的姿势，只听"嗖"的一声，如蝙蝠过耳、燕子掠空，唰一下站在了房脊上……

秀成用他那张巧嘴和那柄鼓槌，把我带进了一个又一个神奇的故事中。我常常忘了月亮，忘了星星，忘了夜风，完全沉浸在他所渲染的砍杀搏斗里，沉浸在他所讲述的悲欢离合中。

当然，有时实在是困极了，我会在不知不觉中睡熟在席子上，让娘在散场时摇摇晃晃地抱回家里。如果是这样，第二天，我就一定要找大人问明我没听上的那一段书，以让故事完整起来。

这样的夏夜已经过去许久了。

今天，我不知道那位叫秀成的鼓书艺人是不是还活着，我多想让他知道，是他说的那些鼓书，对我做了最初的文学启蒙。

那些响着秀成的鼓声的夏夜，和乡下人渴求精神享受的情景，将永远留在我的记忆中……

单 相 思

男女之间一方对另一方生了爱慕之意起了思念之情，而另一方根本不爱对方更不报以相应的思念，这种情况就是本文所说的单相思。

很久以来，单相思的人是要受嘲弄和挖苦的。不管是男人还是女人，一般都不愿意承认自己有过单相思的经历。

其实，这世界上经历过单相思的人很多，如果真要统计一下，那肯定是一个令人吃惊的数字。我自己估计，世上三分之二的男女都有过这种经历，只是程度有轻有重时间有长有短而已。单相思是人类感情生活中很重要的一个类别。一般成人只要仔细地去回望自己的情感历程，差不多都能发现单相思留下的痕迹。

只要是生理正常的男女，到了春心漾动的年岁，都会把目光投向周围异性中最让其心颤的一个，从而开始了暗中的思念。单相思的对象要么长相漂亮外貌上能给人美感，要么心地好有才华人很优秀。单相思者的思念有没有结果，一要看对方是不是也正好看上了自己；二要看思念的一方有没有表白的勇气和机会；三要看周围的环境适不适应那份感情的发展。单相思并不是未婚青年人的专利，那些成了家的男女，甚至老人，他们对周围特别优秀的异性，也都有可能会在暗中生出一份思念。

单相思表现了人趋美趋优的本能，是人在美的、优秀的同类面前一种正常的心理反应，不属于变态。只要单相思者不要求对方做出回应，它就不应该受到任何讽刺挖苦，更不应该受到谴责。单相思者不必为自己有了单相思而自卑自责。如果一个人见了漂亮优秀的异性心里毫无所动，根本生不出单相思，那倒是值得警惕了，是不是心理和生理上出了什么毛病？

其实，一个人拥有的单相思者越多，表明他或她美的和优秀的程度越大。一个丑的、不优秀的人，不可能拥有单相思者。

当然，单相思者要注意调适自己的心态，一旦意识到自己对异性的相思是单相思，就应该想办法尽早淡化它，不使它影响到自己的正常生活，更不能给相思对象的生活造成麻烦。它只要紧紧地被限制在人的内心世界里，它便是一种美好的东西。

我也有过单相思的体验。那是我的初恋。

大约是在我十四五岁的时候，我悄悄爱上了同校的一个女生。她引起我的思念是因为她长得很美。那姑娘的美不是那种特别抢眼的美，她的美需要你去细看才能发现，她的那双眼睛灵动娇媚，看你一眼你心里就会生出一种甜甜的东西。我不知道她的年龄，她可能属于发育快和早的那类女孩，胸部和臀部全高得让人心惊，总抓我的眼睛。而且她会唱歌，能跳舞，善朗诵，是学校里常出头露面的人。我每次看见她，心总要莫名地一跳，脸先自红了。我和她不在一班，平日里并不在一起上课，可我老想找机会看见她，就常在课间休息时到她所在的教室附近转悠，期望能够看见她的身影。不过有时她真要向我身边走过来，我又吓得赶忙扭转了脸假装去看别的，并不敢真盯了她看。逢她上台演节目，我必是聚精会神地看，而且看得大胆，目光全在她一个人身上，想记住她身上的一切特征。她并不知道我在爱她，甚至很少留意到我，更少同我说话。

　　怎样才能引起她对自己的注意，成为我那时常在内心里琢磨的事情。我记得我曾幻想有五种机会让自己去接近她，使她了解我，爱上我。第一种是她在学校附近遭遇了坏人袭击，刚好让我碰上，我奋不顾身地冲上前把坏人赶走，时间最好在傍晚，她又受了伤躺在地上，当然不要伤得很重也不要伤在脸上，我于是上前弯腰把她抱在怀里，径直送到校医那里帮她包扎。这一来她肯定会对我产生好感进而爱上我……第二种是她星期六离校外出时突然得了急病，当时她身边没有别的相熟的同学，只有我，我于是上前一不做二不休就背起了她，她那阵已无力拒绝，听任我背了她向医院里走，她把头伏在我的肩上感动地说：太谢谢你了……第三种是在夏季发大水时她不小心掉进了河里，因为河水流得很急，看见她落水的同学都没敢下水，只有我不顾一切地跳下去向她身边游，我一只手从背后抓住她的衣领，另一只手划水向岸边靠，终于平安地将她救上了岸，当她仰躺在岸上苏醒过来后，她紧紧抓住我的手说：谢谢你救了我的命！……第四种是她在新学期开学时把带来的学杂费全丢了，她正在那里哀哀哭泣时我走上前说：我这儿有钱，你拿去先交上吧！她很感动，抓住我的手不停地摇着……第五种是她有一天正在公路边走，一辆汽车突然失去方向朝她轧过来，我在那千钧一发之际猛向她扑去，抱住她滚到了路边的沟里，从而使她保住了命，她起身后感动得抱住我不停地亲我……我想得很美，遗憾的是那只是些幻想，五种机会没有一个能真的出现，所以到最后我和她也没能接近。

在单相思的那段日子里，她常常能走进我的梦中。那是一些光怪陆离的梦，那些梦境今天已不可能记清，如今还能记得的，只是一些梦的碎片：一个面目狰狞的鬼怪突然出现在我们学校里，抓起我和她就飞上了云端……我和她站在一座荒无人烟的山上，四周全是绝壁，她当时吓得哇哇大哭……

单相思对我的学习也有很大的推动，它变成了一种新的动力。我暗暗发誓要好好学习，争取将来能当个公社书记，我想我只要当上了公社书记，我就有了向她求婚的资本，我将穿上一身板正的中山装，郑重其事地走到她面前说：我爱你！那个时候她大概就不会低看我了，会羞涩而高兴地说：我愿意嫁给你……

单相思也使我很注意自己的衣饰穿戴。我总是要母亲把我的衣服洗净；为了保持衣领的板挺，我在衣领上别满了曲别针；我学一个老师的样子，特意把两个套袖套在衣袖上；我没有新鞋，为了使那双旧黑布鞋看上去还像新的，我朝鞋帮上涂了墨汁……我还想办法买了一块香皂，每天早上都极认真地洗脸；而且很努力地刷牙，一心要把牙刷得比她的牙还白。

所有的单相思者，都希望最后的结局是双相思。我也不例外，没想到正当我这样向往时，一个霹雳突然在耳畔炸响：她已经有了对象，他是一个年轻的军官。消息飞到耳边的那一刻，我惊呆了，我站在原地久久未动，连上课的钟声都没能听见。我一连两顿没有食欲吃饭；没有人知道我出了什么问题。不久之后的一天，我便亲眼看见了那个年轻的军官。他来学校看她，她灿烂地笑着送他向学校大门口走，我定定地望着他们的身影，听见了自己的心轰然碎裂的响声……

我的单相思不得不结束了。结束了这段单相思的我变得更少言语了。此后，我便把精力更多地用到读小说、打篮球和正课的学习上。我下决心此生要干出一个样子来，我一定要娶一个比她还漂亮的妻子。后来，当那个从军的机会来到时，我不顾一切地抓住了它，我想，我也要当一个军官！

我真的当上了军官，可那已经是很久以后了。军官的生活并不像我想象的那样浪漫和轻松，一连串新的问题摆在我的面前，我开始了另一种忙碌，她的面影在我的脑海里日渐淡漠。随着时光的继续流逝，她终于完全退出了我的记忆。但印痕还是留下了。

当朋友要我写写初恋的时候，她便又袅娜着由远处向我走来……

昨日琴声

最初让我对二胡这种民间乐器产生兴趣的，是一个瞎子。好像是一个正午，9岁或者10岁的我正在屋里吃饭，忽听门外响起了一种很好听的声音，我闻声端了饭碗出门去看。原来是一个瞎子靠在俺家的门前在拉一种琴，拉出的声音十分好听。我惊奇地看着他手的动作，母亲这时已端了一碗糊汤面条出来对瞎子说：大叔，先吃吧。那瞎子闻言，停了拉琴，从自己背着的一个布兜里掏出一只碗，让母亲把面条倒进去，之后，他便蹲下吃面条了。我原以为他吃完还要再拉那琴的，不料他吃完就向另一家走去，这让一直等在那儿的我很不高兴，我朝着他的背影说：嗨，为啥不拉了？母亲闻声又急忙出来把我扯进了屋里。母亲低声对我说：不要耽误他，他要趁这响午饭时去尽可能多地讨点吃的东西。我这才明白，他拉琴是为了讨饭吃。那琴的声音实在好听，我接下来便一直跟在他的身后，看他不断在其他人家门前拉琴讨饭。他大约是听出我一直在跟着他，他在吃饱之后临出村时对我说：小弟弟，你既是爱听这二胡琴声，我就给你拉一段吧。说罢，在村头的一棵树下坐定，就拉开了。我自然听不懂他拉的是什么曲子，但被他的琴声完全征服，一个人蹲在他面前长久托腮不动。那是少时的我第一次被音乐迷住，那是我此生所听的第一场音乐会。

瞎子那天临走时拍拍我的头问：小弟弟，你从我这弦子里听没听出我在对你说话？

我摇摇头一脸茫然。

他叹一口气，默然走了。

就是从这天过后，我记住了二胡这种乐器，也对拉二胡生出了兴趣。我那时的想法是，如果我会拉这种胡琴，我就会让我的伙伴们感到惊奇，而且也有了一个去除心烦的法子。

几年之后，我进入了初中。我所在的中学有在节庆日演文艺节目以便师生同乐的传统，老师常鼓励我们学乐器，我便毫不犹豫地报名学拉二胡了。当老师把学校的一把二胡交到我手上时，我满是新奇和高兴。

最初的学习当然是困难重重，我要学识简谱，要弄懂怎样调弦，要熟悉琴上高中低音的位置，要练习运弓，要懂得如何在琴筒上滴松香。我一开始拉出的声音完全像杀鸡，连我自己都觉得刺耳无比。一些同学听到后总要捂上耳朵急忙逃避。我当然着急过、气馁过，被一些同学讽刺过，但我最终坚持下来了。我常在内心里进行自我激励：一个眼瞎的人都能拉出那么好听的琴声，你为何就做不到？练，一定要练出个名堂！

就是凭着这股不服输的劲头和持续的操练，琴弦和琴弓在我的手中渐渐听话，一些好听的乐句慢慢流出。终于有一天，当我再拉琴时，有同学会自动站下来听上一阵，并朝我飞来一个惊奇的眼神。我知道，我已经在向成功靠近了。

尽管我在学校里到最后也没有获得上舞台拉琴的机会，可我自己能听出，我的琴声已差不多可以用动听来形容了。重要的是，在我学会了拉二胡之后，我有了一个抒发心绪的新途径。每当我高兴的时候，我就拉欢快的曲子，让乐曲把我心里的欢乐尽情表现出来；当我烦闷的时候，我就拉那些忧郁的曲子，让乐曲把心里的不快倾吐净尽。这以后，我开始接触《良宵》这支著名的二胡独奏曲。我那时不知道它是谁作的曲子，也不完全理解它要表达的东西，可我喜欢学着拉它，每当曲子在琴弓下展开时，我都能看见月光、树影、水波，能听见虫鸣、风声和人的细语，能闻到花香和青草的芬芳，能觉出一个小伙儿和一个姑娘在眼前舞蹈……

我真正上舞台拉琴是在离开中学之后，这时，我已从军到了部队上。逢我所在的连队开晚会，我偶尔会操琴和其他战友一起上台拉上一曲。每当战友们的掌声响起时，我常常会想起我的中学时代，想起最初学琴的日子，会在心里生出一种类似庆幸的东西，庆幸自己在中学阶段没有浪费旺盛的精力，学了这个额外的技艺。

大约在提升为军官之后，伴随着事务的增多，我又渐渐疏远了胡琴。尤其是在我找到了新的倾诉方式——写作之后，便再也没摸过胡琴。如今，已是几十年过去，我与胡琴差不多又成了互不相识的路人。眼下，只有一个与胡琴有关的爱好还在保存着，那就是爱听二胡独奏曲。不管我身处什么地方，只要一听到有二胡独奏的曲调传来，我都会立刻停下步子侧耳去听，心就会激动起来并很快沉浸在琴声里。

人一生的许多行为都产生于另一些人的影响，我爱胡琴是因为听了那个瞎子的琴声。那个瞎了眼睛的爷爷可能想不到，他的琴声改变了一个男孩在中学时的追求，并进而影响了他的脾性形成——我是很久以后才明白，我脾性里的那种沉郁成分，和二胡琴声里的那种沉郁味儿，很相近。

自
在

吃 甘 蔗

虽然我们邓州地界不产甘蔗，可我吃甘蔗的历史却很悠久，大约从我的牙能咬动甘蔗时就开始了。甘蔗的主要来源是那些走村串户的小贩，他们肩上扛一捆甘蔗，离村边还有老远就高喊：甘蔗甜——我们这些孩子闻声，先是一齐围上去，望着那些甘蔗流一阵口水，而后便各个回家缠磨自己的母亲去买。母亲们被缠磨不过，一边骂着：吃，吃，是只晓得吃的货！一边去罐子里摸鸡蛋或去箱子里摸纸票。我记得那年月娘只要给我买了甘蔗，我总是吃得很慢，主要是想延长甜的时间；而且每次都是从甘蔗梢吃起，把甘蔗上最甜的部位——根部留在最后，为的是越吃越甜。

少时的我本能地追逐着甜，认为甘蔗是世界上最好的东西。

那年月，逢父亲上街赶集，我最盼望的是他能从镇街上买一根甘蔗回来。快到父亲从街上回家的时刻，我总要跑到村边去眼巴巴地望着。若是看见父亲手中未拿甘蔗，我会失望地先跑回屋里；倘是看见父亲手中拿着甘蔗，我会欢快至极地迎上前去。从父亲手中接过甘蔗，我常常并不急着吃，而是拿着它先去村中转上一圈，向伙伴们做一番炫耀。

我那时也最盼我们村子或邻近的村子里唱戏，因为一唱戏，卖甘蔗的小贩就会云集而来，我被父母牵着手在戏场上转悠，就很容易提出买一根甘蔗的要求；而且倘在戏场上碰见亲戚，他们也总要买一根甘蔗作为送给我的礼物。

　　我那时在心里暗暗发誓，有朝一日我有了钱，我一定要过过吃甘蔗的瘾，饱饱地吃一顿。后来我当兵提了干部发了薪金，真是实现了这个愿望。我专门去街上买了四根甘蔗，蹲在城边僻静处全部吃了下去，那天我吃得连打饱嗝，连舌头都发疼了。

　　这之后我的收入在不断增加，买甘蔗的钱是大大地有了，但我对吃甘蔗的兴致却越来越小。妻子知道我有吃甘蔗的爱好，有一年春节，她特意上街买了一大捆甘蔗，可我吃了半根就不想再吃了，后来又断断续续地吃了两根，竟渐渐完全忘记吃了。几个月后妻子收拾贮藏室时发现了它们，它们已经干得如柴火一样。

　　那天，当妻子抱着那捆变干了的甘蔗去往垃圾堆上扔时，我呆坐了许久。我忆起在久远的过去我对甘蔗的那份亲密，我为自己如今对甘蔗变得如此薄情而感到惊疑。我在想，也许随着人的年纪的增加，随着人的阅历的增多，人都会抛弃过去曾经一心追求的东西……

我的枕头

我最早的枕头，是娘手工缝的。娘用一块旧布缝成一个小布袋，在里边装上荞麦皮，这就算一个枕头了。枕上荞麦皮枕头的好处，就是随着你的头在枕上的移动，那些荞麦皮在枕里也相应地移动，从而使你枕着的部位，永远成为一个稍凹的坑。这枕头上不蒙枕巾，我头发上生出的油，总把枕头弄得油腻腻的。冬天枕上去，很凉。我那时虽小，也觉出这枕头不好，逢了村里有谁家娶新妇，自己去看热闹时，瞅见新郎新娘床上的花枕头，心里总不由得要生出股羡慕来。

我考上初中的时候，开始住校。因嫌荞麦皮枕头不好看，执意不往学校宿舍里带。我这时的枕头，便是自己的衣服。夏天，临睡前把自己的衣服叠起来塞到床头席下，当作枕头；冬天，就枕自己的棉裤。每年冬天的棉裤，膝盖的两侧部位，总要被我枕得亮光光的。那些年月，每每看到老师们那些绣了花呀鸟呀的枕头，就眼热得很，就常常在心里盼望：自己什么时候才能也有一个绣了花的枕头呢？

后来，我当兵到了部队。部队的枕头很轻，实际上是一块方形白布，叫包袱皮。把着装以外的衣服叠好，用这块包袱皮把它们包成长方形，晚上睡觉枕在头下，就成了一个枕头。这种枕头我枕了四年。我们连长的妻子是青岛市人，极会绣花。她给连里几个排长都绣了花枕套，有的绣的是崂山山水，有的绣的是青岛栈桥，有的绣的是鸳鸯交颈。我们这些当兵的看见那些枕套，都羡慕得直咂嘴。我那时心想，倘若日后我有了这种绣花枕头，怕会一觉睡它 24 个小时哩。

我终于也枕上绣了花的松软的枕头，是在被提升为军官之后。记得头一次发了工资，我就跑到百货商店，买了一个绣有喜鹊登枝图案的枕套和一个柔软的枕芯。我还记得当时的那个女售货员坚持说枕套要买就买一对，不单个卖。我说我还没有找到对象，买一对那个给谁枕呢？她笑了，脸也红了，她大概是个姑娘，没法回答我的问话，就破例地卖给了我一只枕套。

结婚之后，我的枕头又换了几次，枕套的布料和上边绣的花样都越来越漂亮，枕芯也越来越新奇，有带弹簧的，有泡沫塑料的，有装干菊花的。我原以为枕头越好我会睡得越甜的，却不料，随着枕头质量的变好，我睡眠的质量却越来越差了，多梦、失眠，即使入睡，也很浅，稍一惊动，就醒了。

当年，我枕着那些不像枕头的枕头，睡得那样香甜，而现在这是怎么了？

不是说好枕易眠吗？

看来，枕头只是一个外部条件，睡好睡不好，关键是看自己的生理、心态状况。自己已到了不惑之年，体内的器官和心里装的东西，都和过去不一样了。

这之后，我寻求好枕头的热情开始下降，不论再看见多么漂亮、高级、新奇的枕头，我差不多都漠然了。

靠枕头并不能获得真正的舒适和安眠。

枕头毕竟只是枕头，是来自外部的东西。

人年轻时追逐的，多是身外之物。

长在中原十八年

在中原长到 18 岁，之后，方去山东当了兵。

18 年的中原生活，前三年的情景在我脑子里是个空白。只能从娘片断的话语中知道，我身子皮实，学会走路比较早；能吃，总是吃得肚子滚圆，被邻居们称为小胖子；黑，尤其是夏天出了汗，又黑又滑像泥鳅；胆小，怕黑，天一黑就不敢乱跑。村里的老人们喜欢喊我：黑蛋。

这三年是在懵懵懂懂过日子，会哭，但不记得苦和恼；会笑，但不记得欢和乐。

第四年的日子在我脑子里划了些很浅的刻痕。我如今还能记住的，是奶奶把白馍掰碎泡在碗里，放点盐末和香油喂我，我记得那东西很好吃。再就是一件事中的一个场景和两句对话：奶奶去世入殓时，我被人抱起去看奶奶躺在棺材里的样子。只听见一个人说，娃子太小，看了怕会做噩梦。另一个人说，他奶奶亲他，让他看看吧……

连奶奶的长相也没能记清楚。

这一年我模糊感觉到了，我可以依靠的亲人会和我分离。

长到第五年，记忆变得连贯了。这一年发生的大事是舅舅娶亲。舅妈家在十里地之外的一个村子，早上空轿去迎舅妈，让我坐在轿里压轿。童子压轿是我们那儿的规矩。不知道是抬轿的那些人故意捣蛋还是轿有问题，反正我在轿里被弄得左右乱晃，没有我原来猜想的舒服，下轿撒尿时提出不坐轿，结果被训了一顿。

这一年，我正式开始了我快乐的童年生活。我们那儿的地势算是平原，平原上的田野有一种空阔之美。春天，鸟在天上翻飞，大人们在麦田里锄草，我和伙伴们就在田埂上疯跑玩闹；夏天，蝉鸣蛙叫，大人们在雨后的田里疏通水道排水，我和伙伴们则脱光了衣裳在田头的河沟里戏水欢笑；秋天，大人们在挥着钉耙挖红薯，我们则在红薯堆里找那种芯甜皮薄的啃着吃；冬天，雪花飘飞，我们会跟在打兔子的人身后跑着听他的枪响……就是从这时候起，我开始感到人离不开土地。没有田地，人活得会很乏味。

那时家里吃得最多的是红薯。早上吃红薯稀饭和红薯面饼，中午吃蒸红薯和凉拌红薯丝，晚上吃红薯干稀粥和红薯面窝头。夏天的中午，娘有时也蒸点红薯面面条或拌点红薯粉凉粉，总之，差不多顿顿离不开红薯。尽管娘不时给我点优待，变着法子让我吃点别的，可我还是一听见"红薯"肚子里就难受，就想哭。也是因此，我的第一个理想开始出现：此生不吃红薯。

这一年我开始跟着大人们上街去赶集。离我们家最近的集镇是构林镇，我们村离镇六华里，这段路程对当时的我来说，是个不短的距离，可我跑得兴致勃勃，只有实在跑不动了才会爬上大人们的脊背让背了走。到街上就会看到好多好多的人，就会在商店里见到好多没有见过的好东西，就会看到耍猴的，就会喝一碗好喝的胡辣汤，啃一根甜甘蔗，如果父亲能卖出些鸡蛋和两只鸡，我还能吃到包有玻璃纸的糖块。也是从这时我开始觉得：外边的世界比村子里好。

6岁时我开始上小学读书。这一年国家开始了"大跃进"，村里人们干活时总插些红旗，还经常听到锣鼓声；看到有人挨家挨户地收铁器，说是要炼铁；全村人开始在一起用很大的锅做饭，每顿饭都在一块儿吃。这样吃饭的好处是，我和我的那些伙伴可以边吃饭边在一起玩。早饭后我要背个书包，步行4华里去河湾小学上课，中午再跑回来吃饭，午饭后再去上课，下午课上完再往回赶。一天16华里地，这对于一个孩子来说的确不是一件轻松的事。每每走累时，就很羡慕天上的鸟，就在心里想：人要能飞那该多好！那年代疟疾多发，学校里的学生差不多是轮着得这种病，轮到我时，娘并不惊慌，只在院中的太阳下铺个席子铺床被子，让我躺下，再在我身上盖两床被子，让我度过冷得发抖的那段时间。发完疟疾我常常双腿很软无力走路，但又怕不能听课学习跟不上同学们，便要坚持到校。逢了这时，常常是在同校高年级读书的一个堂姑背着我走，她岁数大些，个子也高，有些力气，但我会把她压得呼呼喘气。

这一年我开始隐约明白，人活着大约必须得吃苦。长到第七年，我已经要正式干活了。学校放暑假之后，我的主要任务是照看弟弟加上喂家里偷养的一只山羊，每天都要割些青草喂那家伙。放寒假时主要是拾柴。去田里捡拾遗留下来的玉米秆和棉花根子，去河堤上和河滩里用竹耙子搂树叶搂干草，总之，把能烧锅的东西尽可能多地弄回家，以满足家里整个冬天做饭用。这时，村里的食堂已半死不活，吃饭差不多要靠自家做了。这个时期，我最盼望的是有亲戚来，一来了亲戚，娘便会改善伙食，或者做一回鸡蛋臊子面，或是烙一张葱油饼，我会跟着解解馋。我那时想，人要是天天都能吃到臊子面和葱油饼，那该是多么幸福的生活呀！我开始有了第二个理想：天天能吃臊子面和葱油饼。

8岁那年，饥馑突然到来了。我从来没想到饥馑的面目是那样狰狞可怕。先是家里的红薯吃完了，后是红薯干和萝卜吃完了，再后是萝卜缨和野菜吃完了，跟着是难吃的糠和苞谷棒芯吃完了，接下来是更难吃的红薯秧吃完了，最后是把榆树皮剥下来捣碎熬成稀汤喝，把棉籽炒熟后吃籽仁。全家人那时的全部任务是找吃的，所有可能拿来填饱肚子的东西都被娘放进了锅里煮。村里那时除了耕牛，再也见不到任何家禽和家畜。我那时什么别的事也不再想，读书、写字、做游戏，早忘到爪哇国了，唯一想的事情就是把肚子填饱。我那时才算知道了饥饿的全部滋味，无论看到什么，先想它能不能吃，能吃，就是有用的，就生尽法子要填进嘴里。村子里开始饿死人了，我也全身浮肿，所幸国家的救济粮到了，我得以活了下来。这场饥馑让我觉得世上最好的东西其实就是粮食，所以后来养成了储粮备饥的习惯，不管粮店离家多近，都想买点米面放在家里，看到有米面在家才觉得心里踏实。也是因此，我倘是看见有人浪费粮食，就特别难以忍受。当了军官之后，我一直不敢把发的粮票全部吃完，每月都要节省下来一些准备应付饥荒。储粮备荒是我觉得最重要最正确的口号。

这场饥馑让我体验到了绝望的滋味：当我看到娘再也没有

东西下锅站到灶前发呆时，我小小的胸腔里都是慌张、疼痛和恐惧。

高小、初中是在构林镇读的，我那时已暗暗下定决心：一定要考上大学，过天天能吃饱饭的日子。村里的大人一再教导我：你娃子只有考上大学才能当官，只有当官才能吃香的喝辣的，你只有吃香的喝辣的才能让你的爹娘跟着享福。我于是暗下了考大学当官的决心。我学得很刻苦，我的每门课业在班里都排在前列，我是班里的学习委员。冬天上早自习时，我走六华里赶到学校，天还没有亮，点上煤油灯便开始读书；夏天下大雨，没有伞，蓑衣也会淋透，淋透就淋透，到学校把衣裤拧干了穿上就是。没料到的是，"文化大革命"在我读初中时突然爆发了，我的大学梦只做了一小截。

"文化大革命"初期，我和同学们一起去"破四旧立四新斗争牛鬼蛇神"。我们把班里的学生分成"红五类"和"黑五类"，把有地主富农亲戚的同学当作"黑五类"，对他们极尽蔑视和奚落。我们把离过婚的一位女教师视为坏分子，在她的脖子上挂上了一双破鞋。我们把民国和民国以前的所有东西都视为旧东西，把一些好瓷器砰砰砸碎。后来，"大串联"开始，我随同学们步行去了韶山，看完毛主席的家乡后，又坐车去了长沙、株洲和上海。这是我第一次出远门，第一次看见构林镇以外的世界。坐船过洞庭湖时天在下雨，我望着烟雨迷茫的湖面在心里想，湖南出过那么多的大人物，这块土地可能真有灵气，来走走看看也许会有好处，只不知自己此生会走出一条啥样的道路……因为学校不上课，又少有我喜欢的小说读，"大串联"回校后，我便迷上了拉胡琴和打篮球。白天的很多时间，我都是在篮球场上度过的。

打篮球原本只为打发无书读的时间，没想到倒为自己打通了连接另一条道路的阻隔。1970年的冬天，驻守山东的一支部队来我们邓县招兵，领队的是一个姓李的连长，这连长酷爱打篮球且是团篮球队的队长，他这次来招兵还带有一个任务，就是为团篮球队再带回几个队员。他站在我们学校的球场边上看我们打球，偶尔也下场和我们一起打。我的球技不属一流，但身高一米七八，可能有点培养前途，他的目光因此注意到了我。于是，另一条道路便在我眼前展开了——这年的12月下旬，我去山东当了兵。

这一年，我18岁。

多年后，当我回想当兵这件事时我才明白：一个人，可以影响另一个人的命运；一个机会，可以使一个人的人生发生重大改变。

我坐上了东去的运兵闷罐列车，我隔着列车门缝望着疾速后退的中原大地，心里有依恋，有不舍，但都很轻微，心中鼓荡着的，多是欢喜。

我终于可以独自外出闯荡了……

第二辑

回望来路

我们倘若都能朝自己的来路望望，可能就会对他人生出一种新的感情：理解、同情和宽容……

活在豫鄂交界处

我家所在的邓州构林镇，位于河南省境的西南部，离鄂北的名城襄樊也就 30 公里。

解放前，因为这里是两省交界，离豫鄂两省的省城远，官府的权力抵达此地时小了许多，故此地匪患严重，土匪一杆子一杆子的，特别多。

1948 年夏天那个阴云飘动的早晨，襄阳城南门外宋家香烟铺子 38 岁的老板娘，奉丈夫指派，进南门去城里的米铺里买米。原本一个时辰就可回来，没想到竟一去不回，再无踪影。真实的情况后来才知道，原来是一杆子土匪想抢米铺，结果因米铺防守太严没有得手，正生气要撤时看到了来买米的宋家老板娘，见她还有姿色，就顺手捂了嘴塞进马车抢走了。香烟铺子的宋老板哪知道真情，慌得跑遍了襄阳和樊城的几乎每一个角落到处找，可哪里找得到？他去警察局想求警察帮忙寻找，警察局长训斥他道：现在国军和共军正准备打仗，襄阳的军警都在紧张备战，谁还有心去为你找个女人？……

他于是只有把头绝望地抱紧。

几天后的一个黄昏，有个过路的马车夫进店里来买香烟，听人说了老板娘失踪的事，问了问她的长相和穿着，那人回忆着说，他这趟去河南邓州拉桐油，在那儿的构林镇上见过一个很像老板娘的女人。宋老板不相信这个捕风捉影的消息，他认为妻子决不会跑那么远到那样一个陌生的地方。可他的大女儿，19岁的蔓蔓想娘想得厉害，就要立刻去找娘。当她不顾父亲的阻拦，用锅底灰把脸抹黑，拎着一把纸伞，挎着一个小包袱于第二天早晨急急走出她家的香烟铺子时，她并不知道她此生的命运就要发生改变了。

她慌忙地赶到汉江边，上了渡船。

江对面的樊城她过去跟爹来过，街市上的繁华和襄阳不相上下，可眼下因为备战变得行人稀少街面萧条了。她无心去看街景，只是匆匆问明了去河南邓州的路，通过了军队设的路卡，三步并作两步地向北边走。

天开始下雨。那时候鄂豫两省间的通道还是明清时期留下的驿路，因为战争的频繁发生也因为土匪的猖獗，沙土驿路上既无马车也无牛车，60来华里的路全靠宋蔓蔓的两只脚走。还好，大约因为天正下雨的缘故，路上并未遇见土匪和歹人，当她终于看得见"构林关"那三个字时，她身上的力气差不多已全被路面吸走。时间已近黄昏，雨早已停下，正当她准备进镇街时，一个哼着小曲的中年男人一摇一晃地迎面走来。她忙迎上去问：大叔，我从湖北襄阳来，想向你打听一个人，行吧？

哦？那人仔细地看蔓蔓一眼，很是意外地叫道：嘀，你这姑娘胆可够大的，这兵荒马乱的岁月，你敢一个人走这样远的路，不怕土匪把你抢了？说吧，你找谁，这构林镇上的人没有我不认识的。

　　我找俺娘，38岁，襄阳口音，几天前离家的。

　　那人的眼珠在飞快地转着，一霎之后带了笑说：你找我那可真是找对了，你娘我见过，前几天才来我们镇上，一直住在一家客栈里。你可以跟我先去我家歇歇，然后我就去叫你娘来跟你见面。蔓蔓一听这话，高兴得"啊"了一声，一直紧皱的眉头松开了，连连鞠躬说：谢谢大叔，谢谢大叔。之后，就跟着那人到了他家。那人的屋子很破旧，屋里除了很多空酒瓶、一张床和一条旧被子外，差不多没有别的东西。你先在家里坐坐。那人边说边退出门去，蔓蔓感激地看着他的背影，唯一让蔓蔓诧异的是，他出去时顺手锁上了门。这是干什么？是怕别人来打扰我？

　　蔓蔓哪里料到，她把信任给错了人，这个名叫四赖子的男人，是构林镇上有名的酒鬼和赌徒，他根本没见过蔓蔓的娘，镇上也根本没有从湖北过来的女人，他对蔓蔓说假话收留蔓蔓的全部目的，是想把蔓蔓转卖给那些想讨老婆的光棍汉，以换得一笔喝酒和赌博的钱。四赖子干这事已不止一次，所以他没用多久就在镇上找到了一个想娶媳妇的男人，他说他有一个姑家表妹，今年18岁，人长得花容月貌，就是家里穷些，最近他姑妈得了重病，急需钱用，因此委托他为表妹找个好人家，现在表妹就坐在他屋里，想在今晚娶走的话就赶紧拿出两块现大洋来。那光棍汉一听有这好事，高兴地说：麻烦四哥就站这儿等着，我这就去找人赊账。不大工夫，那光棍汉以自己的房子为抵押，真的从一家杂货铺老板那儿赊来了两块大洋。四赖子伸手想接，那光棍汉缩回手说：咱们一手交钱，一手交人。四赖子有点不高兴：你还信不过我呀？咱们是街坊，我还能跟你玩空城计？走，去我家，我让你看看是真还是假！

　　两个人来到四赖子那两间草房前，隔了窗棂一看，蔓蔓那阵已把油灯点上，正在灯下心神不安地坐着。光棍汉一看蔓蔓果真长得眉清目秀，当下就把两块大洋塞进了四赖子的手里，低了声说：谢谢四哥，今晚容我先和她成亲，明天再请你喝喜酒。说着就要推门进屋，四赖子急忙拉住他轻声交代：我这表妹并不愿今晚就立马成亲，我们得略施小计才能让她顺从地跟你回去。边说边示意他站在门外，自己打开门锁走了进去。蔓蔓一见他回来，喜出望外地站起身问：见到俺娘了？四赖子轻声说：外边有个人来带你去见你娘，你快跟他走吧。蔓蔓一听，拿起自己的小包袱，向四赖子施了一礼，就兴冲冲地向门外走去。

　　光棍汉没细听四赖子和蔓蔓的对话，只管心花怒放地带着蔓蔓往家走。他俩前脚刚走，四赖子已兴高采烈地锁上门去了一家酒馆，响亮地对着伙计喊：拿酒来！

　　蔓蔓跟着光棍汉走到他家门前时，觉着事情有些不对，忙问：我娘不是在客栈吗，你咋领我来了你家？光棍汉被问得有些发怔，怔了一霎才反问：你娘不是病重在家？你不是来和俺成亲的吗？蔓蔓一听大吃一惊，当即转身就要去找四赖子。光棍汉这时开始明白是四赖子说了假话，可他知道钱到了四赖子的手，就是肉包子打狗，有去无回，他不能人财两空，他必须让这姑娘做了自己的老婆，才算不吃亏。他决不能让这姑娘走，于是上前一把抓住蔓蔓的手说：我已经花了两块大洋买了你做老婆，你必须跟我成亲。边说边要把蔓蔓拉进屋里。蔓蔓这时才看清了危险，死命地挣，两个人的撕扯加上蔓蔓的哭喊惊动了两边的邻居，但这种事邻居们不好管的，那年头男人花钱买女人再正常不过。蔓蔓到底力不抵男人，很快被光棍汉拉进了屋里。按这类事情正常的发展程序，一场悲剧眼看就会出现，她将和她娘一样被人强行占有。但两个当事者和构林镇人都不知道，一个更大的事件此时已在他们的身边发生——中原人民解放军的一支部队已经奉命急行军悄然到此，以截断南阳和襄阳之间的联系。当蔓蔓绝望的哭喊持续地在镇街上飘荡时，解放军的一个连已不费一枪一弹解除了民团的武装并开始在街上巡逻，蔓蔓的哭喊使得解放军的连长带人敲响了光棍汉的门。

脸上被抓满血印的光棍汉开门一看是些带枪的兵，顿时吓得腿有些发软，忙说：老总，我是——衣服已被撕得乱七八糟的蔓蔓一见有人来过问，急忙扑到连长面前抱紧了他的腿说：快救我——

不消几分钟，连长便问明了事情的来龙去脉。连长明白之后，眉头就皱紧了，指着光棍汉说：我们这支队伍主张婚姻自主，你强迫这姑娘和你成婚，是不行的，我们有保护这姑娘的责任。光棍汉也不敢和拿枪的人要横，只说：人是我化了两块大洋买来的，你们不让成亲，也中，那总得把钱给我吧？连长摸了摸自己的衣袋，里边并没有装钱，其实就是里边装了钱，他也不能把钱用在这事上。蔓蔓一见连长没有钱，立马又哭开了，这当儿，连长身后一个用绷带吊着右臂的瘦高个子通信员说：连长，我有钱。说着，就真掏出了两块大洋。连长看着高个子，说：二有，那是组织上给你养伤用的。二有在前不久的一场战斗中伤了右臂，因为这场战斗的伤员太多，上级让伤员们就地疏散养伤，能回老家养伤更好，可领两块大洋离队。二有的家就在这构林镇附近，被连里确定回老家养伤，因此领了两个银圆的钱。按连队原来的安排，他随连里行军到构林镇后，就可以离队回家了。二有说：先尽急用吧。我家离这儿不远。到了家就饿不着我。连长犹犹豫豫接过了那两块大洋，转手递给了光棍汉。光棍汉接了钱显然怕连长再变卦，赶紧进屋关门上闩。

现在你怎么办？连长看着重获自由的蔓蔓问。蔓蔓说：我回襄阳。连长说：据我了解，襄阳那儿马上就会变成战场，子弹可不认你是不是襄阳人。我劝你还是先留在这构林镇上，等战事过去了再回家。

不不不，蔓蔓急忙摇头，我害怕这个镇子。

那……连长沉思着：要不你先跟这个二有去他家住几天，他家离这镇子不远，他是我的兵，我敢保证他会保护你，等襄阳的战事一过去，你就让他送你回家。

蔓蔓看了一阵吊着伤臂的二有，半晌才点了点头说：那好吧。她的话音刚落，二有就有些急了，叫道：连长，这不太好，我忽然带个姑娘回家，会让人误解的。连长有些不耐烦，说：这点事你都给你家人解释不明白？好了，赶紧带上这姑娘走，部队马上就要行动，没时间跟你啰唆！

于是就在这个夏雨过后有一牙月亮的晚上，蔓蔓跟着二有来到了那个离镇子只有三公里的周庄。二有的一家对蔓蔓给予了最热情的接待，二有的爹娘以为这个城里打扮的姑娘就是儿子领回来的媳妇，欢喜得眼都眯了起来，可二有明确地说：她只是在咱家避几天难，与我毫不相干，你们甭操别的心。蔓蔓出于对二有拿钱相救的感激，从第二天起自动担负起给二有伤臂换药擦洗的任务。随着这种近距离接触的增多，蔓蔓和二有相熟了起来，他给她讲部队打仗的事，她给他讲母亲失踪的经过和她在襄阳城南门外的经历。两个人就在这种交谈中互生了好感。蔓蔓问：你说实话，你现在后不后悔为我花了那两块大洋？二有说：两块钱救了一个人，咋能会后悔？十几天后，传来消息说襄阳已经解放，蔓蔓挂念着家人，急着想回家，二有说：为了你路上安全，我送你。蔓蔓没再客气，两个人于是步行上路，蔓蔓背着贴饼子和煮鸡蛋在前边走，二有吊着伤臂在后边紧紧相跟。

襄阳和樊城已被战争改变了模样，她家的香烟铺子也早已被炸倒。幸存下来的街坊们告诉她，她走后第五天，她被土匪劫走的娘偷跑了回来，可仅仅过了几天，她父母就又被倒塌的香烟铺子压死了，妹妹随着逃难的姑姑向山里跑了，至今没有消息。蔓蔓站在家屋的废墟前捂脸大哭。二有默站在一边，等她终于停下哭声时把她紧紧搂到了怀里。二有说：既是这个家没了，你就还跟我回河南的家吧。蔓蔓没有说话，蔓蔓只是又一次哭出了声……

蔓蔓没有了别的办法，只好跟着二有又回到了河南。这一次，二有的娘看出这姑娘真有可能成为儿子的媳妇，就大着胆子对蔓蔓说：姑娘，你要是觉着跟俺二有过日子不委屈你的话，我就为你俩办桌喜酒。蔓蔓听罢看了二有一眼，二有也正看着她，她于是把头点点。她把头这么一点，第二天就成了二有的媳妇。

1952年，我在周庄出生了。长到四五岁之后我才知道，二有是我的远房二伯，蔓蔓是我的远房二娘。我从老辈人的嘴里听说，他俩成婚后，因为蔓蔓的湖北口音和她的清秀长相，使她成了我们周庄村里最受关注的新媳妇。二有伯的伤臂好了之后，经常领着蔓蔓去构林镇赶集，给她扯了好多块花布让她做衣裳。蔓蔓因此成了我们村里花衣裳最多的媳妇。

但这种好日子并没有持续多久，在后来的土改运动中，二有伯的家被划为了地主。这是那个年代里很可怕的一个头衔，这个头衔立刻像唐僧手中的金箍一样，束住了二有伯和蔓蔓二娘的头。所幸二有伯有一个军人退伍证，这个证件保证了他们夫妇不承受地主家人该受的歧视和批斗。

二娘把二有伯的退伍证当作宝贝似的保存着。他们就在这个证件的保护下生下了几个孩子，过了十几年的安稳日子。

这之后，1960年来到了他们的生活里。这个年份在他们的生活中之所以显得特别，除了灾害和饥荒之外，还因为蔓蔓二娘在这一年把二有伯的退伍证丢了。可能是饥饿的威胁太可怕太紧迫，证件的重要性相对降低，所以使蔓蔓二娘放松了对它的看管，致使老鼠——差不多可以肯定是家里那些饿急了的老鼠，毁掉了那个证件。

已经过去的那些安稳日子多少麻痹了蔓蔓二娘的神经，使她没有想办法立刻去补上这个证件。结果，当1966年的"文化大革命"来到时，她和丈夫、孩子所组成的小家，同婆婆等地主分子一起，受到了猛烈的冲击，孩子们从此不得上学，全家人在村里受到了歧视。她想找县民政局为二有伯补发一个退伍证，可苦于找不到二有伯所在的部队，找不到证明人就办不成。她一气之下得了一个奇怪的病：瞌睡症。动不动就会睡过去，而且睡得香甜无比。通常，她一觉要睡二十分钟或半个小时，这一觉和下一觉的间隔可长可短。即使是正在做饭，正在说话，正抱着孩子，她说睡立马就可以睡过去。我长到记事时，经常看到二娘在坐着睡觉，怀里的孩子在咿呀乱闹，旁边的村人在大声说笑，家里养的那只黑狗在她身边大叫，可她照样在睡觉。

　　因为没钱也因为这个病没有严重的后果，二娘并没有找大夫也没有吃药。二有伯可能催过二娘去看病，见她不在乎也就没有坚持。二娘有了这个病后，坏处是容易误事，全家人要吃饭时发现她还坐在灶前睡觉，客人跟她正聊着天她却睡着了。但也不是没有好处，凡是她不想打交道的人，即使那人来到了她面前，她也可以立马闭上眼睡过去，对方还不好怪罪；凡是她不想听的话，对方的声音再大，她也可以闭上眼睡过去，完全不听；凡是她不高兴见到的事，她闭上眼就睡，可以做到眼不见为净。正因为她有这个病，在我长大以后，我还从没有见二娘生过气发过火吵过架，她在清醒时总是笑意盈盈。

　　较长时间的睡眠可能对人的健康很有益处，我的二娘因为有了这个瞌睡病，因为延长了睡眠时间，她的身体一直很好，很少得别的病。她要为几个孩子，为她那个穷家操劳，辛苦是肯定的，但你却看不见她脸上有多少疲劳。在她过了50岁之后，我的二有伯再次负了伤，这次是在村里修桥时不幸被砸断了一条腿。二娘肩上的担子更重了，要操心的事情更多，要干的活儿也更多，但大约因了瞌睡病的保护，劳苦并没有损坏她的健康。如今她已经80岁，还能抱着小孙女满村里走，还能为全家人做饭，还能饶有兴味地抽纸烟，当然还常常打瞌睡。前不久我回故乡探亲，见到了她，她很高兴地拿出一个小红封皮的本本让我看，我翻开，见是县民政局为死去多年的二有伯补发的一张革命军人退伍证，上边填着二有伯的名字，注明了退伍的时间。

我终于找到了两个能证明你二有伯当过兵的证明人，所以他们就给我补发了。80岁的二娘骄傲地说。我有些诧异地问她：二有伯都已经去世几年了，你要这个证还有啥意思？

当然有意思了，有了这个证，就证明你二娘我当初嫁的是一个正经的退伍军人，不是一个地主的儿子，证明我这当初的选择没有错，证明我的命并不苦。

我怔怔地望着二娘，长久无语。

乡下老人

母亲已近80岁，长住乡下老家。

老家所在的那个村子，位于南阳盆地南沿的丘陵地段上。村里除了房舍、水塘，就是高高低低的树木；村边便是沟渠和田畴。母亲喜欢这个世界，不愿意离开。

让她来城里住，总是住不了几天，就坚决要回去。母亲的理由是，我命薄，享不惯城里的福。如果坚持让她在城里住，她便总是要生病，而一回到乡下，她的病常常就好了。母亲这样解释这种现象：我是乡下人的命。

母亲不识字，对她遭遇到的一切事情，都用"命中该有"来解释。这种解释方法有一个好处，那就是面对变故时能够平静待之。

她十几岁时就遭遇了一次很大的变故，她的母亲也就是我的外婆突然病逝。面对这变故她当然要哭，可哭了几天之后，她还是抹抹眼泪起身去挑起了外婆留下的家务担子，照料妹妹也就是我的姨妈，洗衣、做饭、缝补，帮助父亲也就是我的外公照料庄稼。对这份过早降临的劳累，她没有抱怨。只有两个女儿的外公担心女儿们将来出嫁后会造成绝户，想抱养一个儿子，身为长女的她当然知道这会给她肩上的家务担子增加分量，但她还是坚决地支持了外公。当那个抱养的很小的舅舅来家之后，母亲给了他无微不至的关照。

母亲嫁到我们周家也并没有过上好日子。曾经有点富裕的我们周家，那时已经破落，家里除了几间破房子再无他物。她又开始了新的操劳。据说我出生后母亲常要把我背到身上下地干活。我记忆里关于母亲的最早的画面有三个：一个是母亲在锄地，我跟在她的身后在田垄里逮蚂蚱；一个是母亲在摘棉花，我躺在她采摘下的棉花上看天空；再一个是母亲在擀面条，我端着小木碗站在她的腿边叫肚里饿。在这些零碎的记忆片段里，母亲总在忙碌。长大以后，母亲的忙碌更给我留下了深刻印象，她的一天通常是这样过的：早晨，她先起床生火做饭，然后把饭温在锅里，再下地干活去挣工分；全家人从地里回来吃过早饭，她要刷洗锅碗瓢盆，要喂猪喂羊喂鸡喂狗，之后，又要下地干活；中午回来，她坐在树荫下稍喘一口气，就又要下灶屋做饭；下午，她仍要到田地里去干活；傍晚收工后，她通常还要在回村的路上要么拾点柴草，要么掐点野菜；她的歇息时间通常是安排在做好晚饭之后，其他家人开始端碗吃饭时，她则坐下歇息，我常听见她长吁一口气，坐在一把小木椅上缓缓摇着扇子驱赶身上的汗水，那大概是她最舒服的时候；待大家都吃完了饭，她才端起碗去吃，剩多就多吃，剩少就少吃。逢到下雨下雪的日子，照说母亲可以歇息歇息，但她照样要忙，要给我们缝衣做鞋，要磨面，要把苞谷棒上的苞米粒抠下来，要纺线，要用麦秆儿扎筐子，要用高粱的细秆做锅盖，活路多得她永远也做不完。但她从没有怀着不满去忙碌，她总是心甘情愿地去干这一切。我很少听母亲说她累，更少听见她抱怨日子苦。她认为这一切都是她命中应该干的。她常说：我不忙这一家人怎么办？人不干活那去做啥？

　　母亲虽不识字，但却是村里的接生婆婆。村里的好多孩子，都是她用双手接来这个世界的。哪家的媳妇到了要生的时候，男的一来叫她，她便立马停下手中的活儿，拿一把剪子笑容满面地去了。我知道她没有关于这方面的科学知识，因此总为她担着一份心，怕她接生接出问题，不过还好，一直没出什么事，凡她接的孩子，大都平安地降生了。每次接完生，主人家会给母亲两个煮熟的红鸡蛋，那一是表示喜庆，二是表示慰劳，母亲总是满脸喜色地把鸡蛋拿来给我们吃了。母亲对生命怀着一份天生的善意，就连家里养的鸡鹅牛羊猪，她都不许我们打的；哪一种家禽、家畜病了，她都很着急，忙着为它们治病；倘是其中有不治而亡的，她便很伤心；她从不看宰家禽家畜的场面，逢着家里要宰鸡杀鹅，她总躲得远远的。

　　母亲信神，而且信的神灵很多。每年的大年三十晚上，她要在院中摆上一个小桌，在桌上摆了馍馍和供果，点上香，以敬天神；逢年过节，她要在灶屋的锅台上摆了供品，以敬灶神；我们兄妹倘是有了病，她就在佛祖的塑像前磕头烧香，祈求佛祖保佑我们平安；若是家里出了大祸事，她一定要到武当山金顶去给祖师爷跪拜烧香。有一年我们家出了很大的祸事，我在外边奔波着企望事情能得到公正解决，母亲则冒着大雪，挎着装了供品、香表的篮子向武当山走去。武当山离我们家有100多里路，要坐车到山下才能往上爬，平日里年轻人从山下爬到金顶都累得要命，可母亲硬是在纷飞的大雪里爬了上去拜求了祖师爷。事后想想我都害怕，万一她在那陡峭的石阶路上滑倒了可怎么办？家里那件祸事过去之后，母亲每年还都要去武当山还愿以向祖师爷表示谢意。我曾劝她不要再跑了，在家事上一向看重我的意见的母亲，唯独在这事上十分执拗，坚持着要把"愿"还完。

母亲对我们兄妹管束很松，她常说，人该长成什么样子就长成什么样子，对我们很是放任。母亲绝少打骂我们，遇到我们做了什么错事惹她生了气，她也至多是把巴掌高高扬起恐吓一下，并不把那巴掌真打到我们身上。她最常告诫我们的是三件事。第一，不说"过天话"。意思是不说那些比天还高的大话，要说一是一，说二是二，说了就要做到，别让人觉得你没信用。第二，别看不起比自己穷的人。母亲说，人穷了本已够可怜，你再看不起人家，不更伤了人家的心？母亲还说，你今儿个日子好过，难保你日后就不受穷，人前边的路都是黑的，谁也不知道自己前边会遇到啥灾啥难，人与人的穷富也可能很快就会颠倒过来。母亲在这方面为我们做出了榜样，不管穿得多么破烂身上多么脏的讨饭的人，到了我们家都会得到母亲的善待，家里再困难，她都不会让人家空手离开。第三，不要浪费东西。母亲说，这世上没有能经得起浪费挥霍的人家，家里有金山银山，也不能浪费。她特别心疼粮食，绝不许我们把吃剩下的东西扔掉，每当我们要扔掉什么吃食时，她都要说，你要扔的这点吃食，在1960年就能救活一个人哩。有时锅里剩了饭，她总要我们把裤带松松，尽力把剩饭吃下去。她说，只要吃到肚里，就不算浪费。

母亲没有什么金钱意识，她从不管钱。家里的那点钱，一向由父亲来管。偶尔有人来家门上收购什么，给几毛钱在她手上，她也是立马交给父亲。家里要买布买油买盐，都是父亲去办。她从没有为钱的事和父亲和儿女们生气。她的生活标准很低，吃饱穿暖就行了。有一年她和父亲来北京，一个朋友请我们吃饭，上的菜她都没见过，她悄悄跟我说：吃饱肚子就行了，花这么多钱吃这么好干啥？家里过去穷，一般买不起猪肉羊肉，过年时买一次肉，母亲每顿只切一点，做好后，她把肉片都挑在我们碗里，坐在那儿看着我们兄妹吃，我们让她吃，她总是说：吃到你们肚里也就等于吃我肚里了。

　　母亲平日的活动范围，就在我们村子四周，也因此，她特别渴望了解外边的世界。她了解外边世界的主要渠道，就是看电视。我有了孩子之后，她到城里来照看孙子，最让她感到高兴的是，能天天看电视。几乎每天，她都要抱着孙子坐在电视机前看，以至于我都担心会损坏她的眼睛，但看着她那副兴致盎然的样子，又不忍心打断她。母亲看电视很少选择频道，什么频道的节目她都能看得津津有味，常常是我那尚不懂事的儿子随便按一个频道，奶孙俩就认真地看了起来。

　　以母亲今天的年纪，我们都不希望她再忙碌，我们都有能力养活她了，只愿她好好歇息。可她依然闲不下来，要下地摘棉花、摘绿豆、掰苞谷，要照应家里养的猪羊鸡鸭。也许正是因为她不停地劳作活动，她的身体到今天还很硬朗，还没有什么大病，还能不歇气地从村里走到六里外的镇子上。我们都希望她能活过百岁，能使家里四世同堂。母亲笑着说，只要你们不嫌我拖累你们，我就尽力活，直到人家来叫我走的那一天。

每当我和妻儿回家要走时，母亲总是站在村口，目送着我们向远处走，直到看不见我们的身影再回屋。我不论走到哪里，都能感觉到她目光的注视。我知道，母亲脚下的那块故土，永远是我们可以停靠歇息的码头；有母亲目光的牵引，我们就不会在喧闹繁华的地方迷失，我们会找到返回家园的路径。

自
在

一 剂 药

六婶只养了一个儿子，起名叫巅峰。六叔嫌这名字别扭，想换一个，可六婶不许。六婶说：咱们的儿子这辈子一定要登上人世的巅峰，不能像咱俩这样活得窝窝囊囊，一辈子在家里种田。六叔有些不高兴，种田就窝囊了？再说，啥叫人世的巅峰？

六婶初中毕业，心劲很高，凡事都有自己的主意。六婶说，人世的巅峰就是当上大官，只要咱儿子当上了大官，你说咱有多荣耀，谁还敢看不起咱们？在咱们中国，做啥也没有当官好！六叔叹口气：你呀，光想些虚的、空的。

六婶知道，要想让儿子日后当上大官，必须让他上学，让他考上大学。所以从上小学起，她就亲自过问儿子的学习，检查他的作业，额外给他布置课外习题，辅导儿子去做一些难题。每逢儿子想要去玩时，她就给他讲"人须苦中苦"的道理，给他讲做官的好处和要做官必先读书的例子。儿子上到初中时，六婶的知识不够辅导儿子学习了，她就在儿子做作业时搬个凳子坐在他身边纳鞋底，监看着儿子。身为一个农村妇女，六婶这样做很不容易，村里的人都说，有六婶这教子方法，巅峰今后肯定会有一番造就，说不定真能当上大官。六婶也骄傲地说：我的儿子天然是一块当官的料，你们只管等着看吧！有好开玩笑的年轻人就同六婶开玩笑说：万一巅峰以后当不了官怎么办？六婶生气了，六婶说，他要当不了官我就去死！

巅峰从小就爱画些小猫小狗，上中学以后，学画的兴趣越加浓厚，一有时间就拿上画笔去画。六婶见后很是生气，教训儿子说：你听说有几个画画的人当上了大官？赶紧给我认真读书。巅峰嘴里应着，实际上并没丢了练画，到高考时，就偷偷报考了省上的画院。待六婶知道儿子考了画院的消息时，画院的入学通知已经来了，六婶气得大声哭骂：好一个不争气的小子，你是存心要违我的心意呀！……

巅峰画院毕业后留校任教，业余时间全心投入创作。六婶去画院看他，见他浑身沾着颜料在纸上涂抹，叹口气说：干这个能比当官好？巅峰笑笑说，人各有志，我喜欢这个。我的画已参加过很多展览，我争取早日画出令你感到自豪的作品。六婶不想听这个，郁郁地回了村里。巅峰这一行与当官自然无缘，几年过去，仍是个教师和画家，什么官也没当上。相反，村里与他同龄的几个小伙儿，当初在中学的学习并没有他好，现在都相继当上了官。有一个当了乡长，有一个当了县里的副县长，上学时遇到难题常找巅峰抄答案的平顶还当了地区里的处长，还有一个当了省上团委的部长，最差的一个，也当了村支书。六婶每一听到别家儿子当官的消息，就要生自己儿子一次气。有一年秋天，村里新建的小学举行剪彩仪式，发通知让在外工作的本村人都回来参加，人家当了官的几个人，都坐了公家的轿车，呜呜地开回来，村里人都客气地迎上去招呼。独有巅峰是从镇上的公共汽车站一步一步走回来的，而且走到村口也没人去迎。六婶心里那个气哟，她看见儿子挎着个包走到门口，也没有站起来说话，只大声对六叔喊：他爹，你给我准备一瓶农药，我是无脸活了！……

更令六婶生气的是，剪彩仪式开始时，村上安排所有当官的都上前拿了一把剪子剪彩，那当处长的平顶还站在正中的位置上，独留巅峰坐在小学师生们中间。六婶觉得儿子受到了冷待，就等于自己受到了冷待，一气之下转身离开了仪式举办现场，要往家里走。也是合该出事，也来看热闹的平顶他妈这时拦住六婶说：他婶子呀，你看看你们巅峰，怎么连一个小官也没混上哪？你当初怎么没给他说说哟！六婶被这句话刺得身子一个摇晃，顿觉所有的尊严都被扯走了，从此以后再也无脸在村里做人了。她跟跟跄跄地向家里走，到家就去平日丈夫放农药的地方，那儿果然还有一瓶农药，她拿起就喝，边喝边朝卧房里走，她想，死就死到床上，别让人搬来搬去的。

躺到床上，想到马上就要告别这个世界之后，她忽然有些后悔：这样去死是不是值得？自己死了，丈夫以后谁来照顾？儿子会怎样伤心？儿子并没有做错什么，他只是没有当上官而已，不让他参与剪彩是那些人的错，我凭啥要把气撒到儿子身上？儿子的婚事还没说成，我怎能现在就走？而且她忽然想起，家里的两张存折和一些现金都是她保管的，她还没有告诉丈夫它们的藏处，自己死后他们找不到可怎么过日子？不，不能死！想到这儿，她急忙呼救：来人哪——

六叔听见喊声，从院子外边跑进来，还没有开口问，一见床边扔着个农药瓶子，立时明白了是怎么回事，吓得急忙上前抱起妻子就往镇上的诊所里跑。

让人觉得意外的是，大夫给六婶检查以后说：一切正常。问六婶自己的感觉，她也说没有什么难受的感觉。六叔正在诧异，巅峰来了，巅峰走到六婶身边，轻轻叹口气低声说：妈，幸亏我做了准备，要不然，真要出大事了。六婶从儿子的声音里听出了点什么，抓住儿子的手问：你做了啥准备？巅峰说：我进村因为没人像迎当官的那样迎接我，你就气得喊着要喝农药，我知道今天的仪式得按官场的规矩办，害怕你受不了接下来的刺激，所以预先做了准备，把家里的那瓶真农药藏了起来，另画了一张农药的商标贴在一个装葡萄糖水的空瓶子上，我在瓶子里灌的是我平日爱喝的咖啡。说着就从口袋里掏出了六婶扔到床前的那个瓶子。

好个小子！六叔笑了，你画的那农药商标跟真的一样，连我也吓蒙了！

六婶怔在那里，拿过儿子手上的瓶子默默地看着。巅峰这时又说：妈，你要是因为我没当官而喝药自尽，你说我这辈子还怎么活下去？我虽然不当官，可照样能挣来钱养活你和我爹。说着从挎包里掏出一幅画的照片：你们看，我这幅画最近获了国家大奖，法国一个收藏家答应出五万美元买它。

六婶这时舒一口气，一边下床向外走一边说：没想到我的儿子还这样细心地记挂着我，罢，从今往后我不寻死了，回去继续过咱们不当官的日子。

巅峰第二天早上要走，六叔推出家里的自行车去送儿子。这当儿，有两辆警车开进了村子，其中一辆警车的司机下车问六婶哪儿是平顶的家，六婶指完路后又来了气，对巅峰说：你看看人家，要走时还有警车来接，哪像你。巅峰笑笑，坐上他爹的自行车后座走了。

也就一袋烟的工夫，忽听平顶家传出他妈的一声哭喊，跟着就见平顶被两个警察推到了警车上，手上还戴了手铐。六婶大惊，忙问邻居是怎么回事，邻居悄声告诉六婶，平顶贪污了。

六婶看着警车开走后，回屋找出了儿子做的那个"农药瓶"，她看见瓶底还有些咖啡水，就打开瓶盖，仰头喝了一点，在嘴里慢慢品味……

喜　来

把儿子起名为"喜来"，这其中一定含着某种期盼。是盼儿子早日成婚，把仅有父子两人的孤单的家扩大为孙子孙女绕膝的大家庭？还是盼他在仕途上、事业上成功，为这个一向受人欺负轻视的家带来威望和荣誉？我不太清楚，我没有问过那位敦厚而不善言辞的父亲。

不管是期盼前者还是期盼后者，反正在我认识喜来的时候，"喜"还没"来"。

我们那时都在镇上读初中，正处在人生最艰难的路段。我们都是农民的儿子，都住在僻远的乡间。学校离我家六里离他家十二里，我们住在学校，吃的粮食都靠父亲往学校里送。同样的境况使我们开始接近、要好。那时一年一个人能分到的细粮不过几十斤，父亲就是一口不吃全送给我们，也填不饱我们年轻而贪婪的肚子。于是我们课余时间就常在学校的食堂周围转，望着食堂蒸笼里那些腾着热气的白馍，我们一齐吞着口水，把无数的向往咽进肚里。

他或我偶尔有谁买到一个白馍，会掰给另一人一半解馋。呵，那个香甜！

我和别的同学一起去他家做过客。他家和我家一样，都可以用"家徒四壁"来形容。土坯垒就的光线不足的屋里，除了简单的床、桌之外，就是几个盛粮食的土瓮和盆罐，整个的家产不值几百元。我记得喜来的父亲那天给我们做的是白面条。望着老人用面瓢从不大的瓦瓮里舀那本来不多的白面，我懂得他这是在用最好的东西招待我们。我和喜来那时已经明白，父辈那里，我们都没有任何可以炫耀、依托、依靠的东西，我们只有靠自己！

　　也许就是因为这困苦，使我们懂得了学习要用功。

　　喜来的学习成绩在班上一直名列前茅，所用的课本常常是学校奖给他的。他的字尤其写得好，班里要用钢板刻印什么资料，要用毛笔抄什么东西，都是找他。我那时虽高他一个年级，但他的钢笔字和毛笔字却是我极佩服极羡慕的。

　　我们那时都有一个没有说出口的决心：考上大学！那是我们改变自身境况的唯一出路，然而这路还是被"文化大革命"堵了。

　　但我们没有死心，我们在寻找另外的出口，我们几乎同时萌生了当兵的愿望。于是，在1970年的冬天，我们一同穿上了军装，他去北京，我到山东，从此开始了军旅生涯。

　　这期间我们没有联系，但当我爬山越岭汗流浃背进行炮兵射击测地作业时，我知道喜来也一定在他的岗位上辛苦忙碌，他不会怕苦怕累，他会珍惜这个奋斗的机会！

　　果然，当我十几年后在北京再见到他时，他早已是一个威威武武的团职军官了。他主持他所在部队一个重要部门的工作，妻子就是当年的同班同学，而且有了一个长得白胖漂亮名叫阳阳的儿子！

"喜"到底"来"了！

而且是两喜都到：美满幸福的家庭和事业上的成功！他父亲的期盼实现了，不管是期盼前者还是期盼后者。我为那个受了一辈子苦的老人高兴，我对喜来说：该把你父亲接来让他享享福！

我听到的是一句沉痛的回答："他已去世了。"

我意外地望着喜来伤悲的面孔，最终也只能发一声长长的叹息。

那位慈祥敦厚满脸皱纹的老人，又浮现在我的眼前。我有些恨命运的不公：你原本应该再给老人几年欢"喜"的时间，要知道，那老人对"喜来"曾怀了怎样的希冀和期盼！

我和喜来那天谈得很多，记得谈话的末尾，我们说到了阳阳。喜来当时满怀憧憬地说：阳阳什么时候能成了才成了家，我

这心就放下了……

哦，又是一代！

又在盼着"喜来"！

上一代切盼着下一代"喜来"，老一代含辛茹苦地为小一代创造着"喜来"的条件，这大概是我们这个世界繁衍发展的规则！

但愿阳阳这一代"喜来"得更令人振奋，更叫人激动！

回望来路

人走路差不多都有回头一望的时候，很少有人走路双眼一直向前从不回首。这种回首一望的习惯大约是人为了记住自己的来路以便日后回撤，是一种自我保护的需要。

作为一个走进山东省城济南的城里人，我也常常回望自己的来路。我发现我的来路蜿蜒曲折，许多拐弯的地方须用心记住。

我走进济南前在山东泰安当一名连级军官。新华社驻济南军区记者站的一位记者刚好在我的部队里代职，他觉得我是一个写机关公文的料子，遂把我调到了济南。没有他，也许我仍在泰安当一名军官，也许我已经转业，反正不能像今天这样坐在济南的家里写作。这一次拐弯让我明白，一个人可以对另一个人的命运产生巨大的影响。

我做军官之前在山东肥城当兵。士兵和军官之间隔着一条很宽的沟，跃过这条沟是我的愿望，可惜没有这种飞身一跃的时机。后来机会总算让我等到了，上级一位首长要来听战士讲解柳宗元的《封建论》，我被指定做这次讲解，我竭尽全力做了准备。我那天讲得很成功，那位姓王的首长听罢就表态：这样的兵应该提拔起来！于是不久后我当了排长，告别了士兵生活。这段经历使我懂得：人一生不要错过任何一个可以改变你命运的机会。

当兵之前我在河南邓县三中读书。我在三中差不多读完了初中，度过了"文化大革命"的最初岁月，又断续地读了两年制的高中。那时高中毕业后没有大学可上，只有回乡种地一种可能。作为农民的儿子我深知种田人的全部辛苦，所以我决定逃跑——逃离家乡。那个时代逃离家乡的最佳办法是当兵，于是我就去接兵站报了名。当火车载着我向山东飞驰时，我开始庆幸：用逃离之法有时也可以拒绝命运原先的安排。

读书之前我在构林周庄度过我的童年。周庄是被两条大渠夹持着的平原上的一个村庄，当时只有百多户人家。这个不大的村落是我生命的第一个栖息地。我的童年虽然时有饥饿来干扰，但照样有五彩缤纷的乐趣。我和我的伙伴们下塘用双手摸鱼，在夏天的中午借树丛的掩护去瓜园里偷吃黄瓜和甜瓜，在翠绿的草地上玩踢鞋楼的游戏……这种痛快的玩耍没有持续多久，我6岁多就被父母送进了学校，开始了有忧有虑的生活。人早投入有忧虑的生活会早生皱纹但也可以早一天成熟，我没有因此抱怨父母。

周庄是我的诞生地，但不是我们周姓人祖宗的居住地。我们村庄的周姓人和附近的老户周村的周姓人一样，全都是从山西洪洞县大槐树下迁移而来的。据说我们的祖爷和祖奶所以在迁徙的途中在邓县这个地方停下了脚步，是因为我们的祖爷有一天吃罢饭后随手把筷子往地上一插，几天后那筷子竟发出了青芽，于是祖爷认为这是一块可以养育后代的地方而决心留了下来。我很感谢历史上那次巨大的人口迁移，要不然我今天也可能生活在水贵如油的黄土高原，不断地去承受缺水之苦。这使我更清楚地感受到：祖先们对生活的任何一种选择都可能给后代带来影响。而我们也是后人们的祖先，我们今天要做什么不做什么都该考虑到我们的后代。

　　山西的洪洞县只是我们周姓祖先在农耕文化时期的居住地，原始的周姓部落的聚居地据说是在濒临黄河的今天已经绝迹的一处森林里。那时候，周姓部落的人靠群猎谋生，人们常拿着石质武器去猎获动物。他们在离开部落营地前去打猎的途中，不时要回首望望来路，以便返回时顺利找到营地。我今天这种回望来路的做法，大约就来源于祖先们的这种习惯。

　　我们如今居住在城里的穿红着绿衣饰整洁的城市人，倘若都能朝自己的来路望望，可能就会发现自己和这世界上的许多人原来都来自同一个地方，就可能对邻人对乡下人对他人生出一种新的感情：理解、同情和宽容……

说 "吃"

关于吃的议论已经很多。已经有不少营养学家说过人吃什么最好，已经有不少美食家说过怎样吃才妙，我在这里，便只能以一个吃过几十年饭的普通人，说说自己吃的经历和体会了。

我在吃上大约经历了六个阶段：第一阶段是 1 岁至 3 岁，吃的是母亲的奶水。可能是长子娇惯的缘故，母亲给我断奶很晚，让我很占了一些便宜。当然，吃奶阶段的中后期，我已经同时开始吃红薯、鸡蛋这些东西了。第二阶段是 4 岁至 7 岁，吃的是母亲和奶奶精心做出的农家最好的食品：煎饼、油馍、胡辣汤一类。第三阶段是八九岁上，每天只吃很少一点粮食或全吃野菜，有许多天只是吃一点榆树皮糊糊，还有从棉籽里剥出的那种十分难吃的棉籽仁。此时我全身浮肿，这是 1960 年和 1961 年。第四阶段是 10 岁至 17 岁，主要是吃红薯干和红薯，大致能吃饱，一年只能吃一次白馍和一次水饺。第五阶段是 18 岁至 22 岁，这时我当兵到了部队，顿顿能吃饱，还有白米、白馍、白面条，我觉得进入了共产主义。第六阶段是 23 岁至今，我提升为军官，随着职务的提升和进入城市生活，我开始喝上了牛奶，开始品尝到山珍海味。

我在吃上有几条所谓的经验：其一是吃自己愿意吃的。一种食品不管它声誉多高，只要你不愿吃，就别吃它。我认为不想吃的东西大约就是自己身体不需要的，犯不着咬着牙皱着眉硬去吃一样有营养的东西，用难受去换营养划不来。其二是吃到舒服的程度为止。别过量，别暴饮暴食，别一顿吃完两顿的饭，别跟别人比赛饭量。其三是吃饭时全心全意。别在吃饭时思考问题，别在吃饭时谈论棘手的工作，别在吃饭时想伤心的事情，吃饭就是吃饭，吃得一心一意。

我在吃上教训很多，可以归纳为三个：一是年轻时仗着胃好生冷东西吃得太多，使肠胃功能迅速下降。我少时在家曾经半天吃过两个生萝卜，当兵到泰安后一天吃过七个苹果，外出搞测地作业时一周吃过三天冷饭，如此吃法不可能不使胃生出不满从而开始怠工，把肠胃的工作积极性一点一点磨蚀掉。二是不注意改变少时形成的不好的饮食习惯，喜欢吃过热、过烫的东西。这种吃法对口腔、食道都不会有好处，有时会把口腔和食道弄伤。三是吃得过快，食物进嘴后没有经过充分的咀嚼就吞咽下去，不给唾液搅拌食物的时间。这自然会增大胃的工作强度，影响身体对食物养分的吸收。这种吃得太快的毛病形成于1960年饥饿时期，那时看见一点东西，总想一口就把它吞进肚里，迅速把肚里的饥饿驱赶出去。当兵以后，因为常有紧急集合，只怕自己饭没吃完，集合号或者哨音就会响起来，所以拿到饭就不顾一切地往口中扒，全不去想这种吃法的后果是什么。

人每天都在吃东西，吃是人每天的重要任务和目的之一，但世上真正吃得正确、得法的人并不多，也因此，一些疾病才得以在人间横行。我自己就因为吃得不得法而得了胃病，每每受胃炎折磨。按说我是无资格在这里谈吃的，不过作为一个吃的失败者，我的话对于年轻人可能会起点提醒作用。

　　世上可供人吃的东西很多，世人创造的吃法很多，世间修建的吃的场所也很多，我祝愿每个人都能吃得如意、吃得快活、吃得舒心、吃得艺术，吃出一个健康的好身体。

自

在

我爱烟台

我在山东生活了 25 年。在这四分之一世纪里，我差不多走遍了齐鲁大地，我喜欢这块出过孔子、孟子的土地。而在山东的诸多城市中，我又特别喜爱烟台。如果把山东的城市比作一群女性，我觉得烟台不是那种靓丽率性的未婚姑娘，也不是那种高腔大嗓的中年母亲，而是一个端庄温婉的少妇，来到她的身边，你有一种踏实安妥会被亲切款待的感觉。

我是在烟台第一次见识海的。生在中原南阳盆地的我，当兵前只要见到一座小型水库，就觉得那水面大得惊人，就会站在岸边高兴得啊啊大叫。20 世纪 70 年代末的一天，在济南军区当干事的我随一个工作组到了烟台，站在烟台山上，我才算第一次看见真正的海。我记得那一刻我被海的阔大和壮美惊得久久无语。一个内地人看海和一个长在海边的人看海，那感觉完全不一样。我记得我当时满是惊骇：是谁造出了如此大的水面？怎么会有这样多的水？这么多的水就一直存在这儿？接下来，我又和工作组的人坐船去驻在大海深处一个小岛上的部队调研。船离岸半晌之后，四周全是碧绿的海水，真可谓天水相连、水天一色，令人心旷神怡，直想张嘴喊叫点什么。也许是从那一刻起，我就喜欢上了烟台。人能生活在烟台，那真是上帝的一种垂顾。终日有海的陪伴，人的心胸能不开阔？人的眼界能不高远？人活得能不舒畅？

我喜爱烟台，也因为烟台出的好吃好喝的东西太多。苹果，是烟台闻名全国的特产。济南军区机关过年，总要给每家分一筐到两筐烟台苹果。吃烟台苹果，那真是一种享受，先拿到手里欣赏她红艳艳的面颊，再闻一闻她沁人心扉的清香，然后一口咬下去，让浓浓的甜把你弄得通体舒坦。20世纪70年代，送人一筐烟台苹果，就是一种很重的礼了。直到80年代，我回河南老家探亲，还总要带一些烟台苹果走。张裕葡萄酒，更是烟台的名产，朋友相聚，开一瓶张裕干红，那是很有品位也很让人陶醉的事情。再就是莱阳的梨，又酥又脆，咬进嘴里就化。莱阳属于烟台，吃莱阳梨你就不能不去想烟台这块土地的神奇。烟台的海味也让人嘴馋，我在别处也吃过海参和鲅鱼饺子，可在烟台吃的蝴蝶海参和鲅鱼饺子味道格外鲜美，因为这里是鲁菜的故乡，经正宗的鲁菜大厨后裔们一过手，海味添了新味，让你吃了还想再吃。我当年所在的部队里，一位战友娶了个烟台媳妇，那位嫂子来队探亲，大伙儿都想吃她做的菜。问她何以有这本领，她笑道：俺们烟台姑娘，出嫁前都必须学会煎炸蒸煮的做菜本领，不然是会招婆家轻看的。

喜爱烟台，还因为烟台有我喜欢和敬重的人。喜欢的人，是我的一个战友，其人姓王，我们先后调来军区机关，因家属当时都未随军，两人一起到食堂吃饭，一起去爬山锻炼，一起在机关那不大的院子里漫步聊天。他心地善良、乐于助人，生活上经常给我帮助。他尤其善讲笑话，极是幽默，很少见他有愁眉苦脸的时候。听他讲笑话，我常常会捧腹大笑，忘掉烦恼。我至今还记得他给我讲的一个笑话——一个很讲究发型的男人进理发店理发，理发师很草率地匆匆地给他理完，他很不满意那发型，就又掏出五分硬币啪地往案上一拍，说：再理五分钱的！那理发师先是一愣，后又拿起推子，在他的脑门上推了一家伙，结果使他的发型更加古怪……是这位战友，让我感觉到烟台人活得多么达观乐天。敬重的人，也姓王，叫王懿荣，当过清末的国子监祭酒，是我国近代伟大的爱国主义者和著名的金石文字专家。1899年，是他首先发现了甲骨文，并确认为商代文字，把中国有文字记载的历史提前了一千多年，为商朝的历史研究提供了第一手资料，为我们河南安阳的殷商考古奠定了基础。1900年，当八国联军入侵北京时，他任京师团练大臣，率军民英勇抵抗，在城破之后，和家人一起殉国。身为文人，我对有如此眼光和骨气的文人前辈怀着深深的敬意。是王懿荣，让我觉得，烟台这个地方不凡，是出有骨气的文化人的地方。

喜爱烟台，也因为烟台倚着胶东名山——昆仑山。昆仑山峰峦叠嶂，坳谷相连，草深林密，是养生修身也是藏兵屯兵排开战阵的好地方。20世纪30年代，烟台人民就在这里打响了胶东抗日第一枪。其时，昆仑山被日军视为恐怖之地——进山的日军不知会从哪棵树下哪个洞中射出子弹。因为昆仑山的军事价值，中华人民共和国成立后，我们常有部队驻在山中。20世纪七八十年代的一个秋末时节，我随工作组进山到一支部队去，车在曲折的山路上走了许久许久，才在天黑时分抵达部队驻地，下了车，只见四周全是黑黢黢的山头，山风吹过，万千的树木发出奇异的啸声。那支部队的一位接待人员在夜色中告诉我们，别看这里偏僻，生活有不便之处，却是胶东最宜居的地方。由于山深林密，加上不远处有大海参与空气的调节，这里的空气纯净度和湿度都最宜人，尤其对人的肺部好，肺部不适和支气管有病的人，到这里住一段，常会不治而愈。这里是山东的长寿地区之一，山里的老人，活到八九十岁是很轻松的事情。我听罢在心里感叹，可惜这儿离自己的故乡太远，要不然将来退休之后来此养老那该多好。那次昆仑山之行，我看了王母娘娘的洗脚盆，听了王重阳创建全真道的故事，第一次洗了温泉澡，还吃了昆仑山上的山珍，呼吸了昆仑山中的好空气，回到济南，好长时间还在想着昆仑山。

烟台这地方，你只要去一趟，想不爱上她，都不易。

死死生生

今年春节回故乡探亲，离着村子还有很远，就看见了那片墓园——那个中间立着几株松树和柏树的村人公墓。分明地，觉得它比自己当初离家时大了许多，心里不觉一沉：又有人被送进了那里歇息？果然，进了村头一眼就看见瞎爷爷家的院门上没有贴红纸春联，贴的是一副黄纸联：有心思亲亲不在，无心过年年又来。这么说，瞎爷爷是不在了，那个长年提一根烟袋，拉一头绵羊的独眼老人已经走了；那个常常独自坐在门前吃饭喝酒的老汉从此离开了我们。我再也听不见他殷勤让我喝酒的声音：小子，过来抿一口！再也看不到他牵了羊在田野漫步的悠闲样子了。瞎爷，我们真是阴阳两界分了。

进了家和母亲聊起来才知道，当初送我去当兵的绪子叔也已去世了。绪子叔当年是生产大队的支部副书记，正是在他的支持下，我才得以当了兵。倘若不当兵，我如今仍会在村里种地，我不会像现在这样住在北京城里，更不可能有时间整日坐在屋里读书写字。我心里永远感激绪子叔帮我走出了人生关键的一步。我记得我入伍离家的前一天，曾想带一份礼物去向绪子叔表示心中的谢意，可家里当时又实在拿不出钱去买贵重东西，最后没办法，我只好用两个鸡蛋去换了一盒两毛钱的"白河桥"香烟。绪子叔看见那盒香烟后，叹口气说，你们家的家底我知道，你不该再去胡花钱，到队伍上好好干吧，争取能当上一个军官……绪子叔，我如今能为你买好烟抽了，你却已经走了。

邻居告诉我，村里和我同辈的那个身体异常强壮的二哥，也因为得病去世了。这消息令我很吃惊，二哥大我也就十来岁，我们当年一起在麦场上摔跤玩闹的情景还历历在目，可他竟也已去了彼界。我至今还记得，他当兵复员回村是在一个黄昏，他回来时领了一个非常漂亮的媳妇，那位二嫂站在黄昏时的光线里，一双美目四下里顾盼，我当时非常惊奇：女人竟可以长得这样美丽！我在心里为二哥高兴，不过同时也对他生了一点妒忌。我还记得，二哥复员后在村上当了保管员，每当分粮分菜分柴时，他总要多少给我家一点照顾，他那样做自然不合村上的规定，可对于处于极端贫穷中的我的家庭十分宝贵，曾令当年刚懂世事的我感觉到了人间的温暖。二哥，你为何要走得这样急切？你有儿有女，现在的年龄正是享福的时候，为什么要去睡到公墓里？

更使我意外的是，晚我一辈，按辈分向我叫爹的一个近门媳妇茯苓，竟也死了。茯苓在我们村里的晚辈媳妇中，是长得最好的一个，身条、脸盘、眼睛，都让人看着特别顺眼。一说话就带着笑意，让看到她的人都能感觉到她的善良和温顺。她生有一儿一女，两个孩子模样都长得很周正，人们平时都夸她儿女双全是有福气的人。她还特别勤快，无论是家里活儿还是地里活儿，她都做得麻利而有套路。我曾和妻子说起过，茯苓要是生活在城市，穿上时髦的衣服，做做头发，戴上首饰，那肯定是一个人见人爱的美人，会把许多演员比得没了颜色。没想到恰恰就是她，会在32岁的年纪上告别这个世界。母亲说起茯芩的死因，连连叹息。原来这茯芩虽身在农村，心气却很高，一心想让儿子能通过上学走出农村，到外边去干番事业，没想到这儿子偏偏贪玩，书一点也读不进去，早早辍学在家里。茯芩早婚，17岁生下儿子，眼见已经十几岁的儿子没有任何向上的愿望，她绝望了。在一次对儿子的劝说遭顶撞之后，她愤而拿上农药去田野服了毒。那是令全村人震惊的一刻，所有的女人都为她流下了眼泪。茯芩，你拿生命和还没有完全懂事的儿子赌气，不是在犯傻呀?!

我算了算，在我参军离家的30年间，我们这个村子，死了50多个人。新增50多座坟墓，那片公墓当然要变大了。我是在一个朝阳初升的早晨走进公墓的，那一座座坟墓没有让我感到害怕，只让我感到了一丝怅惘:那些我所熟悉的活生生的生命，就这样变成了一堆无知无觉的土? 人挣扎一生落此结果是不是有点太残酷? 上帝如此安排人的归宿依据的是什么道理? 我望着一点一点升高的朝阳，忽然意识到，什么事情都是有升有落，如果太阳只升不落，那会是一个什么结局? 如果人是一种只生不死的动物，那地球将怎样安排如此多的生命?

从墓地里出来，正是大人们下地干活孩子们上学的时辰。我走上大路，迎面碰上了一群背着书包的小学生，孩子们好奇地打量着我，他们不认识我，我自然也不认识他们，问起他们父母的名字，我也大多不认识。是呀，他们父母生下来的时候，我已经离开了家。一位已下地干活的本家叔这时由地里走过来，向我一一介绍那些孩子都是谁家的孙子孙女，我努力在那些孩子的脸上辨认他们爷爷奶奶的面影。啊，生命就是这样一代一代地延续着。本家叔告诉我，我当年出去当兵时，村里有140多口人，现在，全村有三百六七十个人。30年时间，死去了50多人，净增了200多人，生的远远超过了死的。也因此，村子才显出一派兴旺景象。

近午时分，村子里响起了唢呐声，邻居婶子告诉我，是村东头青山的儿子娶媳妇。我说，村子里又要添一个人了。婶子笑着更正我的话：不是添一个人，至少要添两个人，到明年的这个时候，就又要有孩子出生了。我走上村中的大路，从远处看着那长长的迎亲队伍，听着那热闹的喧嚷声，被墓地引发的那份不快不知不觉消失，心里也渐渐高兴起来。正午的村子笼罩在婚礼所带来的喜庆气氛中，连牛叫、狗吠听上去也分外亲切。

临离家那天的黎明时分，忽然有人拍门叫母亲，我听到开门关门的声音后又沉沉睡去。起床后正看见母亲手里捏着红鸡蛋满面笑容地走进院里，问起才知道，邻家的媳妇要生产，怕出意外，才把曾当过接生婆的母亲叫了过去。生的是儿子还是女儿？我问。母亲高兴地答：一个胖小子！

我那天拎了包离家时，邻家的那个婴儿正在哭闹，响亮的婴啼和着村中清晨时分的各种声音，让人心神为之一振。我那刻望着村外的那片公墓在心里说：死去的各位乡亲，你们安心歇息，不管你们当初的死因是啥，都心平气和吧，有生有死才是世界，生生死死才是人间。反正我们有后人，村子的将来就交由他们去操持吧。

自
在

076

再爱田园

我童年的大部分时光，是在田野里度过的。

村边水塘

　　我们那个位于中原西南部的村子周围，无大江大河流过也无波光潋滟的湖泊，有的只是许多天然的水塘。这些水塘像一面面不大的镜子镶嵌在村子的四周，倒映着蓝天白云、竹篱茅舍和青砖瓦屋，滋养着村中一代又一代人。

　　这些水塘的形状各异，有圆有方有狭长，也有不规则的多边形。面积大小不一，大的，水面面积有一千余平方米；小的，只有几丈见方。水的深浅也各个不同，深的，有一丈多；浅的，不过几尺许。水塘的岸上都植有柳树、杨树，塘里或有苇或有荷或有菱角，不少的塘里还放养有鲢鱼、鲤鱼。

　　每天的清晨，歇息了一夜的水塘就开始笑迎客人。小伙子们会拿了牙具到塘边洗漱；姑娘们会拿了木梳蹲在塘边对着如镜的水面梳理长发；被关了一夜的鸭子和鹅，开始嘎嘎叫着奔到塘岸，欢快地扑进水中开始一天中的首次畅游。

　　当太阳移至头顶之后，水塘则差不多成了女人们的世界。各家的女人吃罢午饭之后，大都一手拎着棒槌一手抱着洗衣盆，袅娜着走到塘边，在青色的洗衣石旁蹲下，一边捶洗着衣服一边漫无边际地聊天，说到热闹处，成群的笑声在水面上回旋，会惊吓得那些在苇丛里打盹的鸭子都飞上了岸。

黄昏来临时分，在地里干了一天活儿的牛们开始由各家的孩子牵着，慢腾腾地踱到塘边饮水。间或，牵牛的孩子和饮水的牛会一同被塘水中倒映的晚霞迷住，凝了眸长久地盯着水面不动。也许是因为塘水的甘甜，也许是因为干活时出汗太多，牛们饮水时总是把嘴深深地扎进水里，长长的一气痛饮之后，有时还会快活地抬头长哞一声。这时辰，一些奶奶、婶婶们也会来到塘边，催促那些仍赖在水中玩耍的鹅、鸭回家进笼。牛的长哞和鹅鸭们的叫声汇聚在一起，像歌一样好听。

春末夏初是水塘的容貌最漂亮的时候。这时节，塘里的苇子会嫩叶婆娑，荷花会开得五彩缤纷，塘边的柳树枝条低垂，草鱼们会高兴于水温的升高，不时跃出水面斜斜地一飞。偶有微风起时，一塘清水会荡起好看的涟漪；逢到细雨飘时，水面上和荷叶上会溅起万千珍珠似的水滴。到了夜晚人静之后，蛙声会此起彼伏响成一片，声播数里。

三伏天是水塘里最热闹的时辰。孩子们会脱光了衣服跳进水塘里洗浴；喜抓鱼的男人们会拿上罩鱼的家什跳进塘里罩鱼；会摸藕的少年们会顺着荷叶杆扎进水中摸出白生生的嫩藕；老汉们会坐在塘边，一边吧嗒着旱烟袋一边把双脚惬意地伸进水里。每年的这个时候，水塘总是被欢乐的笑声填得满满的。

水塘在人们年复一年的笑声里竟也慢慢发生着变化。最显著的变化是水在日渐减少。早先那些年漫到塘岸的水如今都不知流到了哪里，人们只见塘中的水位在一天一天地下降变低。有些小的水塘竟完全地干涸了。近一两年塘水消失得更快，前不久我回到故乡，见几乎所有的水塘都露出了底。最大的那个水塘虽然还有一点点水，但水已变黑发臭。水塘里已没有了蛙鸣荷香，没有了鱼跃人笑。只剩几茎苇子在风中摇晃，发出类似呜咽的声响。我记得我当时在塘边呆愣了许久。

不过几十年时间，我从少年走到了中年；而水塘，也从盛年走到了暮年，进入了垂死状态。

变化竟是如此快呵！

村里的老人们望着干涸的水塘叹息：八成是管水的神灵发了怒了……

而我却在猜测：下一个走进暮年就要消失的，将会是乡间的什么景致？树林、绿地、清新的空气还是翩飞的鸟群……

地上有草

地上有草。

你可能知道这个事实，却很少去想它的意义。

有草的地方，其实就是好地方。

我的家乡，便是一个盛产草的地方。

我们那儿土层很厚，雨水又多，所以村边、宅前、河坡、塘畔、田埂、地里甚至院中和院墙头上，一到春天，便都是绿生生的草了。而且草的种类繁多，什么葛麻草、蒿草、茅草、黄背草、刺角芽草、猫眼草、龙须草、狗尾巴草等，应有尽有。母亲在我很小时就教我辨认草的种类，可那繁多的草名我实在记不清楚。据说，因为我们那儿是气候的过渡带，南方和北方的草都可以在那儿生长，所以啥样的草都可以在我们那儿找到标本。

我小时候，我们村子的南边是一片一望无际的草场，那里草深过人，是一个天然的放牧场所。里边有狼，有獾，有兔，有野猪，胆小的人一般不敢独自走进去。后来，国家在那里办了一个黄牛良种繁育场，少时的我，每当看见一些骑马的人赶着成群的黄牛在那片草场上放牧时，就会和伙伴们大着胆子跑进草场，去看马、看牛，顺便看草。那真是一个美丽的草的世界，各种各样的草缠绕纠结拥拥挤挤，风一吹过，只见万千的草梢一齐俯身摇头，如水里的波浪一样直荡远方。草场里还有一股好闻的味道，近似于刚摘下来的梨子的味儿，让人闻着特别舒服。

听母亲说，我长到半岁的时候，因为天热，便经常被脱得精光放到门前的草地上玩。母亲说我在草地上爬得很欢实，常在手上抓了些草叶往嘴里塞，就像小鱼儿到了水里。母亲说，她每次要把我往屋里抱时，我总是扭着身子表示不乐意，偶尔还会大放悲声。

长到三四岁的时候，逢母亲下地锄草，我便跟到地里，学母亲的样儿把她锄掉的草捡起来，拿回家摊在门前，预备晒干了烧火做饭。

五六岁的时候，便牵了小羊到村边的河埂上让它吃草，这是母亲分派给我的任务。这活儿我倒乐意干，看着小羊不停地把草芽用舌头卷进嘴里，直到把肚子吃得圆鼓鼓的，我心里就有一种莫名的快活。

上小学之后，一到放暑假，家里给我的任务便是割草交给生产队喂牛，以此挣些工分分口粮。每天吃罢早饭，我就手里拎一个装草的筐子，筐子里放一把磨得锃亮的镰刀，跑到村外的河堤、田埂上找草旺的地方，找到了就蹲下去割，直到把筐子装满，而后扛在肩上往家走。

到了三年自然灾害时期，我又和母亲一起，去把一些青草的芽儿掐下来放在锅里煮了吃，把一些草的根挖出来，晒干捣碎熬成糊糊吃。那期间不少饥饿的日子，就是这样在草的帮助下度过的。

我至今还记得和儿时的玩伴们在蒿草丛里捉迷藏的情景。几个人分成两帮，一帮到村边那一人深的蒿草丛里藏起身子，另一帮人负责去把人找出来，找不出，就要认罚。把自己的身子缩在草丛里，在头顶上再放一把青草，眼见得伙伴从面前过却没有发现自己，那份快活儿真是没法去说。

草，给我留下了多少难忘的记忆。

可能就是因为这些经历，我对草怀了很深的感情。不论什么时候看见草，都会有一种温暖和亲切的东西从心里涌出来，都想伸手去触摸它们；如果是看见一块草地，就总想在上边坐一会儿。有一年我在欧洲的喀尔巴阡山里穿行，看见山坡上全铺着绿毯一样的青草，高兴地对着山坡高喊了几声，那一刻，真是心旷神怡，让人直想变成鸟儿飞起来，去看遍这山中所有的绿草地。

也是因了这些经历，在我的内心里，总觉得草似人，它也是有生命的活物。它初春绽出细芽时，犹如人的幼年，怕被践踏，需要保护；春末长成身个时，犹如人的青年时期，绿嫩可人；秋天茎粗叶宽时，犹如人的壮年时期，可傲然顶风。也正因有这种想法，我不愿看见草的枯萎。每当秋风转凉，草叶变黄时，我心里都会有一丝怅然生出来。虽然知道它们的根还活着，可又总觉得那是一代草走向了它们生命的终点。倘是看见有谁在这时点火去烧枯干了的草，心里便对他生出一丝气恨来：为何要这样绝情？为何要这样对待垂死的生命？

大约就是因为这些经历，使我心里总认为，人是离不开草的。1986年，我去了一趟西北，当我所坐的汽车在戈壁滩上穿行时，车窗外满目的荒凉让我更坚定地认为，人和草休戚与共，只要草从一个地方撤出了，那么人，是早晚也必须从那个地方撤走的。

人与草生死相依。

细想想，草作为一种物，给人提供的用途实在不少。它可以让人拿去喂牛、喂羊、喂猪、喂马、喂驴，喂一切人们需要喂养的动物，间接地为延续人的生命服务；它的一部分还可直接变成人的食物和药物，比如一些野菜和中药材，其实就是草族中的成员；它还可以让人晒干了裹在身上取暖或烧火做饭，甚至连它被焚后的灰，还可以让人拿去肥田。我们可以掐指算一算，有哪一种草会没有一点用处？用处最少的草，也可以用来晒干了烧火做饭。

草作为一种触发剂，能让人脑中掌管愉悦的部分很快兴奋起来。不管什么人，只要一走上绿草地，精神便会立即为之一振。我们经常可以看到孩子们在草地上欢蹦乱跳，看见一些青年男女在草地上打闹嬉戏，看见成年人在草地上含笑踱步，那其实都是草的功劳，是草，让人们快活了起来。据说美国一些医生把在绿草地上散步，作为治疗抑郁症患者的方法之一。

草作为一种生命形态，给人的启示也很多。它的顽强——即使头顶压了砖头，也要想办法从砖缝里探出头来；它的坚强——即使把头割了，身子也能坚强地挺立在那儿；它的甘于平凡——长在再偏僻的地方也毫无怨言；它的勇敢——暴风骤雨冰雹袭来都能毫无怯意地去面对。我们人，其实是可以从草身上学到一些东西的。我记得母亲很早就向我叮嘱过：人活一世，草活三季，长短虽不同，可经历是一样的。母亲的意思，大概就是要我像草那样，凡事要看开，遇事能坦然面对。

可人给草的是什么呢？

常是漠视和蔑视。人们很少给草以尊重，无论大人孩子，都可以无视它的存在，随时都可以踏在它的头上身上。

多是折磨和杀戮。用镰刀割，用铁铲捅，用铡刀切，用火来烧，甚至把根也挖出来。

这不公平！

有一年，我有幸去了一趟以色列。当我和我的同伴驱车在以色列的国土上奔走时，我有一个惊奇的发现，草，在这里得到了最好的尊重和照顾。所有长草的地方，都得到了保护。不长草的地方，当地的犹太人也要想办法种上草。以色列的国土上很多地方都裸露着石头，土很少，他们为了使草能在这里生长，从很远的地方取来土在石头上铺好，而后再种草。不论是城市还是乡村，凡是空地，都长着修剪得整整齐齐的草。他们对草的这种重视，让我再一次感到，犹太人聪明，他们知道，善待草，其实就是善待人自己。

这几年，在中国的很多城市里，也开始看见种草的人，看见修剪得颇为整齐的草坪。在内蒙古的草原上，也有了专门保护草的人。对于野草，只要它长的地方不妨碍人的正常生活，也都不再坚决拔除了。一个夏季的傍晚，我在北京街头看见一个不大的孩子，对正站在草坪里照相的一对男女说：请爱惜草坪！我当时听了很高兴，有了这一代人，今后草们在中国的生存环境可能会好多了。

一个温暖的春天的晚上，一幅画面悄然在我的梦中展现——

我奉命坐在一架直升机上观看我们的国家，天哪，除了农田、道路、河流、湖泊、房屋之外，我们的国土上全是草和树，到处都是一片碧绿。我高兴地在飞机上跳了一下，这一跳使我脱离了梦境，脱离了那幻想出的画面。我怅然地躺在床上，心想，这要不是梦多好！那一刻，我想起了我国西北那些面积巨大的沙漠和戈壁，那些地方，什么时候才能长出碧绿的草来？在中国，有草的地方很多，可地上没草的地方确实也还有不少。

《圣经》上的"创世记"第一章说，上帝是在第三天造出了草的。上帝说：地要发生青草，于是青草就出现了。上帝造物用了六天时间，第三天就造出了草，足见草的重要。上帝的旨意是地上要有草，可有些地方偏偏没有草，这件事要是追究起来，谁该负责？

上帝的惩罚一向可怕。

我们还是小心为好！

再爱田园

在中国漫长的农业文明时代，人和田园的关系非常亲密，人爱田园爱得如胶似漆。也因了这爱，为田园的归属曾发生过无数的争吵、械斗和战争，产生过很多含着泪水和鲜血的故事。曾经，三十亩地一头牛，老婆孩子热炕头，是中国男人最理想的人生追求。

但渐渐地，中国人对田园的爱意在变淡。

这种变化的起点说不太清，可在20世纪50年代的人民公社化以后，这种变化越发明显起来。最初，人们只是不再关心田园里的收成，收多收少与己无关；后来，是像男人不再心疼自己女人一样的不再疼她，任其贫瘠荒芜；再后来，开始对她厌恶甚至有了恨意；最后，像那些对妻子不忠的男人一样对她开始了背弃和逃离。

我们那一代，逃离田园的方法是去当兵。

接下来，有些人是想法子让工厂招工。

后来，是考大学。

再后来，是进城打工、做生意。随着城市化的步伐加快，人们逃离田园的速度也更快了。总之，想尽一切办法逃离田园，再也不和她相伴过日子。

不爱之后，就分手。实在无法分手的，便常常叹气：唉，咱命苦，只能困在这田地里。在整个中国，已没有几个人真心实意地想种地。

细究人们不爱田园的原因，可能有以下几点：

其一，在田园里劳作最苦。要受风刮日晒雨淋，要弯腰屈腿缩肩，要一身土一身灰，还怕天旱、水淹、冰雹砸，要对老天爷小心翼翼。

其二，在田园里劳作回报太低。改革开放前，干一天挣的工分也就值几分钱；改革开放实行分田到户后，一亩地一年也就挣几百元千把块，连进城当个保洁工也比种田强。

其三，在田园里劳作太乏味。听不到音乐，看不到电影和歌舞，喝不到咖啡和干红葡萄酒，没有城里的那份热闹。

其四，在田园里劳作最被人看不起。种田人是中国最低等的人，谁都可以看不起他们，谁都可以嘲讽取笑他们。

但不管有多少原因，人都不应该不爱田园。因为，是田园养育了我们，供给我们每天吃的东西，没有田园，人类到目前为止还活不下去。

也因为，田园里埋葬着我们先辈的骨殖，留存着太多的有关人和地的大道理。

还因为，田园能纾解我们心里的紧张和阴郁。面对春天绿油油的庄稼地，我们会丢下烦恼，心旷神怡；看着黄澄澄的秋季田野，我们会荣辱皆忘，欢呼雀跃。现在北京城里的一些白领金领、姑娘和小伙儿，去郊区花钱租一小块地种植庄稼，或租几棵果树养育，目的就是纾解他们在高楼大厦里积郁起来的不快心绪。

归根结底，田园是我们中国人灵魂的栖息地之一。我们应该重建和田园的亲密关系，我们没有理由不爱她。

可在城市化的今天，要让人爱田园更不容易。首先需要政治家提高人在田园劳作的回报率，要让一个勤快农民每年的收入和城市里一个熟练工人每年的收入不相上下。其次需要科学家把田园劳作的舒适度大幅度提高，要实现更高程度的农业机械化，要把对老天爷的依赖程度继续降低。再次需要法学家把田园打扮得更加高贵，谁想糟蹋田园，必须像糟蹋女人那样付出极高的代价。接下来就需要我们作家的出场，作家可以通过自己的作品呼唤人们对田园再生爱意，可以用自己的笔让田园再添妩媚。我们中原作家大多来自农家，对田园有充分的了解，写这个不会太费力。

我们要敢于在作品里展示田园的魅力并赞美她，对那些破坏田园的人要敢于谴责，不要认为这是在呼吁向农耕经济倒退。

要敢于去揭露大工业的丑陋之处，让人们对污染严重的一些工业项目的上马保持一份警惕，不要认为这是在反对工业化。

不要对城市里的龌龊也去献媚，要敢于对城市的无序扩展表示反对，不要认为这是在逆潮流而动反对城市化。

我坚信，在这个经济全球化的时代，再爱田园是世界各国各民族都面临和关心的问题，目前世界上城市化程度高的国家，已开始意识到对田园保护的意义。这类作品写好了，应该能走出国界，赢得世界上更多读者的注意。

上帝也会嘉奖我们！

农家美味

我们豫西南乡下农家，日子虽然过得紧巴，但在饭菜上却独有特色，有许多是城里人根本吃不到的美味。我至今只要一想起母亲过去常给我做的那些饭食，嘴里还总要流些口水出来。

蒸槐花是母亲最拿手的一种菜。逢到槐花开的时节，娘总要拎个小筐，到门前的几棵槐树上掐些槐花下来。母亲说槐树上的花摘掉一些对树的生长发育并无妨碍。母亲把摘下的花去掉花梗，在清水里漂洗之后，拌上白面，撒上盐和各种作料，而后放到锅上蒸。在蒸的过程中，厨房甚至整个院子，都飘溢着一股浓浓的槐花香味。蒸熟之后，母亲再浇一点蒜汁一拌，盛到碗里就可以吃了。蒸槐花吃到嘴里有一股青鲜之气和独有的香味，吃下后人特别精神，传说年轻姑娘们连吃几次，连身上出的汗都是香的。

炸南瓜花是夏秋之间母亲爱做的又一种菜。我们家每年房前屋后种许多南瓜，南瓜开花时，往往开得很密，如果听任每朵花都去成瓜，那势必会分散瓜秧上的养分，结果使得每个瓜都长不大。这就需要像间庄稼苗一样掐掉一些花，这些掐下的花扔掉可惜，母亲便将它先用清水冲净，而后放在油锅里嫩嫩地一炸，出来撒些盐末儿在上边，吃起来那香味是双重的，一种是食油的香味，一种是花的香味；而且南瓜花炸出来还是一朵一朵，保持了花的原样，看上去真是令人赏心悦目。

蒸马氏菜是秋天母亲常做的又一种菜。马氏菜是野菜，田埂和庄稼地里到处都是，我不知它的学名叫啥，它的茎是圆形，极脆，一碰就断，叶很小。这种菜又称"晒不死"，你把它拔掉，在阳光下再怎样曝晒，只要一遇雨，它立刻就又活了。母亲下地干活时，总要抽空拔一些回来，先用水洗净，然后拌上面捏成条蒸，蒸出来用刀切成方块形，再拌上蒜汁，就可以吃了。这种蒸马氏菜入口也是一种青鲜之气，可以当饭吃，吃上一碗两碗都行。

烙油馍是母亲在来客时才做的一种吃食。这种东西介于饼和馍之间。做法是把白面和好，用擀面杖把面团压成饼状，在上边抹上一层香油、盐末、葱丝和茴香粉，而后再把面折起揉成一团；接下来再擀成饼状，再抹一层香油、盐末、葱丝和茴香粉，而后再折在一起，揉成团，如此反复多次。最后擀成直径一尺大小的圆饼，放锅上用文火烙熟。这种饼两面焦黄，内里有许多层，表皮吃上去又焦又酥，内里吃上去又柔又香又软，真是妙不可言。

羊肉萝卜汤是母亲在大年三十中午必做的一种过年饭。做法是先把羊肉剁成小块，和羊骨头、羊杂碎、羊血及一些羊油一起放进锅中煮，待差不多煮熟时，再把白萝卜切成麻将牌那样大小的块，加上作料和盐放进锅里熬，萝卜熟了之后就可以停火。这种汤连肉带萝卜一齐吃，喷香，能吃得人周身大汗，据说还可暖胃、壮阳、治关节疼。

人们的饮食爱好大都是自己母亲培养起来的。我的饮食爱好也是这样，母亲用这些来自田野和宅前屋后不起眼的东西做成的吃食，我一直视为最好吃的东西。如今我生活在城里，有时也应邀赴一些挺高档的宴会，每当我看见桌上的那些大鱼大肉山珍海味时，我就想起了母亲做的那些上不了菜谱、饭谱的吃食。我想，我日后如果有钱开餐馆，一定开一个"农家美味馆"，让城里人也尝尝我们乡下人常吃的东西，说不定吃这种东西反倒会长寿哩。

清 明 节

始于周代的清明节，在我们中原乡下，是每家每户都很看重且要认真去过的一个节日。

从出生到现在，我已经过了 60 来个清明节了。6 岁之前过的那些清明节，基本上没留下印象，大概从 7 岁开始，对过这个节日的情景才开始有记忆了。

我记得少年时每当清明节快到时，母亲都要告诉我，清明前后，天会暖和，雨会增多，是种东西的好时节，这个时候点瓜种豆，苗会出得好；栽树种花，成活率高。对这个节气，咱种庄稼的人，可一定不能忘记。我记得每逢清明节快到时，母亲会把南瓜种子拿出来，装在一个葫芦瓢里，让我端了跟着她，她则拎个锄头，在房前屋后的空地上挖土窝，她挖出一个土窝，叫我从葫芦瓢里捏出两粒南瓜种子放进去，然后又拎来水逐窝浇，浇完，再封点干土。没过几天，那些土窝里就拱出了翠绿翠绿的瓜苗苗。

清明节这天早饭后，母亲会把预先准备的供香馍和火纸装进一个篮子里，然后拉上我，跟着扛了铁锹的父亲一起，向我们家的祖坟走去。母亲告诉我，清明节这天，是祭祖和扫墓的日子，我们要给死去的祖辈坟头培上新土，不然，他们的坟头就会慢慢矮下去；要在他们的坟前烧纸摆上供香馍，告诉他们咱来看他们了，没有忘记他们，给他们送来了吃的和在阴间使用的纸钱。一家人到了祖坟上，父亲照例是挖土往爷爷、奶奶、老爷爷、老奶奶的坟上培土，在坟顶上盖一个碗状的土块；母亲则把供香馍在每个坟前摆上一些，然后就是烧火纸，当火纸燃着了之后，母亲就拉我和她一起在每个坟前磕一个头，我对做这个动作不太愿意，每当我抗拒时，母亲总要瞪我一眼说：傻东西，磕头是对他们表达敬意，没有他们，咋会有你？

清明节这天，母亲还总是到水塘边的柳树上折些柳枝，回来用绳子捆了挂在房檐下，她说，这一天的柳叶特别嫩特别润，晾干之后可以当茶叶用，人喝了柳叶茶后，可以败火治嗓子疼。到了夏天天热时，母亲就从那捆柳枝上扯些干柳叶下来，放在盛了开水的水盆里，水盆里的开水立刻变得绿盈盈的，这就是柳叶茶。柳叶茶放凉了喝，喝到嘴里稍有些苦，可喝下去会觉得肚里和身上都很凉爽。

在我的印象里，清明节这天下雨的时候多，而且多是细雨，天地间被这细雨弄得雾蒙蒙的。下雨天不能随意到屋外玩，我就以为老天爷是在与我作对，有时就指了天抱怨：你真讨厌！母亲看了总是急忙拦住我说，小孩子家，怎么敢指责老天？清明节这天所以爱下雨，是因为老天爷知道人们祭祖时会伤心，就用这种天气来陪伴大家，这是天人一心的意思。长大后，读到杜牧的诗句：清明时节雨纷纷，路上行人欲断魂。借问酒家何处有，牧童遥指杏花村。才明白，多少年以来，清明节这天都爱下雨，老天爷并不是独与我作对。

　　清明节这天也有不下雨的时候。不下雨时我就特别高兴，可以和伙伴们在青草地上玩踢鞋楼的游戏，可以和伙伴们摔跤和打闹，可以荡秋千，再不就是去放风筝或看别人放风筝，看见风筝像鸟一样地在蓝天上飞动，我们会高兴得哇哇大叫。少时的清明节对于我，其实是一个玩乐的节日。

　　长大了，变老了，尤其是身边的亲人去世之后，再过清明节，那份感觉又不一样了。少时去祖坟上扫墓，因与坟中的先辈并未见过面，祭奠他们好像只是在尽一份血缘相连的责任；如今去陵园扫墓，与园里的亲人曾朝夕相处，那份疼痛感是那样的强烈和难忍，流泪是难免的。不过，近些年每当我在清明节去陵园扫墓时，望着亲人的墓碑，我都要求自己尽量平静下来，努力去想象亲人们在天国的生活图景。在我的想象里，天国有个最美的区域叫享域，供所有净化之后的灵魂栖息，他们在那儿，会享受到天国之神赐给他们的最美好的生活……

　　身为一个军人，每年的清明节到来时，我也常常思念那些在战争年代与和平时期为国捐躯的前辈军人和战友们。我曾去过南部边境位于山坡上的烈士陵园，看过东部海岛上的烈士墓地，在西部格尔木位于戈壁滩上的烈士墓前看被风雨剥蚀的墓碑。那些为了我们民族和国家献出生命的烈士，应该被我们后人记住，在清明节到来时，我们不要忘了在他们的墓前献上一束鲜花，向他们表达我们的爱意和敬意。

　　过了这么多的清明节后，我开始明白，先人们在长期生活过程中逐渐设立起这个节日，用心可能有三个：其一，促使我们不断回望自己生命的源头，从而增加家族和民族的向心力和凝聚力；其二，提醒我们按时春耕春种，从而在物质上保证家族和民族的繁衍生息；其三，督促我们去享受春光，体会人生的美好和短促，从而更加懂得珍惜生命。

　　不知道我还能在世上过几个清明节，不过我会把每一个清明节都过好，我会把每一个清明节都看作接近天国的一个驿站，直到有一天能抵达美丽的天国……

最后一季豌豆

在诸种庄稼中，我最喜欢豌豆。

小时候，每到豌豆苗长有筷子高时，娘总要让我拎个小篮，去豌豆地里掐一点豌豆叶回来，放在面条锅里，当菜。一大锅面条，有这一把豌豆叶，就显出一股青鲜之气，格外好吃。我们兄妹几个逢着吃这豌豆叶面条，都要呼噜呼噜吞个肚子滚圆。

到了豌豆开花的时候，便是我们这些乡间孩子最快活的赏花日子。在诸种庄稼中，只有豌豆开起花来最好看。小麦花花朵太小，绿豆花颜色单调，玉米花香味太淡，唯有豌豆花又大又艳香味又好闻。豌豆花大部分是红色，也有紫色和白色相掺其间。红色中又分深红、浅红、粉红多种，一根豌豆蔓上常有几种颜色的花，一眼望去，真是五彩缤纷。因在豆蔓上长的高度不等，豌豆花常分几层，看去如楼阁相叠；又因豆蔓横爬在地的长度不同且互相纠结，花便分一簇一簇，瞧上去似花球相连。豌豆开花常常是在一个早晨陡然大放，一地的花朵猛然出现在人们眼前，浓浓的香味在空气中弥漫，由不得人们不深深地呼吸，快活地揉着胸腹。我们这些平日无缘赏花，根本见不到大片玫瑰、月季的农家孩子，常被这大片的豌豆花激动得嗷嗷乱喊，总要绕着豌豆地四周的田埂边跑边叫：嗬，看那片！哟，看这片！哦，这一朵！呀，那一朵……

豌豆角长出后，我们便要千方百计去偷摘来解馋。豆粒没长成、豆角还扁还嫩时，我们便把豆角整个地塞到嘴里嚼，直嚼得满嘴青甜，绿汁直滴。待豆粒凸起还不老不硬时，我们便把豆荚小心地打开，凑到牙上用齿尖一捋，把那些青嫩的豆粒全捋进口中，又香又甜地吞咽。豆角将熟未熟时，大人们也常摘些到家，在锅里带荚一煮，让我们剥荚吃豆，这时候的豆粒已是十分筋道分外香了。待把豌豆收割下来拉到晒场上一打，我们便又可以吃到喷喷香的豌豆糕了。娘做的豌豆糕最好吃，她总把豌豆磨碎成面，用细罗过了，而后拌了香油、花椒、茴香、盐、蛋清和酵子等，搅成糊状，摊在笼屉上放锅里蒸，蒸出后用刀切成方块，让我们用筷夹了吃。豌豆糕的那种鲜味和香气让人吃了还想吃，每次差不多总要撑得我捂了肚子连叫哎哟。

经石磙碾轧打净豆粒之后的干豌豆秧，除了可烧锅之外，还特别柔软好玩，我们常在豆秧上打闹翻滚游戏。遇到家里来客床不够睡时，娘便在地上铺厚厚一层豌豆秧，让我盖了被在上边睡。每当我躺在那柔软的透着香气的豌豆秧上时，我总想起奶奶给我讲的那个神话故事：……老天爷为了使自己造出的人在世上能活下来，便叫自己的几个儿女各变成一种可供人吃的庄稼，性情不好的长子变成了小麦，身上有芒；身高体胖的次子变成了苞谷，棒子特大；性情温顺身子柔软的女儿变成了豌豆，所以豌豆全身没有一点坚硬刺人之处，而且通体溢着香气……

因了这些，我对豌豆怀了特别的喜爱之情。

去年初夏我回故乡探亲，当时正是豌豆长角的时节，上午到家，下午便去了自家种的那亩豌豆地里。到地头一见那久别了的青绿色的豆秧，我立时高兴地蹲下去抚摸着它们，同时扭头问弟弟："自己的责任田，为何不多种点豌豆？"不想弟弟沉了声答："就这一亩我都不想种了，这是最后一季！""为什么？"我一惊。"你看看，还有哪家在种豌豆？"他抬手朝四野一抡。我搭眼朝周围的田里望去，可不，到处种的都是麦子，自家的豌豆田是唯一的一块。"咋都不种了？"我很惊异。

"这是低产庄稼，又怕大风，化肥又贵，种了根本赚不到钱！"弟弟瓮声说道，"加上如今人们的口味变了，都只愿吃麦面，不愿吃粗粮，收了豌豆卖给谁？"

我"哦"了一声，很觉意外，不过细想之后又觉这话有理。种豌豆既是代价高，农村人自然是不敢吃的；城里人又很少吃粗粮，整日不过是把白面变了花样做食物，有的甚至只吃精粉，种了豌豆卖给谁？

"怕是豌豆也要走大麦、荞麦、赤色豆的路了。"娘在一旁叹了一句。我听后心里一震，早先这地方每年都种的大麦、荞麦、赤色豆，这些年已基本上绝迹。我记事到现在，不过几十年时间，就有三种庄稼完了，难道我十分喜爱的豌豆，也要步它们的后尘？

"明年咱也不种了！"弟弟又决然地说。

我不好再劝弟弟，眼看赚不了钱，继续种下去又有何益？也许，人类就是这样在对庄稼的比较和抛弃中前进。祖先们当初大约是太饿了，选定的庄稼种类太多。如今，现代人要在实践中不断进行比较和选择。把好吃的、高产的、容易种的保留下去，把粗糙的、低产的、不易种的抛弃掉。然而这种抛弃是否对人类自己都有益？

"豌豆这东西有时可做中药引子，"娘在一旁幽幽地说，"日后都不种了，用时去哪里找？"

我没再开口，我忽然想起近些年来不断发现的一些新的疾病，那些疾病中有的是不是因为人们把不该抛弃的庄稼抛弃后引起的？但愿不是，但愿我们的祖先也得过那些病，只是因为科学不发达而没有发现它们。

我长久地站在豌豆地头，望着那些青凌凌的生机勃勃的豌豆秧，在心里思忖：它们就要在这块土地上消失了，也许几百年之后住在这里的人们，就不会知道他们的祖先曾经种过吃过豌豆，那时的孩子，更不会享受到我们童年时摘豌豆角解馋的乐趣……

第三辑　再爱田园

羊 奶 豆

在我的故乡豫西南邓州地界的田野里，长有一种中间大两头尖的野果子，形状像极了羊肚子上垂吊的羊奶子，所以乡下人就给它取名叫羊奶豆。

羊奶豆又脆又甜，中间的肚子里蓄满了一股白色的类似羊奶的东西，咬破时连那些白色的奶汁一起吸下肚，会是一种极美的享受。因此，它也就成了我们乡下孩子最爱吃的野果。在田野里采摘羊奶豆，是我幼时和少时很重要的一项乐趣。

那时，我们几个光屁股孩子一起，常在田埂、田垄间寻寻觅觅，有谁发现了一棵羊奶豆，会大喊一声：这儿有！大伙儿于是就都奔过去。羊奶豆秧有点像野甜瓜秧，一结果就不是一个。大伙儿奔过去后，会从秧上摘下所有的羊奶豆，而后均分，够一人一个的，就每人吃一个；不够一人一个的，就每人咬一口。一天，我们正吃羊奶豆时被神经上曾有过毛病的二奶看见，二奶说：小东西们，你们知道你们是在吃啥子吗？你们是在吃田地的奶汁。我们一齐摇头，我们说我们吃的是羊奶豆。二奶眼一斜，叫：你们懂个屁，这羊奶豆就是田地的奶头，人吃它就像羊羔子们噙住母亲肚子上的奶头吸奶一样！……我们听得惊惊怔怔半信半疑。

二十多年后的一个日子里，旅居异地的我又回到了故乡，当我在田野漫步时我倏然又想起了羊奶豆，我非常想再尝尝幼时常吃的这种东西。几个邻居的小孩听我问起羊奶豆，自告奋勇地要去田里为我采摘。然而那天的收获实在可怜，几个孩子在田里跑了半晌，只摘到四五个很小很小的羊奶豆。不过就这已经使我很高兴，我捧着那些羊奶豆向村子里走，在村口，又碰见了神经上曾有过毛病的二奶，二奶老得拄上了拐杖，不过视力还好，一下子就看清了我手上拿的是什么。二奶说：你娃子在城里吃好东西吃腻了，又来吃这种野果子了。我笑笑问：二奶，这羊奶豆怎么都变小了？二奶叹一口气，说：这羊奶豆兴许还会变得更小的，人们总给田里喂些你们城里人造的速效肥和毒药，田地的奶汁还会有多旺？奶汁不旺，这些奶头还会不瘪吗？……

二奶的话依旧使我疑疑惑惑。那天离开二奶后我的心情突然坏起来，我没有再去吃那些不大的羊奶豆，而把它们分给了几个孩子。当孩子们去咬嚼嘴边溢出了白色的汁液时，我分明地觉得他们是在噙着一个个又瘪又小的奶头……

背弃田野

对于田野，我知道我不该背弃。

我童年的大部分时光，是在田野里度过的。那时，母亲去田野里干活，总要把我背上。母亲告诉我，最初，我只会在田头上爬，爬得浑身是土；稍大一点，我能在田埂上趔趄着走，常常摔倒在犁沟里；到后来，我就可以自由自在地在田野里跑了，直到我长成一个又黑又胖的小子。

是在田野里，我熟识了小麦、大麦、荞麦、绿豆、黄豆、黑豆等农作物；是在田野里，我知道了犁、耙、播、种、收的种庄稼程序；是在田野里，我懂得了保墒、干旱、套种、板结这些农业术语。田野，是帮我认识这个世界的第一位老师。

四季的田野都给过我恩泽。

春天的田野像一个穿青着翠的姑娘，使得我常常扑到她的身上。草是青的，树是青的，菜是青的，庄稼是青的，青得让人心里舒展、快活。少时的我常在春天的田野里玩闹，在田头的草地上同伙伴们赛跑、摔跤，在堤畔沟堰上寻找白的、红的野花，在草茎、菜梗上去捉黄的、黑的蝴蝶，再就是抹着鼻涕疯笑。

夏天的田野像一个热闹的舞台，引得我总想挤到前边去瞧。

青蛙在跳，蝈蝈在叫，蟋蟀翻着筋斗，蚯蚓伸着懒腰，炸梨鸟在飞，叫天子在笑。我和伙伴们赤条条跳进田头的水渠、河沟里，还会惊得鱼跃。一拃长的草鱼，会在你的腿间蹿来碰去，有时干脆会撞上你的小鸡鸡，弄得我们又痒又酥忍不住笑弯了腰。

秋天的田野像一个端着大盘喷香吃食的妈妈，我曾从她的盘子里取过许多吃食。饿了，扒红薯吃，拔萝卜吃，烧起一堆火烤苞谷穗吃；渴了，摘野甜瓜吃，找羊奶豆吃，折高粱里边的甜秆当甘蔗吃，反正一切都是现成的。儿时的秋天，我们一伙孩子，常常在田野里吃得腆着肚子往家里晃。

冬天的田野像一个广场，无遮无拦十分空阔，这便是逮兔子的好时候。尤其是落雪之后，我跟在拿着猎枪的大人们的身边，在平展展的旷野上搜索前进，曾收获了多少欢笑和快乐呵。

但我还是决定背弃田野！

促使我做出决定的最初原因，是20世纪60年代初的那场饥饿。当我捂着空瘪难受的肚子在田野寻找野菜而不得时，我对田野产生了真正的愤恨：这个懒蛋，你为什么就不能多产点粮食多长点野菜？虽然后来我明白了，造成饥饿的主要责任不在田野身上，但我和她的感情已经疏离，对田野的爱已经消失。这之后是我中学毕业的回乡劳动，当我走进田野，看见赤膊劳作的农人和农人们身上那晶亮滚圆的汗粒，看见农人们侍弄庄稼出苗、拔节、开花、成熟的那份烦琐和疲累，看见农人们被风、霜、旱、涝、雹捏碎丰收希望之后的那份伤心和苦痛，我害怕了。

于是，本来应该忠心侍奉田野的我，违了最初的誓言，通过当兵走进了城市，背弃了曾给过我恩泽的田野，不再关心田野里的事情，包括她的受淹和干渴。

走进城市之后我才知道，背弃田野的并不只我一个。更多的曾经受恩于田野的人，也在对田野进行背弃甚至进行着折磨。这种背弃和折磨的表现之一便是无限度地切割她的身体缩小她的面积。不断地在田野里增加村子的数量，不断地在田野里建设新的工厂，城镇边缘不断向田野里推移，使得田野的面积持续地减少，有些地方已经听得见田野因为这种切割而起的哭声。

其次便是向她抛掷垃圾。城市的垃圾开始向田野里倒，火车上的垃圾向田野里抛，工厂的污水向田野里流，一些剧毒农药在向田野里洒，城市空气中的有害物质在向田野里落。田野的裙裾上已染了一片又一片污迹。

再就是肆意改变她的容貌。这儿本来是一片绿树，偏要砍掉；那儿原是一片草地，偏要垦殖；此处本是产麦子的宝地，改种水稻；彼处原有一条小河，令其改道。使得田野的天然美在一点一点消失。

背弃会招来惩罚。

我现在常常猜测：田野将会怎样惩罚我这个背弃者？最可能的惩罚是，当我走完生命的途程转而求她收留我时，她会抓来一把含满垃圾和化学毒药的土粒埋住我。

我为自己的这个猜测打个寒噤。

对那些背弃折磨她的大批人她将怎样惩罚？

是让她原来涌流着的奶水日渐减少而制造饥饿？是在她的乳汁中悄悄掺上毒素进行慢性毒杀？是彻底给人类断奶从而让她自己也回复到洪荒状态？

无从知道。

第四辑

亲爱的军营

我第一次走上哨位是在一个漆黑的冬夜。

第一次上哨

　　我第一次走上哨位是在一个漆黑的冬夜。尽管睡前班长已通知我今晚站第四班岗，我也做好了精神准备，可当前一班哨兵把我从睡梦中推醒之后，我还是有些懵懂，睁着惺忪的睡眼语音含混地问：干啥？

　　上哨！那哨兵用冰冷的手指拧了拧我的耳朵，一阵锐疼才使我记起上哨的事情，我方慌慌地穿衣起床，从床头上拿过枪和子弹带，披挂整齐后随那哨兵出了门。

　　一股尖厉的夜风从营区的暗处呼的一声蹿过来，朝我脸上狠抓了一把，我疼得倒退了一步，惊呼了一句：好冷！

　　那哨兵没理会我的惊呼，只作了简短交代：警戒范围是车场；发现情况可以鸣枪二声；不要总站一处，要不停游动。说完，他便回了宿舍，留下我一人站在夜风呼叫着的黑暗中。

　　我打了一个寒噤。我仰望了一下天空，天上无月无星；又环视了一下四周，没有半点光亮，只有汽车和营房的模糊身影。我是第一次单身一人站在这深夜里的黑暗中，浑身的汗毛霎时直立起来，心跳也陡然加快了。

　　但愿敌人不会来捣蛋——这是1970年的冬天，部队里每天都在进行要准备打仗的教育，报纸上不断有苏联要对我国发动侵略的消息，全国备战的弦都绷得很紧，随时准备还击帝修反的挑战。

我小心地迈着步子沿车场巡察。车场紧挨百姓的庄稼地，四周无遮无拦。在我的想象里，田下的黑暗中很可能就潜伏着敌人，他们正盯着我的一举一动，以便随时寻机扑上来。我把冲锋枪横在胸前，拉动枪机让子弹上膛，手紧紧地抓住枪柄，做好了随时开枪的准备。

大约在我巡察到第三圈的时候，一阵索索的响动突然传入我的耳中，我的心一紧：不好，看来是真有敌人！我急忙隐在一辆军车大箱下循声望去：天呀，果真有一个黑影在向车场靠近。我的头皮一炸，慌慌张张地喝道：口令！

那黑影一定，但没有回音。

不准动，再动我就开枪了！对方的没有回音使我坚信了自己的判断正确：是敌人！我能感觉到我扣扳机的手指在哆动。我的心已提到了嗓子眼儿里。

那黑影没有理会我的警告，竟然又一次开始移动，高度的紧张使我没再犹豫，毅然扣动了扳机。

砰！尖厉的枪声划破了夜的宁静。几乎在枪声响起的同时，我看到那黑影摇晃着倒下去，并跟着发出一声非人的叫声。

枪声还没有消逝，营区里就响起了紧急集合的哨音，随之就见连长带着几个干部打着手电筒拎着手枪向车场跑来，边跑边问：出了什么情况？

我在连长的手电光柱里向黑影倒下去的方向指了指：敌人偷袭！

连长的手电光柱移过去。

那是一头小牛犊，正躺在地上哆动着腿，鲜血正从它头上的伤口里汩汩流出来。

我呆在了那里。

连长什么也没说，只挥手让持枪跑过来的官兵们仍回宿舍休息，待大家都走完之后，才移步到我身边拍拍我的肩头说：你的枪法不错，子弹正中牛犊的头部。

连长，我太紧张了……我羞愧地低下了头。

我们都有点过于紧张了。连长叹了口气说，一个军人过于紧张会伤害一头牛犊，一个民族要是过于紧张，就可能要造成灾难了……

我当时自然不懂连长这些话的含义，我只记住了这个让自己出丑的夜晚。

二十多年过去了，那个因过于紧张而失去正确判断的夜晚还留在我的记忆里。

正 午

那是一个寻常的正午。太阳的大小和往常相同；天空如那个季节的其他日子那样稍欠明净；风仍保持着平日的劲头，只把宿舍门前那排杨树的树梢摇得左右摆动；邻近的煤炭三十二工程处工人宿舍区里的狗叫，间隔很长地响起一声两声。这就是那个中午留在我记忆里的模样。一切都显得平静安宁，我当然不会料到，那样一条讯息会在这个时刻沿着邮路到了我所在的营区。

正午的阳光被房檐挡在门口，我没有任何预感地坐在宿舍里擦拭经纬仪——其时，我正担任着测地分队的一名班长，经纬仪是我们测量大地坐标从而为炮兵提供射击诸元的仪器。我擦得很仔细，我喜欢这种能精确测出角度值的东西，我觉得它很神秘。大约在我擦拭完经纬仪的镜头转而去擦它身子的细部时，门口响起了副连长的喊声：你出来一下。

我应声出门朝他敬礼。

我有件事要和你谈谈。副连长说罢转身向营区旁边一条运煤的铁路走去。我见状急忙跟上，只是心上诧异：往常他找我们班长谈话都是在他的办公室，今天怎么要去营房外边？

我们沿着那条东西方向的铁路线向东走着，我边走边猜测着他可能和我要谈的问题：训练、内务整理、纪律？

你老家有个未婚妻吧？副连长突然开口问了一句。

我记得当时双脚一停，脸颊倏然一热：是……有……一个……我在这猝不及防的询问中答得有些吞吐。我十二三岁的时候，仿照乡下的习俗，父母为我订了一个"媳妇"。我惊异地望着副连长，不知他何以突然问起这个来。但副连长没有理睬我的目光，又继续沿着铁路线走。我只好又迟迟疑疑地跟上去。

喜欢她吗？

我许久没有开口。我和她见面的次数极其有限，我们更无感情交流，说不上喜欢不喜欢。

身边有她的照片吗？

有。

可不可以给我看看？

我不甚情愿地慢慢腾腾去衣袋里掏出一个塑料钱夹，从钱夹的里层，掏出一张她的一寸照片。在把"她"递到副连长手上时，我又看了"她"一眼，"她"在阳光下笑得有点过于灿烂。

副连长对着照片看去，他看得时间太长，我先还以为他在评判她是否漂亮，但随后我猛地辨出，他的目光里满是审视意味，这使我的心蓦然一抖，一种不祥的东西骤然升上心头。副连长，是出了什么——？

副连长没有理会我的问话，再一次扭头踏着铁路枕木迈开了步。直到走出几米之后才叹口气：是关于她的一点消息。

啥？

副连长盯住我的眼睛：你现在是一个战士，要承受住——

啥？受伤了？落水了？得病了？

她和别人……副连长说到这里扭开了脸，目光沿着铁轨跑得很远。

轰。像是手榴弹投掷时失手投到了脚前，我只觉得眼前有白光一闪，一种尖厉的呼啸声塞满了耳朵。

你看看。副连长把几张纸放到了我的手上，我看见上边盖了公社革命委员会的印章。我从那几张纸上还看见了家乡的田野，看见了河水、田埂和几只山羊，看见了她，她正沿着一条小路低头向远处走……

你怎么想？副连长的声音从遥远的地方飞过来。

也好。

也好？

我点点头。我清楚地感觉到刚才塞满耳朵的那种呼啸声已经差不多消失，一股如释重负的轻松正向四肢流去。

我想弄明白的是，你愿不愿同她断绝关系？副连长低了声问。

当然愿意。我尽量让自己的声音显得平静。

这就好办。我们会以连队的名义给公社革委会去信说明……

副连长下边的话我没有去听，我看见一列运煤的火车隆隆驶来，机车头喷出的浓烟在天空中画着含义莫名的图案。太阳已经斜过头顶，这个正午很快就要结束。随着这个正午结束的还有我的一段生活。倘不是这个正午，我的许多日子可能沿着另一条水渠向前流走。

这个正午从此便嵌进了我的记忆。二十几年间，我几次清理我的记忆之库，它都固执地站立原地，驱之不走。

它可能是想要随时提醒我：在你曲折的人生之路上，有一个转折点就发生在正午。你们多数人不是总喜欢赞美一日之始的早晨和晚霞绚丽的黄昏吗？而我偏要你记住：正午也是一个重要的时辰。

青春往事

一

每个人一生中都有一段好日子。我的那段好日子是在由班长提了排长之后。那一年我快进入22岁，身高一米七九，胖瘦适中，一顿能吃三个二两重的馒头外加两碗稀饭和一盘咸黄豆。晚上熄灯号一响，半分钟后我就能进入梦乡。我五官也算端正，加上能吃能睡，身子壮实，面孔红润，再把四个兜的军官服一穿，五四式手枪一挎，嗨，很威风！说句不谦虚的话，自我感觉也挺英俊！我那阵从驻地附近的大街上走，总能吸引来不少姑娘的目光。也就是因此，媒人们开始登门了。

第一个媒人是我们连的副连长。副连长是个大嗓门，有天晚上刚吃罢饭，他就朝我高声叫道：一排长，来我办公室一趟。我以为有什么公事，未料一进门他就笑着问：怎么样，想不想找一个姑娘做老婆？我脸一红，嘿嘿笑了一声，一时不知该怎么说好，说不想，分明是假话，那个年纪正是想姑娘的时候；说想，又有点太赤裸。好在他马上替我解了围，他用手指点了我的额头笑道：我知道你小子想，又不好意思说出口，罢了，我已经替你物色了一个，今儿个，我也要当一回红娘。我一听有些吃惊，他的夫人我见过，长得很一般，以他的眼光，能给我介绍一个合意的姑娘？

怎么，信不过我？副连长看我没有立刻表态，有点不高兴。我急忙表示谢意，并赔着小心问：姑娘是哪里人？

胶东。俺们胶东姑娘那可是山东女人中最贤惠勤快的，你只要跟胶东女人结了婚，那你就静等着享福吧！

我一听开始有点高兴，在山东当了这几年兵，早知道不少男人把娶一个胶东女人看成是一种福气。很多老兵都告诉过我，胶东女人最温柔最多情。

副连长一看我脸上有了笑意，就又接着说：怎么样，今晚见一面？

今晚？我后退了一步，你不说她是你们胶东姑娘吗？胶东离鲁西可是很远哪！

胶东姑娘就不会来鲁西了？告诉你，她现在就住在咱们连临时来队家属房里，是我一个朋友的妹妹。

人长得怎么样？我忍不住问了我最关心的问题，漂亮吗？

当然漂亮，我觉得就跟天仙一样！

我的心动了，我想，就算副连长说话有些夸张，比天仙稍差一点的女人也不错。那就见见！我于是点了头。副连长是那种说干啥就立马干啥的人，看我同意见面，立即拉了我的手就向家属房走去。

那天的见面令我大失所望。我只看了一眼就急忙把眼睛移开，老天，她哪里是天仙，分明一个普通的小镇女孩，充其量能说成是耐看罢了。我那时找对象的第一个标准就是漂亮，不漂亮的姑娘我根本就不会考虑。我当时就后悔不该相信副连长对女人长相的判断力。

二

我第一次和她打交道是在一个快要吹熄灯号的晚上。我当时是一个刚入伍三个月的新兵，做事总是磨磨蹭蹭，每晚的洗漱常落在最后，我记得那晚我端一个脸盆和牙具慌慌地跑向营院中的水管，想赶在熄灯前洗漱完毕。水管前没有灯，我模糊看见有一个人正撅着屁股在水管上接水，以为是连里那个做事和我一样慢腾的大魁，就不由分说朝他屁股上拍了一掌叫道：嘿，哥们，快点。巴掌落下去时我就觉得有点不对，手掌上的触觉与往日拍大魁时不太一样，我刚想低头看清是谁，对方已抬头尖叫了一声：你——我的眼睛立时瞪大了，天呀，原来是与我们连队住隔壁的团卫生队里的那个漂亮女兵！我急忙道歉：哎呀，真对不住，我以为是——我一拍你的屁股就觉得不——

你还要胡说？她跺了一下脚，我赶忙住口。她端起脸盆扭身就走。我的心一下子悬得老高：她不会去向领导告我向她要流氓吧？我简单地擦了一把脸，连牙也无心再刷，就心里七上八下地回了宿舍。

还好，这件事她似乎没有向任何人提起，连续几天平安地过去之后，我的心慢慢放了下来。我因此对她有了一点好感。

这之后不久，团里组织我们几个直属连队会操，卫生队的八个女兵也参加了。轮到她们出列操练时，我注意到她排在第五名，她的队列动作很认真，但能看出并不熟练，有一次还做错了一个动作，惹得大家起了一场哄笑，她的脸和脖子一下子羞得通红。我立时明白她和我一样是新兵。这次会操之后，我才从别人嘴里知道她叫林辰音。我们连队的老兵给她起名叫五小姐，他们常在私下里打趣说：五小姐长得最水灵耐看，将来咱们谁有本领了，就把她娶来当老婆。

　　我当的是炮兵，每天的任务就是操炮训练，和卫生队虽近在咫尺，平日里却并没有和辰音再打交道的机会。我只是远远地看见，她常常端些绷带和药瓶，来我们院中的水管上洗刷。她的体形很美，尤其是从侧面看去，总让人心里腾起一股火苗样的东西。逢着她弯腰去洗东西时，我会有意无意地由背后去看她的臀部，她的臀部长得更是耐看，丰满但不显出大，有着极诱人的弧线。我常常想去忆起那晚拍她臀部的感觉，可惜已经记不起来了。

　　我没想到命运会突然给了我一个接触她的机会。那是一个后晌，我们连队一排和二排举行篮球比赛，我代表我们一排上场打中锋，当我在篮板前抢球时，二排球队里的一个胖子跳起朝我压过来，失去重心的我俩同时摔倒在地，可怕的是，在倒地的那一刻，他的一个胳膊肘重重地捣在了我的鼻子上。我先是觉到了一阵撕心裂肺的疼痛，随后就昏了过去。当我醒过来的时候，发现我躺在团卫生队的急诊室里，医生告诉我，我的鼻骨骨折，需要立刻转到师医院里做接骨手术。18岁的我吓得"哇"一声哭了：万一接不好以后不就是一个塌鼻子了？成了塌鼻子部队还会要我吗？还会有女人做我的老婆吗？一个塌鼻子还怎么往人前站？我的哭声是被一句女人温柔的劝慰打断的：别害怕，你是鼻软骨骨折，是很好接的。我扭过泪眼才发现是林辰音站在急诊台边。当着一个姑娘的面，我不好意思再哭，我吸了一下鼻子，立时又感到了一阵钻心的疼痛，在这阵疼痛中，我知道她在用一块有着淡淡香气的手帕擦我脸颊上的眼泪。

救护车拉着我向师医院跑时，卫生队里的一名军医和林辰音分坐在我的身子两边。半路上，我说我疼得厉害，我听见军医对辰音吩咐：掐住止疼穴位！辰音的两只小手于是掐住了我的合谷穴。疼痛并没有减去多少，但我心里却有了一丝温暖的感觉，我对塌鼻子的惧怕因这两只小手的掐按而减去了不少。

我那次在师医院里整整住了一个月时间。鼻软骨骨折通常需要住三个月医院，我因为是新兵怕住长了连队不高兴，就要求提前出院了。刚出院那阵，嘴里只要一嚼东西鼻子就疼，可一想到已不会变成塌鼻子，心里还是有些轻松。我回到连队的第二天，辰音突然来宿舍看我，这有点出乎我的意料，她当时伸出手指摸了摸我的鼻子说：还行，不会变成塌鼻子了。我当时不好意思地笑笑，想起自己当初放声大哭的样子，的确有点难为情。

有了这几次接触，再见到辰音时就有一种熟悉的感觉。有一阵我们炮兵连的兵们喜欢用炮弹皮做和平鸽，我就也试着给辰音做了一个，我的手笨，那鸽子做得不太像，拿去送给辰音时，辰音笑了，说：我还真喜欢这只小鸡。我尴尬得不知说什么好。

看着辰音快活地收下了自己送的礼物，我就在心上估计，她可能对我有好感，说不定我和她真可能发展出一种亲密关系。团部有天晚上放电影，我看见她站在我们连队后边，就慢慢凑了过去。这时候我已经当了班长，处事老练多了。我和她搭了几句话后，就用胳臂装着无意地去碰了一下她的胳臂，我想，只要她心上对我有意，她就会做出反应的。未料到碰第一次时她没有反应，碰第二次时她竟火了，声音挺高地叫：你得了什么毛病？我被吓得倒退了几步，狼狈不堪地逃回了连队的队列里……

没有绣花的手帕

十九年前的那个寒冷的冬天，有一晚团部的操场上放电影，我穿上大衣搬个椅子兴冲冲地去看。其时我已被提升为干部，很荣耀地穿着一身军官服，在团部里做事。

我到得有些晚了，前边的好位置都已经被人占住，我只好在后边放下椅子。那时"文革"还未结束，放电影是一件很稀罕的事，逢了团部放电影，附近的居民便都来看，团里为了军民关系的和谐，对他们的到来并不加阻拦，所以操场上就黑压压坐满站满了人。

那晚上放映的影片是《铁道卫士》，片子大约映有三分之一的时候，忽然有一股幽幽的香味钻进鼻孔，我把目光暂时从银幕上收回来寻这香味的出处，这才发现是附近一家工厂的一个叫泅的姑娘站到了我的身旁。这姑娘是我去她所在的工厂军训时认识的，说是认识，其实只是因为她的漂亮，才记住了她的女伴们唤她时所叫的那个"泅"字，至于她的全名叫什么，她的家里有哪些人，我都一概不知。她在银幕反过来的白光里朝我笑了笑，我也点点头算是打了招呼。之后，我就又继续扭脸去看电影。那年头男女之间一般搭话不多，否则会招来猜疑。

我不知道她是什么时候走的，反正电影结束那阵她已经不在了。我搬上椅子回到宿舍，去大衣袋里掏钥匙开门时，突然感到衣袋里有一方柔软的东西，摸出一看，竟是一块叠得方方正正散发着香味的手帕。我一怔：我的衣袋里从未装过这种东西呀，这是从哪儿来的？我急急地打开那手帕，发现内中包着一张纸条，我开了门忙凑到灯前去看，只见纸条上写道："你看见这条手帕时不要吃惊，它的主人就是刚刚站在你身边看电影的那个姑娘，她希望做你的妻子，她求你答应，求你原谅她的唐突，并求你明晚八点钟在你们营房院墙后的铁道旁见她，她将向你解释一切。"

说实话，我刚读完纸条时很激动，一个如此漂亮的姑娘若做了我的妻子那真是一桩天降的幸福。但随后我开始冷静下来，我用那个年代教给我的立场、观点、方法来对这件事进行分析。我最后认为，这姑娘不会是一个好东西，好姑娘决不会用这种办法来找丈夫，她对我根本谈不上熟就来这一套，平日的生活作风一定有毛病；也许她的背后有人指使，目的是腐蚀拉拢军队干部为他们服务；阶级斗争是复杂的，万一和她约会出了政治问题，那自己的前途就完了，自己提升不久，路还很长，不能大意！

我把那张纸条撕了，把手帕扔进了抽屉。

我很快把这件事忘到了脑后。

第二年春天的一个上午，我作为部队政治部门的代表应邀参加地方上的一个庆贺会，很多地方革委会的领导也带着他们的夫人到了会，就在会场上，我突然发现了涸跟在一个精瘦的50多岁的白发领导身后。身边的一个人指着涸告诉我说，那就是咱们领导去年冬天新娶的夫人，真是又年轻又漂亮！我当时吃了一惊，我的目光盯紧了她，我注意到她不像别的领导夫人那样有说有笑，她的脸很苍白，眸子有些呆滞，整个面孔带有一股凄楚之色，使人一看就能感觉出她不快活。她自始至终没有发现我，但我那天原有的好心绪却一下子消失，心变得沉重起来。

那天回到营房进了宿舍，我去抽屉里翻找出了那块手帕，对着它看了许久许久，我多想从那上边看出一行行的字来，但是没有，手帕上除了白还是白……

自
在

当年野营在山东

20世纪60年代中期至70年代末，是我们这一代人的青少年时代。在那个时代，我们读语录，做忠字操，看大字报，穿带补丁的衣服，肚子经常饿着。我们根本没有穿过西服，没有出过国，没有吃过汉堡包，没有跳过交谊舞，没有坐过桑塔纳，更别说奔驰和凯迪拉克，没有听过贝多芬的曲子，没有见过洗碗机和吸尘器，没有喝过矿泉水。

值得在今天向青年人一吹的事情实在不多。

不过细想一想，那年头值得引以为豪的事情也不是一件没有，比如说，我曾参加过野营拉练。

凡在那个年代从军的人，没有参加过野营拉练的恐怕很少。那年头，由于对世界发生大战的判断出了问题，所以对部队野营拉练的事情抓得很紧，几乎每年冬天，各部队都会走出营区，浩浩荡荡地踏上去山区或去预设战场野营拉练的路。其时，我已到一支野战军的一个炮兵团服役，自然要多次经历这类野营拉练的事情。

一个炮兵团走出营区开始野营拉练，其行军长度可达许多公里，看上去极是威风壮观。倘是在山区"之"字形的路上行军，那时候你要站在高处向下一看，真有一种铁流滚滚向前的感觉，一股豪气会油然而生。

拉练中什么事情都可能发生。我记得有一年去沂蒙山区拉练，我们连的车队上了山区公路不久，连长突然接到尾车上报话员的报告：六号车翻了。连长听罢脸唰地白了，急令他所坐的首车停下，跳下车飞快地向车队后边跑去。我因为当时担任连队文书，也急忙跟在连长身后跑着。我们跑到六号车前时都吸了口冷气，原来那辆车已翻了个底朝天，把人和车上的东西都扣在了下边。快救人！连长喊了一声。各车上下来的人便七手八脚地上前掀车。我知道这辆车上坐的是炊事班的五个人，车上装满了锅、碗、瓢、盆和米、面、煤、油，我双腿有些发软，这是我第一次亲见翻车事故，我估计车里的人多已死伤。这可怎么办？车没怎么损坏，从驾驶室里爬出来的两个司机也没伤着，可已被吓得呜呜地哭了起来。大家先把车掀过来，然后七手八脚地去那些煤、面粉和食物堆里扒人。那真是一场奇迹，五个人被扒出来后，除了身上沾满面粉和煤灰之外，竟无一人受伤。原本脸色铁青、怒气冲冲的连长，这时竟也忍不住笑了，上前照每个人的屁股上拍一掌道：还不快去把脸洗了？！那几个兵跑到路边的水沟里胡乱地洗了把脸，又重新上车。车队启行时，五个人为了显示自己的正常，一齐唱起了"我们的队伍向太阳……"

有一年夏天，我们去海滩上拉练顺带实弹射击。我当时在测地排当班长，上级要我们排必须在三天之内将整个海滩上的炮兵控制网建立起来。任务很紧急，我们马不停蹄地开始作业，白天在大海滩上背着经纬仪和标杆奔来跑去，晚上在马灯下拿着对数表算来算去。连续干了两夜三天，人人都疲劳至极，以致大家最后排队返回时，竟边走边打瞌睡。那是我第一次知道，人在困极时是可以边睡边走的。我至今还记得那天的情状，我把一只手搭在前边的人的肩上，边机械地移动着双脚，边贪婪地睡着，那种睡法可真是奇特，睡得也真香呀。事后有人说，我们班的人还有边走边睡边打呼噜的。

野营拉练时，经常要住在农村老乡家里，老乡们对军人的到来一般都很热情。一群生龙活虎的小伙子住在很热情的农人家里，尤其是住在那些有漂亮女儿的人家，有时就免不了要生出些故事来。记得那年我们在胶东野营拉练，在一个小镇里住了几天。这儿是老区，老百姓对部队特别好，那些如花似玉的姑娘不断地给军人们送来鞋垫、花生和红枣，当然还送来妩媚的笑靥和魅人的笑声。团里领导未卜先知，再三提醒战士们严守不谈恋爱的禁令。没想到临走时，还是有一位房东找到团里领导，坚持要让一位班长和他女儿完了婚再走。团里领导自然要询问原因，那房东说，他女儿已被那位班长那个了，既然那个了，就干脆结婚吧，反正他也觉得那位班长会是一个好女婿，他女儿已决心非班长不嫁了。团里领导当然很震怒，那年头这种事被视为十恶不赦，团里当即对那个班长进行了传讯并作出了严厉的处分决定，令他提前复员回家。房东和他的女儿没想到事情会这样发展，可怜那位想做新娘的姑娘，眼睁睁看着自己相中的情郎被押上车送回了军营。据说，后来的结局还算不错，那位班长复员回到原籍之后，姑娘又千里迢迢地找了去，两个人最终完了婚。

不管今天对那个年头做的事情作怎样的评价，反正野营拉练对当年的我们进行了摔打，让我们吃了苦、尝了累、历了险、经了难，也为我们这些年轻人接触和认识中国的底层社会提供了一个机会。

人生中有这段经历，不能算亏吧?

自
在

川籍班长

我当兵后的第一任班长是四川南充人，姓何。

何班长身个不高，也就一米六多一点吧；圆脸；眼大，尤其是生气时，双目圆睁如杏；嗓门高，寻常说话也能让四十米外的人听到。

我们新兵到班里报到，他盯住我看了十几秒钟。而后踮起脚在我头上敲了一个栗子问道：长这样高干啥？我愣住，吭哧半天才答出：不知道，糊里糊涂就长成了一米七八的身高。他满脸不高兴地嘟囔着：身个高了要多糟蹋粮食和布匹，知道吗？我紧忙说：是！

我们开始训练队列。何班长领着我们操练，他因为嗓门大，喊的口令极是洪亮有力，不过七八个人训练，他的口令喊得惊天动地，弄得满操场都是他的声音，俨然在指挥千军万马，引得驻地附近的女人和孩子们都来观看。每当操场边围满大姑娘、小媳妇的时候，他就特别得意，一行一动都是标准的军人做派。

进行专业训练时他有点提不起精神。我们是测地排，战时的任务是用三角函数知识为炮兵分队准备射击诸元。训练时要用经纬仪观测角度，要用对数表去进行计算。他初中没毕业，搞计算就很觉困难，所以一搞专业训练就有些吃力，就私下里抱怨：是哪个龟儿子发明要搞这种计算的？太伤人脑筋！他见我计算得又准又快，就满意地敲敲我的脑袋说：行，你这龟儿子是个材料！

班长身个虽小，但食量惊人，吃饺子和我们这些大个子一样，能吃完用一斤一两干面包成的饺子。班里有谁患了病，连队食堂给病人做了病号饭——鸡蛋面条，只要病号吃不完，他就不客气地上前一扫而光，一点也不剩地全扒进肚里。他的几个同乡只要买了可吃的东西，不管他们藏得怎样隐秘，他都能准确地前去找到从而要求共产共吃，使得那些同乡叫苦不迭。

那次驻地附近的一家工厂失火，他跑在所有人的前头，最先不顾危险攀上屋脊泼水灭火，身手极其敏捷。当火灭后那家厂子的领导上前向他表示感谢时，他一边抹着脸上的烟灰一边叫道：少说废话，拿两个馒头来！

他很想娶一个漂亮媳妇，不止一次地在私下里对我们说，他将来的媳妇在貌相上不能低于八十五分。但后来他父母在家乡为他说定的媳妇并没有达到他的标准。那姑娘的照片寄来后，他一直不让我们看，只说：还凑合。我们一伙人趁他不在时偷翻了他的枕头，从里边找出了那张照片，我们看完后都有点替班长惋惜。不过班长后来还是接受了，为那个姑娘寄去了不少衣服和雪花膏之类的东西。

班长是在我入伍的第二年冬天复员的。他走前把他精心保存的测地教材和指挥尺都留给了我，还送了我一个日记本。我送给他的是饼干，是几盒当时山东境内最好最贵的钙奶饼干。那时四川还很穷，吃不饱肚子的事情还经常发生。他走那天早晨我抱住他哭了，从不流泪的他那一刻也满脸泪水，他拍着我的肩膀说：这个班交给你了！……

从分别到今天已是二十几个年头过去，我们再没有见过面。我不知道他现在生活在四川的什么地方，生活境况怎样。算起来，他已是近 50 岁的人了，他的儿女怕也有十八九岁了吧。老班长，祝愿你生活得好！你当年手下的战士如今仍然在想念着你。你当年为之操心的那个班，今天已生活着另外一茬年轻的小伙子了！

当兵上战场

大约是老了的缘故，我现在常常会去回想小时候的事，偶尔还会忆起幼时和伙伴们在一起玩打仗游戏的经历。那游戏的玩法是，六个男娃六个女娃分成两拨，一边三男三女。两拨人分站在一个大土堆的两边，女娃只管把土揉成土蛋蛋递到男娃手里，男娃负责把土蛋蛋投向对方。

每次游戏开始时，双方各选一位身个高力气大的男娃当头头儿，一个头头儿会高声地向另一个头头儿喊叫：投降不投降？另一个头头儿照例地回一声：不投降！于是"战争"正式开始。一时间，土蛋蛋乱飞，你朝我方扔，我朝你方扔，边扔边笑边跳边叫，快活异常，直到一方有人被土蛋蛋打疼哭了起来，或大人们过来干涉，"战争"才宣告结束。

游戏结束之后，两拨人很快又重归于好，又在一起交换好吃的桑葚或不熟的枣，再不就是让对方看自己逮到的蚂蚱或扯来的野花。

那时以为打仗就是这样好玩，能给我们带来快乐和欢笑。那时我们动不动就提议：上战场，打一仗?!

懵懵懂懂的我们哪里知道，真正的战争和战场是另外一个样子。

会不会是因了幼时常玩这种游戏，便在我的心里种上了最初的当兵的念头？

说不清楚。

长到18岁时，发现考大学的路已被"文革"堵住，吃不饱肚子又成为日益严重的问题，于是便决心去当兵。当兵，成了我们这些农村学生当年改变命运的唯一途径。当我和许多同乡小伙儿坐闷罐列车抵达山东之后，我才知道，我所在的部队是野战军，我当的是野战兵。

当上了野战军炮兵团的战士，吃饱穿暖了，我又慢慢意识到，既然当了野战军里的兵，就得要随时准备上战场打仗吧？

这个时候已经懂得，上战场打仗，是随时可能流血死亡的。懂得这个主要来源于看电影，那个时候常看的电影有两部，一部是《南征北战》，一部是《英雄儿女》，两部电影都让我们看到了战场上死人的场景。

这让我有点小小的慌张。不过转念又想，并不是所有的兵都要上战场，也许根本轮不到我哩！

可是很快，部队开始了战备教育：突然袭击是敌人惯用的手段，要随时做好上战场打仗的准备！

那个时候，珍宝岛之战结束还没有多久，打仗的气氛正在四处弥漫，战备教育和这种气氛相互烘托，使我们更加相信战争真的就在眼前。我的班长、排长、连长都不断地告诉我们这些新兵，男人当兵就是要准备上战场，战场上的英雄才是真英雄，是不是真男人战场上见……

我们年轻的心被激荡起来，青春的血开始燃烧，对打仗的害怕慢慢被抛到了一边，我和我的战友们开始常常在心里想着：何时上战场？

为了准备上战场，我们的武器就挂在床头，每个人的子弹夹里都压着满满的子弹。我所在的指挥连测地排是负责为炮兵准备射击诸元的，每个班的经纬仪、三脚架和标杆都放在床头的桌子上，以便有了情况提上就走。每个人都对自己的物品进行了"三分"：哪些是随时准备带走的；哪些是准备以后送给亲人的；哪些是准备暂存在营区的。身上有点津贴费就赶紧寄给家里，唯恐上战场时窝在了自己手中。

为了准备上战场，我所在的地面炮兵团进行了严格训练，在单兵技术训练和班排连战术训练的基础上，全团开始离开营区搞冬季拉练。第一次参加全团拉练，所见的场面让我震撼：许多辆牵引着各种火炮的炮车加上指挥车、保障车，竟排出几十里的长队，每辆军车上都罩着伪装网，车队在蜿蜒的山路上行进，像极了一条蠕动着的长龙。那时我坐在车厢里就想，军人行军真是威风，什么时候能当个团长，指挥这样一支队伍去打仗，那该是一种多么光荣和了不起的事情！

为了准备上战场，全炮团施行铁路输送，直拉到几百里外的潍北靶场进行实弹射击。那是我第一次参加炮兵带演习背景的实弹射击，一切所见都令我惊奇：长长的军列趁夜间行进在铁路线上；卸载后又乘着夜暗不开车灯急行军；一到演习地域就迅速呈战斗队形展开……我当时还是测地兵，为了给全团的火炮准备射击方位、距离和高程，我们背着经纬仪在空旷的海滩上奔跑忙碌，几天里没吃过一顿热饭，饿了，吃几口挎包里带着的凉馒头；渴了，喝几口随身带的水壶里的凉开水。白天，我们测量各种数据；夜里，我们打开对数表反复进行演算，待把全团演习需要的所有射击诸元都准备齐全之后，我们已三天三夜没有睡觉了。困得迷迷糊糊的我们，听见整个炮群齐射，在震耳欲聋的响声中一齐瞪大了眼睛……

那个时候，年轻的我们真的做好了上战场的一切准备，包括精神的和物质的，可庆幸的是，战争并没有真的爆发。

难得的和平岁月，让我和我的同龄战友们平安度过了青春时代。

1979年南部边境战争爆发时，我已调到了大军区机关工作。参战，已轮不到大区机关里的军官。可我的很多战友都上了前线，这不能不使我特别关注战况。我当时非常渴望听到前方的消息，每天早饭后上班前，部里要念一份战情通报，我侧耳细听着每一点内容，想在脑子里复现前线的情景。战场虽然在几千里之外，可它连着所有军人的心。那些天，营区里鲜有高声喧哗，人们都是一脸肃穆脚步匆匆，直到胜利的消息传来，直到大军班师回国，我们才松了一口气。

对于这场战争，自己其实只是一个远远的旁观者，并没有切身的感受。所做的贡献也就是写了一个短篇小说《前方来信》，发表在《济南日报》上。

这场战争结束之后，很多官兵都认为，我们的国境线上会安静下来，不会再有来犯者，我们可以在一个相当长的时期里高枕无忧。

可是没有多久，枪声就又响了起来。

虽然战斗的规模不大，但它一直在南部边境的一些部位持续着。一直持续到80年代中期，持续到我由西安政治学院毕业，让我和它发生了关系。

那是一个下午，刚刚调入军区创作室工作的我得到通知：与军区报社的领导及几名记者一起去前线采访。我一开始自然是高兴：总算得到了一个上战场的机会；但接下来便是紧张：这可是真要上战场了，上战场就不能保证你不挨子弹和炮弹。

心里的紧张当然不敢显露出来，脸露紧张那就太丢人了。我一脸坦然地和战友们启程去北京坐飞机飞往云南，可心里的紧张一直没有消失，随着离前线的距离越来越近，我能感觉到它在我心里悄悄地膨胀。

我们到了军部。这里是前线指挥部。藏在一个山坳里的"前指"由一片板房和帐篷构成。这里的气氛与后方的营区完全不同，到处都是荷枪实弹的哨兵。接待我们的干事告诉我，到这里就要小心了，虽然这儿离前沿阵地还有一些距离，但不能不防敌人特工队的偷袭。我心里的紧张开始加倍。就是在这个山坳里，我第一次听人讲述了突击队出征的场面：常常是在黄昏时，去前沿执行突击任务的突击队员全副武装列队接受首长们的送行，这些突击队队员人人抱定了必死的信念，他们中也确实很少有人能再回来。行前，首长简短的动员之后，是喝壮行酒，给他们敬酒的，通常是女兵，每个女兵将酒碗递给突击队员，在他们喝了之后，常会情不自禁地扑进他们的怀里给他们一个热烈的拥抱，有的女兵还会情不自禁地给队员一个长吻……

第二天，我们的采访开始。采访的对象如今都已记不起了，能记得的是在一个师医院里采访时，看见了他们用木头、荒草、炮弹壳、输液瓶和塑料布搭起的小亭子。还记得护士长说过的话：战斗激烈时，我每天黄昏都要去山坡上掩埋手术切下来的战士们的小腿，有时要埋一大篓子。我记得我听到这儿时打了一个哆嗦，战争的残酷由此刻在了我的心里。在这个战地医院里的采访，让我后来写成了短篇小说《汉家女》，这篇小说使我获得了1985—1986年度的全国优秀短篇小说奖，并坚定了我以写作为业的信心。在我的内心里，我对那所战地医院，对那所医院里的所有女兵，都永远怀着一份深深的感激之情。

我们接下来要去位于一个巨大山洞里的主力师的师部采访。通往这个师部的道路，有一截位于敌人直瞄火炮——加农炮的射程内，之前已有多辆军车在这段路上行驶时被敌人的加农炮击毁。司机告诉我们，他在这段路上行驶时要做规避敌人炮弹的动作，也就是疾驰与急停，要我们做好准备。我的心再次因为紧张急跳起来，不知是因为有雾还是由于别的原因，敌人那天没有开炮，我们得以顺利进入师部。师部位于一个自然山洞里，那个洞是我此生见过的最大的山洞，整个师机关和一些直属队都住在里边。在这里，我见到了我的一个老战友，他拉到我到洞口留影，就在我们留影拍照的当儿，敌人的冷炮响了，在前方，不少官兵就死于敌人的这种冷炮。那战友对我说：别紧张，我能根据弹丸响声概略地判定弹着点，狗日的伤不着我们……当晚，我们就住在这个洞里。我注意到每个行军床的四周都撒了一圈石灰，便问战友这是因为什么，战友说这是为了防蛇，他说洞里的蛇很多，蛇们常常在夜里出来看望我们这些来客，有时还会亲热地钻进我们的被窝里。我一听这个吓了一跳，我是最怕蛇的，万一让蛇钻进被窝那还得了？这一晚我根本没有进入深度睡眠，每当要睡着时我就努力睁开眼睛看看床的四周，看看有没有蛇正朝我爬来……

接下来我们再向前沿靠近采访。部队派出两个战士护送我们，两个战士背上背着补给品，腰里挎着冲锋枪，裤带上挂着光荣雷；并给我们每人发了一支手枪，手枪里压满子弹。出发前我们被告知，通往前沿的小路在荒草和灌木丛中蜿蜒，那里经常有敌人的特工队出没，必须提高警惕。我们这支小队伍出发时，我注意到护送的两位战士一个在前一个在后，两人的手指都扣在冲锋枪的扳机上，一副随时都要开火的样子。我紧紧握住手枪，子弹已经上膛，我能感到因为紧张自己的心脏已被提升到嗓子眼儿里，当时对于中枪中炮还不是特别害怕，死就死吧，中弹就死，痛苦很少；最怕的是被敌人的特工队活捉，一旦被活捉，我担心自己很难忍受住那种肉体折磨。所幸那天也有大雾，我们行进中没有遭遇敌人，顺利到达了一个水泥做成的掩蔽部。在那里，我们见到了一些团、营、连、排干部和战士，和他们愉快地聊了挺长时间，知道了他们的作战事迹和遇到的困难。我记得我问过一个战士，你来前沿害不害怕？他答，说不害怕那是假的，但心里的那份害怕能被对敌人的仇恨和守卫的责任压下去，眼见得你身边的战友被敌人打伤打死，你就会对敌人恨起来并把害怕忘掉；眼见得你守卫的脚下的国土有可能被敌人夺走，你就会忘掉害怕和对方拼起来……

这次前沿采访我收获丰硕，我看到的和听到的内容对我此后

自

在

138

的人生和写作都产生了很大影响。大概是从那以后，我很少再因自己的职级和待遇发牢骚，每当我想发牢骚的时候，我就会想起那些在前沿为国流血拼命的官兵们，你没死没伤没受那些惊吓，你有什么资格发牢骚？我回到后方没多久，写出了中篇小说《走廊》，这是我创作早期重要的作品，《昆仑》杂志因此篇小说还专门开了讨论会，为我此后坚持写作注入了新的信心。

　　我们后来去了后方的一座烈士陵园拜祭烈士。那是我第一次走进那样大的烈士陵园，整个山坡上都是白色的墓碑，那一大片密集而排列整齐的烈士墓碑在向我们无声地报告着边境战争的惨烈。看见那些墓碑的那一刻，我突然想起后方各大城市公园里那些如织的游人，他们可能根本不知道在云南的这个地方躺着如此多的年轻人，而正是这些年轻人的牺牲，换来了他们惬意游园的日子……

　　就在我们要结束这次战地采访的时候，我遇到了一个撤到后方休整的战士，我问了他一个问题：一个没有打过仗的人上了战场后，除了要克服对自己可能死亡和受伤的恐惧心理之外，还应该克服的重要心理障碍是什么？他想了一下，答：是开杀戒。他说，我们从小接受的教育，就是善待他人、爱护生命，我们平日在后方训练时，面对的敌人都是假设的，射击的对象是纸靶，刺杀的对象是草靶，投弹看的是弹着点。但上了战场后，面对的都是真的敌人，是和自己一样的活人，将与自己一样的一个活人一下子杀死，对于有些平日连鸡都没有杀过的战士来说，很难下得了手。虽然我们心里知道，对敌人不能手软，你不对他动手，他就会对你动手，可一到真要下手时，还是会犹豫。我有个战友，在去前沿的路上突然被敌人的一个特工队员扑倒，两人在搏斗翻滚中我的战友占了上风，他得以抽出匕首，他抽出匕首后本来朝对方狠劲一刺就行了，可他面对对手那张惊恐的脸，下不了手，结果让对方又起身逃跑了，那家伙没跑几步，遇到一个由前边跑回来救助我那战友的我方战士，那敌方特工队员一匕首就把我方的那个战士捅倒了，这一下才激怒了我那战友，让他开了杀戒，狂奔上去重新将对方扑倒捅死了……

人性在战场上的表现让我听得惊心动魄。

许多年过去了。战争的暂时远遁让我的中年时代没再受炮声硝烟的惊扰。人生的老境在我满腹不情愿中到来了，我以为我的军旅生涯就要在平安和平庸中结束了，未想到在这当儿，海疆上却突然掀起巨大的风浪，有些人开始叫嚣：要遏制中国的崛起必须趁早，战争是让中国回到过去的最好办法……

凭着四十四年军旅生活养成的敏感嗅觉，我隐约闻到了战争这只怪兽身上的气味——它原本一直被堵在山洞中打盹，这会儿打了一个长长的哈欠，睁开了眼睛，摇摇晃晃地站起了身，走到洞口想拱开洞门。

我们得小心了！

作为一个老兵，我也得做好再上战场的准备。因为未来的信息化战争，其作战方式已发生了天翻地覆的变化，两国交战，前线和后方包括战场在哪里都已经非常模糊，敌人的各种导弹和网络炸弹在哪里炸响，哪里就是战场，你不准备上战场都不行。

那就做好准备吧！

亲爱的军营

当兵四十年，长住和短住过的军营有几十个，走过的军营差不多过了二百个。军营，成了我身体栖居和灵魂寄托之处，是我除了出生的老家之外感到最亲密的地方。

我在野战军炮兵团当新兵时住的军营由平房组成。虽然房子和乡下的房子有些近似，但排列得特别整齐，营院收拾得十分干净，山墙上都写满了黑板报，用水泥板做成的一长溜乒乓球台和沙土铺成的篮球场在营区的中央，汽车停得整整齐齐。一些营连的室外厕所也建在一起，长长一排，很是壮观。各连的房子里都没有隔墙，连着铺三十几个铺板，一个排三个班三十几个人全睡在一起，熄灯号一响，我们大家一起躺进被窝，几分钟就响起了此起彼伏的鼾声。

我当班长时住的军营里还是一排排的平房，但这时的房间隔小了，一个班一间房。我所在的测地班人数少，只有八个人，八个人的床铺摆成两排，八床被子叠得方方正正地放在那里，八支冲锋枪整整齐齐地挂在床头墙上，测地用的经纬仪摆在桌上，一切都显得美观而有条理。自来水管在营区的中间，每个人洗东西都要到水管那儿去接水，逢了星期日，大家可以在水管四周一边洗衣服一边聊天说笑，清一色的男兵在那儿洗衣洗被也是颇有意思的景致。

当排长时我开始住进团部大院。这座军营差不多全由楼房组成，这是我第一次住进楼房，新鲜感很强。团部大院里有一个灯光篮球场，有球赛的日子热闹非常，没有看台的球场四周，被官兵们挤得水泄不通。团部礼堂里每周都要放一到两次电影，放电影时我们这个满眼全是男人的军营里才能看到很多姑娘。这座军营最威风的时候是会操，会操时全体军人军容严整，在高亢的口令声中做着操练动作，队伍在行进时雄壮的步伐有排山倒海之势，呼出的口号能惊飞几里地远的鸟儿。

毛泽东主席去世时部队进入了一级战备。我们这个野战炮团拉到了野外宿营，随时准备行动。这是我第一次住进野外露天军营，所有的火炮汽车都隐蔽了起来，带迷彩的帐篷沿沟而搭，一顶连一顶，做饭的地方和厕所都极其隐蔽。站在高处乍一看我们的野外军营，你会以为是一片荒地，谁也不会想到那里边其实藏着千军万马。我曾在傍晚时分走到一处高地俯视我们的野外军营，那种神秘的味道令我惊奇又惊异。

之后我调进了师机关。师机关的营房在一座名山脚下，营房有楼房也有平房，房子全倚山势而建，高低错落极是好看。每天早上的起床军号，总是在山间回荡很久才散。早操是沿山坡上的路跑步，我们的跑步声能传出很远很远，使得隔墙一座古刹里的高僧们也扭头朝我们看。营房多掩映在树林中，使得我到离开它时也没弄清它究竟有多少座房子。房子之间都用石砌的甬道相连，女兵们穿着高跟鞋在高高低低的甬道上走，发出的声音极是好听。

调进大军区机关我才见识了大军营。营院宽敞无比，整齐排列着一排又一排的楼房，一座军营差不多就是一座小城一个社会，这里，花坛、花圃、雕像、歌舞团、篮球队、球场、幼儿园、剧团排练场、购物处、宾馆、理发店、门诊部、大礼堂、浴池、小吃店应有尽有，军人们一般的需要在这里都能得到解决。这里的环境更美，军官多，眷属们也更多，营区再没有临时性的野战痕迹，一切建筑都是永久性的。

此后我活动的范围开始变大。我去过最偏远的小岛上的军营。那里的军营只是三排简易的平房，但训练用的带障碍的跑道和单双杠及木马还是应有尽有。因地势所限，篮球架只安一个，不过战士们打篮球照样打得兴致勃勃。小小的营区里种满了小岛上能长的花。黑板报上写满了战士们守岛卫国的豪言壮语。我去过大山深处某后方仓库的军营，营院的四周全是高山，在极有限的一块空地上盖了营房，山，就成了营院天然的院墙。战士们就长年生活在这狭小的空间里，与鸟和云彩为伴。2009 年，我去了青藏高原上的格尔木军营，在这个缺氧的环境艰苦的高原军营里，我见到了整洁漂亮的营房和现代化的车库，见到了擂鼓娱乐的生龙活虎的战士，见到了讲究的面包房、卤肉坊、温室菜园和一流的连队自助餐厅。

军营里最庄严的事情是出征。20 世纪七八十年代，我曾在一座军营里目睹了部队出征的场景。黄昏时分，出征的军人们列队站在一辆辆军车旁边，整座军营肃穆得没有别的声息，只有军旗在风中飘扬的响动，留守的官兵代表和家属代表端着酒碗向指挥员敬壮行酒，所有送行的亲属都默站在不远处，用不舍和鼓励的目光看着就要上战场的亲人，看着指挥员把酒喝完发出登车的指令……

军营里最热闹的事情是欢迎部队凯旋。当部队由边境战场胜利返抵军营时，我看到军营变成了花和彩带的海洋，看到了多少亲属和留守官兵流着眼泪挤在大门口，看到了热烈的拥抱亲热的拍打，听到了欢呼和喜极而泣的哭声……

军营里最沉重的事情是迎接牺牲的战友回营。当年，在边境战争中牺牲的战友都埋在了边境，但一些部队凯旋之后，还是在军营里办了迎接英灵回营的仪式。战士们抱着牺牲了的战友在战场上的遗物，列队由营门外向营门内走，营门卫兵行庄严的持枪礼，所有的官兵站在营门内两侧，向他们举手敬礼……

军营里最轻松的事情是军人们举行婚礼。一个军人结婚，全连改善生活。婚礼上，官兵们可以尽情说笑。军人们的新婚之夜，虽不允许像农村那样听墙根闹新房，但战士们收获的欢笑一点也不比农村青年们少。

四十年了，四十年的军营生活，让我对军营生出了太深的感情，每次外出归营，一进营院大门，心里就忽然间感到了一阵莫名的轻松。军营，不管你是否同意，反正我已经深爱上了你！

自
在

第五辑

美好的开端

回首初始的起点，
发现自己其实并未走出多远。

初　约

如今回想起来，我和文学这个魅力无穷而又性格乖张的姑娘正式开始约会来往，是在山东肥城。

肥城是鲁西的一座不大的县城，以出产一种大大的皮红肉甜的肥桃而闻名于世。在我未穿上军装之前，我很少在地图上留意到这个地方，根本不知道它会成为我人生之路上的一个重要驿站，更不知道它还是我文学之旅的起点。

我是在半夜时分和几百名同乡一起坐火车抵达肥城的。我们排成四路纵队通过陌生而空寂的县城大街，到达城东五里处的营房。抵达异乡异地的新奇和对未来军旅生活的想象使18岁的我兴奋异常，我差不多睁着眼在床上躺到了天亮。

天亮后便是紧张的新兵训练生活。这种生活里有一件事引起我特别的兴趣：新兵连领导要求每个班有文化的新兵及时把本班的好人好事写成稿子，在开饭时站在饭堂里朗读。在一百多人面前朗读自己的文章，这是一个表现自己才华的机会。我很乐意借此机会让人知道我在中学里作文写得很好，于是就常在业余时间写点这类稿子。写稿子时我总堆砌些华美的词句，而后站在饭堂里声调抑扬地读。今天想起来，这些在饭堂里朗读的文章，该是我最早的"散文"作品了。

三个月的新兵训练结束之后，我分到了驻扎在城西的指挥连。连队的驻地和煤炭三十二工程处的大片宿舍区毗邻，每天都有一些穿着时髦的姑娘走过营区。那时正是解放军人见人爱的时候，那些腰身丰腴的姑娘们就常把目光转到当兵的身上，我们这些当兵的见状自然高兴，训练起来也就格外精神。连队里有几块黑板，指导员把出黑板报的任务交给了我。为了让战友们也为了让进出营区的那些姑娘们见识见识我的粉笔字和文章，我办板报办得特别卖力。每当我用粉笔在黑板上抄完好人好事一类的稿子而黑板上仍有空白时，我会写些诸如"革命战士英雄汉，不怕苦来不怕难，只要领导命令下，敢赴火海上刀山"一类的顺口溜；而且写完之后，总要美滋滋地看上几遍。倘若听见连里有人夸赞我"诗"写得好，便很是飘飘然，以为自己真已是一位诗人了。

连里成立演唱组的时候，我因为"会写"而成了当然的组员。我负责写一些三句半和诗朗诵节目，并兼当二胡演奏员。这段不长的演唱组生活锻炼了我写"诗"——顺口溜的本领，使得写出的东西多少有那么点味道了。也就在这期间，我开始模仿着古代词人按古词牌填词，在笔记本上大约填了几十首吧，所幸的是这些笔记本都丢失了，不至于今天令自己看了脸红。这段时光还有一件事给我留下了很深的记忆，就是演唱组一位江苏籍的战友给我讲述的一则故事，那个故事的名字叫《和"鬼"谈恋爱》。说的是一个年轻英俊的男子，如何利用高明的手段，把一个好端端的姑娘折磨致死，从而酿成了一段爱情悲剧。这个故事给了我很强的震撼，使我感受到了口头文学作品的力量，让我在感情上与文学又近了一步。

后来野营拉练开始，团里要办张油印小报，就把身为警卫排长的我抽去办这张报纸。我既是记者，也是编辑，还是主编、刻版者、印刷者和发行者。当报纸版面缺稿尚有空白的时候，我会顺手刻些：河水，你慢些走，我要对着你梳头；月亮，你不要溜，我要对着你把书读；柳树，你不要摇，咱俩一块儿把晨光候……这些，就是我最早发表在"报纸"上的作品。

记得拉练到山东德州地区时，部队搞助民生产，要帮助老乡们挖一口蓄水的大水塘。这时领导交代我这主办拉练小报的主编，为促进挖塘工程早日完工，出一期文艺专号以鼓舞士气。我接受任务后很高兴，便四处征稿，可各连队写文艺稿的人太少，眼看临近刻印时还没送上来几篇，我便决定自己写。我用了几个笔名，分别写了诗、散文、小说，而后开始刻印。这张大部分印着我个人作品的专号发到连队之后，听到了不少赞扬声，连素日威严的团长也夸奖了我几句：报纸办得不错嘛！这使我很是得意了些日子。可惜那些油印的拉练小报后来都丢掉了，要不然，在上边还会找到不少自己的早期作品哩。

那个岁月里，在小说、散文、诗歌和报告文学诸种文学体裁中，诗歌是皇后，其他的都是婢女。在诗歌中，政治诗——和社会政治生活有联系的诗是正宫娘娘，其他的诸如爱情诗等，则是失宠的妃子。也因此，我那时对政治诗特别钟爱，见到报上发表的这类诗，就急忙抄录下来，直抄有几本子。而且也模仿着写。到1976年清明节前，自己已写了不少"政治诗"，我记得其中有一首题为《别只说》：

别只说斗争，
不是还有友情？
别只说提防，
不是还有开诚布公？
别只说暴风骤雨，
不是还有细雨和风？
别只说奋斗，
歇一歇难道就不行？
别只说坚定，
有时犹豫也合乎人性！
别只说上层，
也说说普通百姓。
别只说思想武器，
也讲讲油条大饼。
别只说未来的灿烂，
也谈谈时下的照明。
别只说形势大好，
该看看工厂的情形。
别只说丽日白云，
也仰头看看星空。
别只说勇往直前，
也提醒脚下还有陷坑。

别只说"红彤彤",

大地上不是还有绿色草坪?

……

这是一首并无艺术感染力但还有些模样的顺口溜,自然无处
发表。可在当时,连自己也被这首所谓的自由体政治诗所激动。
没有办法,我那阵尚在文学创作幼年期,不可能具备自我批判
能力。

正式写小说是在当了宣传干事之后。此时我仍无什么艺术
准备,却不知天高地厚,上来我就要写长篇小说,而且发誓要一
鸣惊人。记得当时是想写一部反映在台湾的大陆籍老兵生活的长
篇,我四下里找了不少资料,回来就把自己关在屋里阅读、虚
构。我写了差不多有一年,用铅笔写成的草稿摞了厚厚一堆,但
写出来后就连我的好朋友们也不愿读它。那堆草稿后来一直放在
我的宿舍里,直到几年前才把它们销毁。当我用火柴在垃圾堆旁
点燃这摞草稿时,我知道我是在焚烧自己对文学的一份痴情和成
吨的无知。

不久之后我又迷上了电影剧本。着迷到见到电影剧本就读,
不管质量好坏,一律迫不及待地搜求。接下来就模仿着写。记得
是写了三个,可怜这些剧本投寄出去后大都声息全无。有一个虽
然安徽电影制片厂表示了点兴趣,但几经折腾也终于未能有什么
结果。

一连串的失败迫使我开始了思考,让我意识到了两点:其
一,自己必须先沉下心来读书,在艺术上有一番准备了再开始动

笔；其二，不能东一榔头西一棒槌地干，不该像绿头苍蝇似的乱飞乱撞，必须选准一条路集中全力走下去。

失败让我开始感受到文学这个魅力无穷而性格乖张的姑娘还十分冷酷，她虽然可以赴你的约会，但她决不允许你向她的身边靠近，更不给你亲吻她的机会。所有想走近她身边并想揽她入怀的人，她都要求你拿上昂贵的礼品：才能、心血和汗水。

我渐渐告别了我对文学这个行当的无知和蒙昧，早先的那份狂妄已经不翼而飞。我开始变得小心起来，差不多是惶恐地迈动双脚，向——短篇小说——我选定的第一个目标走去。

倏然之间，竟已届中年了。年龄虽然添了不少，但回首初始的起点，发现自己其实并未走出多远。竖在起点的标志杆还依然清晰可见。而且搭眼向前方望去，只见路径仍被浓雾和密林遮掩。在未来的行进中自己会不会迷路甚至掉进陷阱，还并不能论定。

一切尚在未知中。

美好的开端

1978年抵达人间时，我还是一个血气方刚的青年。其时，我正在山东泰山脚下的一个师机关里当宣传干事。差不多每天早晨，我都要从冯玉祥先生修的那座大众桥头开始跑步，一直跑到黑龙潭水库，然后再慢步返回。晨练的时候，我想得最多的是吃的问题，因为一锻炼肚子就饿得厉害，饭量就要增加。怎样能既使自己的肚子吃饱又能节省一些全国粮票，好在下次探家时把粮票带回河南老家，为父母到镇上的粮管所里买点白面，让他们也解解馋，这成为我那些清晨常苦恼的一个问题。那时，在我那个出产小麦的豫西南家乡，白面却是极其稀罕珍贵的东西。

春天，就在我对粮票的忧虑中袅娜着走来了。春天的泰城，像一个盛装的美女，极能吸引人的目光。站在我们的营区，东看城东的山坡，树绿花红，百鸟啼鸣；北瞧由大山深处流出的溪水，清澈无比，响声叮咚；西看郊野里的菜田麦地，麦苗返青，菜花金黄。就在这个最美好的季节，一位在济南军区机关供职的干部来到了我们单位，他在工作之余悄声告诉我们，很多老干部都要重返工作岗位，一些过去定下的政策也可能发生变化，以后，老百姓吃饱穿暖的问题，可能会得到一定的解决。我听了这消息暗暗高兴，心想，啥时候能让我这样的连职干部一月拿一百元的工资，规定的粮票数额之外，再允许买一袋面粉，一月能发二斤肉票和一斤油票那就好了。

5月初，我突然接到通知，到济南军区宣传部报到工作。这消息让我既兴奋又忐忑，我一个农民出身的人，能在泰城工作已很知足，还能到济南去做事？军区机关的工作我能干好？我在兴奋和忐忑中准备行装，在一个早上坐上了去济南的火车。位于泉城英雄山下的军区机关接纳了我。我在这里第一次见到了军区司令和政委，见到了不少过去在《前卫报》上才能见到照片的首长，我很高兴和自豪。报到不久，就发生了一件大事，《光明日报》发表了一篇文章《实践是检验真理的唯一标准》，提出"任何理论都要接受实践的检验"。这与过去的传统说法大不一样，立刻在社会上和军队内部引起了很热烈的讨论，有同意者，也有反对者，人们议论纷纷，不过都认为这预示着政治领域将会发生重大的变化。我一个年轻干部，自然不很懂这篇文章所引发的大讨论的深层意义，只是本能地觉得，一个人的治国理论说得再好听，若那理论并不能让老百姓过上吃饱穿暖的好日子，怕是不行。又过了一段时间，军区首长正式表态支持这篇文章的观点，我心里暗暗高兴。

我在这时开始和现在的妻子谈恋爱。差不多一周就要给对方写一封信。热恋让我忘记了天气的迅速热变，等我被热得夜晚也睡不着觉时，我才知道泉城的夏天来到了。过去虽听说过夏天的泉城是全国的四大火炉之一，却并未当回事，以为是文化人的夸张，这会儿方明白火炉的称谓真是准确，一天到晚，人都像处在蒸笼里。那时没有见过空调，全靠手中一把扇子解热，实在热得睡不着时，就端盆凉水，把脚浸进去。记得有一天晚上做梦，梦见自己到了一个十分清凉的地方，在那个地方，有一个像人嘴的东西，不断把舒服的凉气吹到人身上，许多年后，当我见到了空调机时我才明白，我那个梦是对空调机的变形向往。

12月的时候，北京召开了一次落实知识分子政策的座谈会，指出对知识分子要充分信任放手使用。这和过去的说法也完全不一样，但这个变化更让我高兴。在我的内心里，我对那些有知识的人是充满敬意的，而且这时我已开始了文学创作，心里老怕别人把自己也当成知识分子，有了中央的这个政策，我的后顾之忧没了。

济南的秋天异常美丽，云淡风轻，天蓝如洗。心情轻松的我，在这个秋天将济南仔细游览了一遍。我登上了千佛山，欣赏了前朝雕就的那些形态各异的佛像；我去了趵突泉，观赏了那喷珠溅玉的天下名泉；我游了大明湖，在纪念我的同乡铁铉先生的建筑前长久静立以表示敬意；我看了四门塔，在那座简单素朴的另类历史建筑前留了影；我到了黄河岸边，看到了跋涉至此的河床，像一个累坏了的大汉一样摊手摊脚把自己横放在那儿的模样……

这之后，我继续我的第一部长篇小说的写作，但越写越不自信，我怀疑自己是不是选错了题材——台湾老兵对故乡的思念。这种生活不是自己所熟悉的，而且老年人的心境自己也没体会，越写越没激情。这种自我怀疑为这部小说此后的失败打下了根基。

到了 12 月下旬，从报纸上读到了关于党的十一届三中全会闭幕的报道，知道了以后要把全党工作的重点转移到现代化建设上来，要停止使用"以阶级斗争为纲"的口号。作为一个宣传干部，当然明白这种改变是一个重大事件，但以我那时的阅历和学识，还根本不可能预见这次会议将给中国带来什么。直到以后，当我远在河南的父老乡亲们开始包产到户，开始天天吃到白馍和白面条，开始随便上街割一块猪肉吃，开始不用布票买布做衣服，并能自由地收听豫剧《穆桂英挂帅》的唱段时，我才明白，我们这个民族是真要过上吃饱穿暖的日子了；我才意识到，一个新的时代开始了。

　　也是因此，1978 年永远地留在了我的记忆里。

自
在

西安求学忆

由于"文革"的耽误也由于我的军人身份，允许我考大学已是1982年底了。其时，我已经30岁，儿子都已出生了。我当时报考的是解放军西安政治学院，复习时间也只有几个月。我紧张地拿起高中数学和语文课本还有上级发的复习提纲，夜以继日地温习那些早已变得陌生的知识。还好，命运没有亏待我，在济南军区那个考点里，我以总分第一的成绩被录取了。

学校就在西安的小雁塔附近，报完到我就去小雁塔下兴奋地转了一圈。我这是第一次来西安，没想到盛唐的都城会成了我的求学之地，这令我多少有些得意。每当我在城里的大街小巷闲逛时，我都在心里暗暗地猜：杨贵妃当年是不是也在这儿留下过足迹？

军校的学习生活和军营的训练日子所差无几，都是紧张而要求严格。早操，上课，自习，考试，加上野外演训，很少有空闲时间。好在我和我的同学都已是成人，知道学习机会珍贵，用不着别人来劝学，大家都恨不得把一天当成两天用，抓紧时间往自己的脑袋里塞知识，唯恐塞少了吃亏。我那时已经迷上写作，便把课余时间全用在了读、写小说上，短篇小说《黄埔五期》《街路一里长》和中篇小说《军界谋士》就是这时候写出来的。学校里有许多建筑，可最让我感兴趣的就是那个不起眼的图书馆，它给我提供了许多好书看，我的文学食粮大多取自于它。这个图书馆有一条规定特别好，就是允许你一次借几本书，这便给你节约了时间省去了麻烦。我记得每当我抱着一摞书走出图书馆门时，心里总是满溢着欢喜。

这所学校建立不久，所以老师大都很年轻。他们的教龄虽然不长，但水平的确不错，教大学语文的张本正老师备课尤其认真，我从他的课上总能得到一些新东西。他和我们平等相处，我和我的同学们都对他怀着一份敬意。

在校学习期间，吃饭对于我成为一个挺大的问题。大概是水土不服的缘故，我动不动就闹肚子，有时简直是莫名其妙，没有任何原因就肚子不舒服。这种痛苦也不好对外人说，我便一边胡乱吃些药一边咬牙坚持着。有时为了给自己增加营养，我会在课余时间悄悄跑出校门，在外边的小面馆里狼吞虎咽地吃一碗我最爱吃的面条。那年月工资很低，又要养活老婆孩子，面条对于我就是最有营养的东西。

住在这座古称长安的城市里，你不能不去想到历史想到古人，这里有太多的古代往事促你去回想，有太多前人的足迹让你去追寻。我记得我先去看了大雁塔和钟楼，看了秦始皇陵和兵马俑坑，后去看了华清池和乾陵。在华清池，站在唐明皇和杨贵妃共浴的温泉池旁，我一边默诵着白居易《长恨歌》里的诗句：春寒赐浴华清池，温泉水滑洗凝脂；一边在心里感叹：一切都会化成烟云，包括权势、富贵、爱情和生命，人活在这世上可真不容易，要不停地和"虚空"做斗争……

那个年代，学校里的文化生活比较单调，没有舞会，没有网络游戏，也没有多少电视剧可看，学生们的主要娱乐就是拔河比赛和一周看一次电影。拔河比赛常常会给大家带来短暂的快乐，每一个学员队都挑出二十个精壮汉子，然后在一根绳子上比赛力气。我虽然因为身体偏瘦只能成为看客，可照样能从这种原始的比赛游戏中获得快感，每当参赛的一方轰然倒地时，我会和大家一起放声大笑从而放松了自己。

学校一般不欢迎学员的家属来校，怕影响大家的学习。可学员们多是结了婚的人，都想趁这机会让自己的老婆孩子来古都一游开开眼界，于是相继悄悄行事，让自己的家人不声不响地来校，或是找一个招待所住下，或是找一个朋友家里住了。同学们互相掩护，学员队的干部们睁一只眼闭一只眼，假装不知道。我自然不会放过这个机会，写信通知了家人可以来校，妻子于是抱着儿子带上岳父，坐了半天一夜的硬座火车来了。那真是一次美好的相聚，承蒙朋友们的帮助，我们住在小寨附近西安通信学院宿舍里，趁星期天带他们游了市内和近郊几乎所有的景点。岳父这是第一次远游，喜欢历史的他，亲眼看到那么多处史书上讲过的风景名胜，异常高兴。我3岁的儿子则差不多吃遍了西安好吃的东西，快活地说他以后还想来这个地方，没想到还真让他说中了，十几年之后，他也是到西安读的大学。

我们在校读书的这段时间，南部边境老山地区的战斗还在进行，不断有部队轮战上了前线。到我即将毕业时，轮到我们济南军区我当年所在的一支部队去老山参战，我当时就想，如果有机会，毕业后一定要争取去前线一趟，一个军人，一生不见真正的战争场景那实在遗憾。还好，毕业后，领导安排我和另外几位记者朋友一起去了老山。

毕业离校前，同学们忙着互留赠言，我仍记得我给一位同学的留言：古都同窗共读前人知识，军中挚友合练杀敌本领。遗憾的是，毕业后我没去练领兵打仗的本领，而是干起了写作的差事，没有轰轰烈烈，只有冷清寂寞。还好，这差事和自己喜静不喜交往的脾性也相合，倒是也干得高兴。

离校到今天，转眼已是二十几年过去，每一想起军校的生活，都历历似昨日之事。对西安政院，对西安古城，我也一直心存感激，我是在那儿变得成熟的，我是在那儿明白：人这一生，不要太在意荣辱沉浮，不要为一时的得失过于高兴或痛苦，因为一切都将过去……

育子之路

儿子的生命开始孕育时，我和妻子分居两地，她住河南南阳，我在山东济南。那阵子我们夫妇很穷，他妈妈怀他时吃的都是寻常的饭菜，买不起什么营养品，他先天的营养也因此可能不是很足。

收到妻子即将分娩的电报，我立刻启程往家赶。那时火车的速度慢，车次又少，待我昼夜兼程地在天亮前赶到家，却见家门锁着。敲开邻居门一问，才知道妻子已被送进医院产房，而且已经生了，是个儿子。我一直悬着的心放了下来，顾不得去听邻居的道喜，怀着一腔的高兴转身就往医院里跑……

这是1979年11月5日的黎明。

后来我才知道，儿子准确的出生时间是4日的19：30。其时，我正坐在火车上向家飞奔。

儿子生下来时，八斤重。那天早上护士把儿子抱过来后，妻子很骄傲地告诉我。

我一边欢喜地看着儿子的小脸一边很感激地握着妻子的手。她这十个月来可真是吃了很多苦头。

我很快发现，儿子的胃口很好，每次他妈给他喂奶，他总是噙住奶头就不丢了，大口大口地吞咽着，一副唯恐吃不饱的样子。每回他吃饱之后，我会抱上他在床前走上一阵，抱着自己创造出的小生命在那里踱步，心里充满了对生命奥秘的惊奇和对上帝的感激。

他们母子出院前，我回家把床重铺了一下，为了让他们母子能睡得暖和，我在床上铺了三床被褥，不料把他们接回来的当晚，把妻子热得汗流浃背，把儿子热得哇哇直哭，我这才知道自己好心办了坏事，忙又把多铺的被子扯了出来。

回家不久，开始发现儿子爱哭，我们找不出他哭的理由，很是疑惑。许久之后才知道，他那是因为饿。他妈妈的奶水虽然很多，他每次吃得也不少，但那奶水属于"清水奶"，内里的营养并不多，所以他饿得很快，一饿，不会说话的他就只有哭了。可惜当时我们不明白，只觉得他是在故意闹人。

他还没有满月，我的假期就到了，只得返回部队。临走前，望着躺在床上的一对母子，我的双脚真是不想迈出屋门，无奈军纪不能违，我不能不走。从离家的那一刻起，我对儿子的牵挂就开始了。

再见到儿子是半年之后，妻子抱着他来了济南。儿子会笑会爬了，会咿咿呀呀地坐在那里说着什么，会抓起我手上的书胡乱地翻弄着。我和妻子抱着他去看了千佛山、趵突泉、大明湖和英雄山上的纪念碑，懵懵懂懂的他对一切景致都是先投以新奇的目光，紧跟着就又去关心卖冰糕和卖糖果一类的摊点了。在千佛山上的一棵树前，我给他拍下了一张很经典的照片，照片上的他两手扶着分叉的树干，双眼随意地看着一旁，目光坦然而镇静。至今，我们还把这张照片摆在他的床头柜上，好让他时时记住自己幼时的模样。就在他首次济南之行的一个中午，他把我桌上的一瓶墨水弄洒了，使得桌上床上地上都黑乌乌的，恰恰那天我在办公室为一点什么事不痛快，回家一见这样，顿时火起，上前就照他屁股上打了几掌。那是我第一次打他，看他因为疼痛和害怕哇哇哭的样子，我立马就后悔了，心疼得又去哄他。这是我们父子间的首次冲突。

他1岁的时候我回去探亲，给他买了两样玩具。记得是积木和塑料汽车，都不是高档的玩具，我那时每月的工资六十元，要养家糊口，每一毛钱都要掂量着花。可儿子很满意，玩得爱不释手。我们父子两个的感情也在这个假期里变得更加浓厚。每天半上午和半下午，我会带着他去街上卖豆腐脑的小摊上买一小碗豆腐脑给他喝，而后抱着他在南阳的街头上乱逛，满足他观察街景的爱好。假期结束他和他妈去火车站送我走时，他坚决要和我一起走，他妈不得不强行把他抱在怀里，当列车缓缓启动时，他在他妈怀里哭得透不过气来，弄得我也流下了眼泪。

1983年我考入解放军西安政治学院读书，第二年，他和他妈妈、外祖父一起去西安看我，这时的他已经是一个壮实的小男子汉了。我们去参观华清池爬骊山时，他总是跑在最前面，还不时地扭头催我们快点。那时候他和我还都不知道，西安日后也会成为他求学的地方。1998年秋天我送他去西安一所军队院校读书时，我问他还记不记得当年来西安的情形，他摇摇头说不记得了。我们父子两个的大学都是在西安读的，西安这座城市对我们周家着实有恩。

儿子上小学的事我过问得很少，我那时正迷在文学里，把时间都消磨在了书本中和稿纸上，孩子从入学到升级都是妻子在操心。我注意到儿子对学习挺用功，作业总是按时完成，考试成绩也不错。大约是在他上五年级时，有一天中午放学他没回来吃饭，我急忙骑上自行车去找他，最后在学校附近的一家小饭馆里找到了他，他正和他的两个同班同学坐在一张饭桌前吃着面条，一人面前还放着一瓶汽水。我问他为何不回家吃饭，他说那两个同学请他吃过冰糕喝过汽水，他今天中午用五块零花钱请他俩吃面条喝汽水算是回报。照说这没有什么不对，可我担心他养成乱花钱的毛病，还是动手打了他。儿子挨打后很委屈，质问我：为何只许你请你的朋友吃饭，不许我请我的朋友吃饭？我只能说：你还小。

儿子考进南阳市重点初中十三中学之后，我常去参加家长会。老师对他的评价不错，说他能团结同学，尊重老师，听课时聚精会神，完成作业比较认真。他这时迷上了体育，既爱长跑，又爱篮球、足球、排球和乒乓球，我给他买了篮球、足球、排球和乒乓球拍，但我不希望他真搞体育，只愿意他把其作为锻炼身体的手段。当市体校的跳远老师来专门考察他的跳远成绩时，我急忙赶去告诉老师：我的孩子不去练习跳远。为此，儿子还对我很有意见。从我家到学校要过两次大街，为了安全，我坚持要他步行，坚决不许他骑自行车上学，对此，儿子很是不满。今天看来，我的做法并不对，但当时，我不许儿子改变我的决定，显得十分武断。

他考上高中的时候，我已调来北京工作，我想把他转到北京的高中里读书。我原以为办转学很容易，就让他和妈妈拿上转学手续来了北京，没料到要转进一个好学校困难重重，眼见得别的高中新生已经开学而他上学的事还没有着落，我真是心急如焚。一个雨声淅沥的上午，在朋友的引荐下，我拿上三万块钱赞助费才使一个学校收下了他。儿子亲眼看见我把厚厚的三沓人民币交给了学校，心里很受震动，小声跟我说：爸，我一定要好好学习！

高中是一个孩子学习上的紧要时期，也是一个孩子叛逆心最强想要独自处理自己事情的时候，我对这一阶段孩子的心理并不懂得，照样像过去那样管他，结果惹得他反感。在要不要学计算机问题上，我们父子两人发生了严重的分歧。我当时买了一台计算机用于写作，他一心想学计算机操作，我因为担心他误了学业影响日后考大学，反对他动计算机。矛盾便由此而起。他抓紧所有我不在家的机会上机操作，我只要发现就恶声训斥。我们父子两个那段日子过得都不轻松。

三年时间很快过去，高考临近了。为了保证他能考上大学，在考前的半个月我整天陪着他复习。那时高招的比例还很小，男孩子一旦考不上大学，就不得不在社会上闲逛。他也知道考不上大学对他意味着什么，压力很大，我不得不尽量说些轻松话以减轻他的精神压力。我们父子两人后来是一起骑着自行车向考场走的，他拿着笔进考场答试卷，我提着饮料和点心站在考场外等待。那是一个闷热的夏天，两天半的考试不仅使他的体重减轻，也让我瘦了几斤。这一段生活体验使我写下了中篇小说《同赴七月》。

还好，他被西安的一所军事学院录取了。这是他第一次离开父母独自生活。我和他妈妈对他应付生活的能力充满担心，他倒信心十足，要我们放心。如今，他已是大三的学生，我们的确可以放心了。每次他打电话回来，我们都能从他的话语里感受到他在逐渐变得成熟，他对国家大事的看法，他对人际关系的处理，他对家人的关心，都让我和他妈妈松了一口气：我们的孩子是真的懂事了！

自
在

　　他人生的路才刚开始不久，前边肯定有各种各样的风雨要他去经历，作为父亲，我希望他一切顺利。只要我活着，他就会从我这里得到祝福和无尽的爱意。

　　我和他妈妈都相信，他会成为一个对国家有用的人！

夏日琐忆

邻村里有一个新媳妇，长得不是十分出众，腰粗，脸黑，走起路来也不是非常耐看，但人极开通，爱说笑，无论人们同她说什么笑话，她一概不恼。村里的一群光棍，见了新媳妇，自然就在闲时雀跃着往她身边靠，靠近时先嘿嘿一笑，而后开口，问些难听的荤话。对此，新媳妇总是含笑悠然答道："你们快些找个老婆，找了老婆她会告诉你们的。"于是，光棍们就一阵疯笑，满意地散去。

新媳妇的豁达爽快和那带些荤味的回答，渐渐竟撩起了一个光棍的邪心，那光棍觉着：这新媳妇既然不是那种讲礼法的女人，大约就可以把事情再进一步。于是便在一个黄昏，趁新媳妇单人去村边塘畔洗菜时，悄悄摸了上去，从背后猛抱住了她的腰，一边在口中说些轻狂的话，一边就想做些什么。不料那新媳妇先是猛一蹲，后是猛一撞，便把那光棍撞翻在地，而后迅猛一推，那光棍便往塘中滚去。时值初冬天气，水冷极，且塘水很深。几乎就在光棍落水的同时，新媳妇转身朝村中大叫："来人啊，有人掉河里了——"村人赶到把光棍捞起时，新媳妇一本正经地叙说："我刚来河边洗菜，见他正往塘边的那棵柳树上爬，我还没来得及同他说句话，他可就失手掉下了，要不是我看见，他非被塘水冻死不可！"众人扭头问那光棍爬树干啥，光棍只好哆嗦着乌青的双唇承认："想上树去看看有没有鸟窝。"

众人大笑。

新媳妇也抿嘴笑了。

这故事我是听说的。

1985年深秋，我参加军区机关组织的工作组下部队，调查的情况之一是部队计划生育工作的现状。记得是到了洛阳，驻军机关里的一位干部汇报：如今计划生育工作实在难搞，计划外生育者采取种种巧妙的欺骗办法，使得我们常常是在孩子生下后才知道真情。譬如，我们听说一个干部的妻子计划外怀孕了，派人去做工作，谁料那位干部的妻子在得知来人不认识自己后，竟让她的弟媳出来代替她同人见面。那位弟媳面不改色心不跳地对着来人拍了拍自己的肚子说："你看我这样像怀孕的吗？你们不要无事生非！"派去的人被弄得面红耳赤，慌慌地退了出来……

我记得我没听完这个故事就哈哈笑了。

大约是在1972年。

我因为胃病住进了泰安138陆军医院。

照管我所在病室的护士姓叶，听说是19岁。叶护士长得很美，是那种古典仕女式的美：双腿修长，腰肢纤细，酥胸微隆，星眸漆亮，乌发浓极。她说话音小声低，工作勤勉负责，但病员们却故意不服从她的管理，常同她发生争执，每每气得她流出眼泪。我的邻床是个22岁的排长，也得的胃病，但病情很轻，并不影响吃喝玩睡，却独在上厕所前捂腹大叫：疼死我了，走不动呀！每当这时，叶护士便一溜小跑过来，伸出白嫩的双臂，吃力地把他搀起，直送进厕所。一日，同室的病友问那排长："你为什么总是在上厕所时走不动了？"那排长就嬉笑着答："叫小叶搀搀舒坦！"我听后，眉一皱，对他顿生几分鄙夷，有次趁那排长不在，我告诉叶护士："他每次上厕所前都是装病，想要你搀！"叶护士平静地答："我知道。"我当时一怔："你知道怎么还去搀他？""病人有权撒娇。"

我意外地望定她。

我去老山前线采访。

在一个野战医院的木板房里，我见到了一个33岁的女军医。我问她："在完成任务之余你最愿干的事是什么？"她低声答："看我儿子的照片。""你儿子几岁？""5岁。"她目光慢慢变散，分明是沉入了对往事的回忆。"我们部队要向前线开拔的前一天，我让儿子随他姥姥回东北老家，但他坚决不愿意，我又不能把打仗的事告诉他，只好用各种理由和借口来哄他走，但一直到火车进站时，他还在抱着我的脖子央求：'妈妈，为什么非要送我去姥姥家不可？我愿跟你和爸爸在一起，我不惹你们生气，我安心在幼儿园学习……'旅客们都已上了车，他仍抱着我的脖子，车马上要开，不能犹豫了，我让他姥姥先上车，然后硬掰开儿子抱我的手，在车要开动的那一刹，把他递到了他姥姥怀里，老人在车上死死抱定他。车开了，我随车在月台上跑，满耳朵里全是儿子的哭喊：妈妈，妈妈——"

女军医的眼中晃出了泪，一滴、两滴、三滴。

我当时不敢再朝她看去。

1984年，初春。鲁中的一座军营。

接到参战命令的官兵们正做着开赴前线的准备，一位班长的未婚妻突然来到了连队。她见了未婚夫没说几句话，便提出当晚结婚。班长闻言急忙摇头："现在是什么时候？部队正做开进准备，再说，我去前线打仗，枪弹不认人，万一被打死回不来，让你当个寡妇咋办？我不能害你！"那姑娘听后扭身就去了连部找到连长，一边掏出她带来的结婚介绍信，一边语气坚决地要求："我们今晚要结婚！"连长被她弄得一愣怔，半晌才问出一句："你为什么非要在今晚结婚不可？"那姑娘面孔霎时红透，但却没有羞意，话语一字一句十分清晰："他这一去是死是活难说，我要让他把该过的生活过过！"连长听完这话身子一震，说："好！冲你这颗心，我要为你们主持这个婚礼！"说罢，连长即派人领这一男一女去附近的办事处办理结婚登记手续。晚饭后，这个最匆忙简单的婚礼在连部里举行，全连的干部战士都赶来参加。这是一个从未见过的、气氛最肃穆的婚礼，没有笑声、歌声、乐音，官兵们只无言地吃糖，无言地望着那新娘，无言地听着连长致贺词。最后，当预定的程序结束时，不知是哪个战士喊了一声：起立！所有的人唰的一声站起，一齐自动地向那位搀着丈夫走向简陋新房的新娘敬礼。

第二天天没亮，连队接到了登车出发的命令。新娘把新郎送到了新房门外……

这故事是别人讲给我听的。

我于是记住了那位未婚妻……

这几位女性的形象常在我头脑里交替闪现，终于有一天，她们融合在了一起，成为一个崭新的我从未写过的女人。我于是怀着一腔激情拿起了笔……

喝　茶

我喝茶的历史已经很悠久。

大约在生下来不久，我就开始喝茶了。

这需要作一点解释：我们豫西南邓州地面上的百姓，把喝开水也叫作喝茶，只有喝未煮过的凉水才叫喝水，所以我喝茶的历史就有些长了。

长到五六岁之后，我家门前的菜园子里种了薄荷，母亲开始用薄荷叶子为我泡茶。这种茶喝进口有股清凉味，喝下去可以败火。喝法是先烧开一碗水，而后把洗净的鲜薄荷叶子往碗里一放，待水变温之后，便端起碗牛饮一气。喝完这种茶后，薄荷香味长留嘴里。

再后来农村里收了自留地，不准在宅前屋后种东西，薄荷没有了。母亲为了让我们的茶喝得有味，开始用柳叶泡茶。每年的清明节前后，母亲总要从河边的柳树上采下一抱细柳枝，回来晒干，而后绑成捆，挂在屋檐下，在我们喝开水时扯下几片柳叶扔进碗里，这就是柳叶茶了。柳叶茶喝起来稍苦，但也有一股清凉味。夏天割麦时节，母亲总是烧一大瓦盆开水，扯一把干柳叶放进去，这时开水便变成绿盈盈的茶了，放凉后端到树荫下，让我们这些执镰割麦出了大汗的人饱饮一顿。

我第一次喝到用正经茶叶冲泡出的茶，是在家乡枸林镇上的一个茶馆里。我记得那天茶馆里有人在说大鼓书，我因极喜欢听书便也凑了过去。听得口渴时见有个茶客起身走了，他喝剩下的茶盅里还有茶水，我便端过那剩茶喝了，当时喝罢觉得那茶水极香。

当兵之后，逢年过节部队里要开茶话会，这时喝正经茶水的机会多了。我开始知道茶叶有好坏之分，知道龙井茶是世上最好的茶叶。也知道了不少茶叶的名字：信阳毛尖、碧螺春、茉莉花茶，等等，自以为对茶已有些懂了。

结婚之后，听说岳父爱喝茶，我便买了二斤茉莉花茶寄给了他。谁知他收到后来信说：茶叶不错，只是他一向只喝绿茶。我这才听明白，原来茶分三类：红茶、绿茶和花茶。红茶性温，暖胃；绿茶性凉，败火；花茶属中性，不凉不热。每个人要根据自己的身体情况选择茶类，然后再在这一类茶中选择一个品种。我对茶叶的了解因此又进了一步。

今冬去武夷山，到一家茶馆里喝茶之后，方知喝茶还有茶艺。当时，那年轻老板端上乌龙茶中的上品——武夷岩茶招待我们。献茶前，他洗净手、焚香；泡茶时用地道的宜兴紫砂壶；每个茶客面前摆两只杯，一曰闻香杯，一曰品茶杯，每个杯只有酒盅那么大；而且先表示歉意，说今天的茶是用自来水烧开泡的，没有用泉水，用煮开的泉水泡茶最好。他还告诉我们，泡出的第一遍茶水不能喝，要倒掉，这叫"重洗仙颜"，三泡、四泡的茶才最好。他冲茶时讲究悬壶高冲；斟茶时讲究快速巡斟——"关公巡城"和点滴入盅——"韩信点兵";要我们喝每盅茶时都要分三口下咽,慢慢品出茶的香味和甘味。这是我第一次知道喝茶还有这么多讲究,可以成为一种艺术来供人品赏,我的眼界又一次大开。

近日读书,方知喝茶还与战争有关。19世纪中叶,中国的茶叶向欧洲大量输出,茶叶在欧洲尤其是英国迅速普及,很快就成了人们日常生活的必需品。这时,茶叶的贸易由英国的东印度公司垄断,"从中国来的茶叶,提供了英国国库总收入的十分之一和东印度公司的全部利润"([英]格林堡《鸦片战争前中英通商史》)。购买茶叶需要大量的货币,东印度公司为了挽回巨大的贸易逆差,开始大量生产鸦片,非法运进中国倾销,以输入毒品的方式,攫取茶叶,"不费银元而可大量取得中国茶,以毒换利,成为鸦片战争的导火线"(庄晚芳《茶与鸦片战争》),最后导致"英国在茶叶上获得了香港"([日]陈东达《饮茶纵横谈》)。这让我大大吃了一惊,小小的充满香味的茶叶竟与枪炮和血腥的战争拉上了关系。这使我再喝茶时,往昔那种悠闲的心境跑掉了不少。

随着我喝茶历史的延长和关于茶叶的知识增多,我如今喝茶也十分挑剔。我根据自己身体的状况,决定只喝红茶;在这类茶中,最好是喝武夷山星村镇的小种红茶,这种茶不仅性温,而且味极醇。

我也变得讲究了!

快活"青创会"

十多年前的那个冬天，正在一支野战部队里采访的我，突然接到通知，到北京参加中国作家协会召开的青年作家创作会议。传信人的话音未落，笑纹便呼啦一声飞到了我的脸上，我那时刚过三十不久，正是功名心最重的时候，对这种好事落到头上还不喜形于色？参加这样的会议本身就是一种荣誉，这意味着社会正式承认自己是一个作家。荣誉和头衔是那个年纪的我最热衷的东西，我立马收拾行装北上了。

会址在位于丰台的京丰宾馆，报到之后被告知，解放军文艺社要在当晚宴请军队青年作家代表团的全体成员。我们又兴冲冲地乘车赶到燕京饭店，坐到了宽大的宴会桌前。徐怀中先生当时是总政文化部的领导，他说了些祝贺和希望的话后，大家便开始快活地干杯。到会的都是些血气方刚激情满怀的男女，酒下得自然也快。那时军事文学的成绩卓然，军队作家的声望挺高，军队刊物的影响也大，大家的酒话里便多了些豪气。喝着说着，说着喝着，直弄得一个个脸红耳热，上车时，有人的腿就稍稍有些打晃了。

回到宾馆，时光不早了，可哪睡得着？那么多平时只能在报刊上见到的人物，如今就在身边，还不趁机拜访拜访？于是各房间的门响个不停，走廊上人声不断。有人高叫：哥们，来了?! 有人惊呼：老兄，你还没死？女士们相拥到一起夸张地笑着……到处都在高谈阔论，空气中弥漫着一种欢乐气氛。我和张志忠先生住一个房间，凌晨1点还没有能躺下睡觉。

　　第二天上午是开幕式，记得是冯牧先生致辞。过去读过冯先生的许多文章，真正见到他这还是第一次。这是一个儒雅的老者，他的话语中充满对年轻人的关爱，他说他相信年青一代会在文学上有更大的造就。十几年后的今天，翻查一下我们的当代文学库存，应该说，那一代青年作家们没有辜负这种信任，他们的确捧出了一批无愧于这个时代的作品。

　　当夜晚又一次来临之后，舞曲响起来了，舞会开始了。我那时不会跳舞，可站在一边也能感受到一种青春生命的悸动。我记得河南作家杨东明的舞那晚跳得最好，他的舞伴是谁我已记不得了，只记得他的舞步标准而优雅，他让舞伴旋转起来衣袂翻飞的样子极是潇洒。也就从这晚开始，年轻人的恶作剧开始了，有人冒充总台的服务生用电话通知某位男作家，说楼下大厅有位小姐在等你，结果那作家以为是自己的崇拜者来了，惊喜慌张地跑下楼，到那里一看，哪有什么小姐？有人捏着嗓子学女士的声音用电话邀请某位男作家到宾馆大门外，说有件东西相送。那男作家在激动中想入非非，便飞步赶去，结果在寒风中站了许久也没见一个人影，直冻得鼻涕横流。哪个人的诡计得逞了，会笑倒一大片人。哪个人受了捉弄，同样会让许多人笑得肚子疼。

　　接下来的那个夜晚举行了盛大的晚会，导演是作家，演员们也都是作家。在追光灯的照射下，一个又一个作家亮了相，有人朗读自己的作品片段，有人唱了歌，有人跳了舞，有人用乐器作了演奏。导演把作家们多方面的才能都做了表现。不知是灯光的效果还是导演的匠心设计，整场晚会给我一种置身梦中的感觉，让我觉得我好像飘飞在云团之上，四周的一切都变得缥缥缈缈。晚会结束回到宾馆，可能是觉得相聚的时间不多了，许多人都不睡，盘腿坐在床上、桌上、地毯上继续神聊，聊彼此的作品，聊读到的好书，聊别人的艳事，聊今后的打算，聊国家的未来……一位位妙语连珠，一个个激情澎湃，直聊到东方露出曙色……

几天的快活使我精神完全得到了放松，无边的神聊在悄无声息中帮我打开了心里的一扇小门，把原先关闭在里边的那部分想象力也彻底释放了出来。我意识到，我创作的又一个阶段要开始了。

十几年前的那个"青年作家创作会"，便从此留在了我的记忆里。

鲁院的周末

1987年的京城，开放之风已吹得呼呼有声了，所以鲁迅文学院的周末，也开始变得五彩缤纷，热闹和欢乐总是把不大的校园填充得满满当当。

舞会，是周末要举办的一个重要娱乐项目。那时学员中的舞迷特别多，会跳不会跳的，都特愿到舞场里亮亮相。舞场，就在大饭堂里。尽管我是舞盲，可因为我是学员班里的干部，有操办舞会的责任，故每次是必须要到场拉开饭桌把舞场布置好的。一待大家开始跳了，我的任务便算完成。

自然没有乐队。音乐是用一个不很高档的录音机放出来的，而且它还有罢工的时候，不过这都不会影响大家的兴致，大伙儿依然跳得沉醉。

周末舞会遇到的一个最大问题是，女的太少。这可苦坏了那几个女同学，她们要不停地陪男同学跳才行。这一曲刚罢，汗还没来得及擦，下一个邀请的可就来了。个别男同学等不及，干脆在怀里抱上一个木头方凳跳开了，而且照样跳得摇头晃脑其乐无穷。偶有哪个刊物的女编辑来了，大家总是鼓掌欢迎。

舞会上跳的多是三步、四步和迪斯科，能跳华尔兹的人很少。其实那时很多人也不知道舞步还有哪些。大家觉得这样跳就很好。

舞场里的乐声传到了校门之外，街头上的年轻人被这乐声吸引了来。他们先是在舞场门口探头探脑，看见没人阻拦，便磨磨蹭蹭地进了屋子。舞着的学员们以为这是看客，便舞得格外起劲了，他们根本没有想到，跳舞的高手来了。

这些街头上的年轻人站在一边看了一阵之后，就毫不客气地也进场跳了起来。可他们并没按乐曲来跳，而是跳一种动作非常剧烈、狂放的舞步，那舞步立刻吸引住了大家的目光，先是没有上场的人们惊奇地看着，后来连正舞着的人也停下来去看他们。渐渐地，舞厅里只剩下了他们几个不速之客在跳。有懂舞步的人告诉我，他们跳的这叫"霹雳舞"，我"哦"了一声，这才明白他们的动作何以会那样剧烈。我新奇地看着，过去只在报纸上看到过"霹雳舞"这几个字，今天是亲眼见识了。他们大约意识到了大家在惊奇，便跳得越加旁若无人，而且渐渐在眼里露出了几分傲慢和不屑，意思分明在说，你们这些外省来的土老帽儿，没见过这新鲜玩意儿吧？让你们开开眼界！

他们不知道他们是在玩火。

他们的傲慢和不屑很快引来了学员们的不满：逞什么能？这是我们的舞厅！去别处显摆吧。大家的脸上慢慢都有了愠色。可他们没有注意到这种神态上的变化，依旧在激烈地跳。而且把整个舞厅都占住，使想跳的学员也没法跳了。

冲突于是发生了。

不知是哪位学员先向他们发出了警告：这是我们的舞厅，请你们离开！可他们没有理会。接下来就有人出来把他们往外推，他们自然不干，他们大约想：我们是北京人，难道还怕你们不成？他们于是开始出手，一场没有预先策划的"战斗"发生了。

学员们毕竟没有要流血的思想准备，而且也没有打斗的本领，这场"战斗"最后是以几个学员的流血和那些街头青年的撤走为结束的。

学员们在气愤中报了警。

警察们来询问了情况并安慰了学员……

这场舞厅风波从此留在了我的记忆里，我也深切地记住了霹雳舞的那些姿势。

十三年过去了，当初参与过那场舞厅"战斗"的人都已星散各处。我想，当他们有一天忆起这件事时，他们可能也会抿嘴一笑的：那真是年轻人的一场可笑的冲动。

当年，我们还是那样的年轻哪！

而年轻人，是什么事情都可能做出来的。

癸酉年自白

我 1952 年走进这个世界，至今已四十一载。我估摸我的日子已送走了大半。回首过去的时光，觉得应该有番自白。

我第一件想说的事：1960 年春末饿极时，我曾去生产队的麦地里偷扯过没长熟的麦穗，回来在火上一烧，搓下麦粒吃。其中一次是在一个下着雨的傍晚，身子很小的我拎个小筐惊惊慌慌地走进麦田，雨点打在麦叶上的响声令我胆战，我唯恐被看护麦田的生产队干部发现。那晚的经历至今仍留在我的记忆里，使得我如今只要一在傍晚时分看见麦田就想起了那个傍晚，就听到了那晚的风声雨声，就重新体验到了那种胆战心惊。

我一直在为没钱苦恼。钱这个东西对我的折磨实在太长久。上初中那两年，每月回家拿伙食费，有时只能拿到五毛钱。有一次，我的一个同学在小镇的饭馆里请我吃了两毛钱一碗放有牛肉的胡辣汤，我觉得那真是世上最好吃的东西，我对那位同学满是感激。我是 1982 年才见过存折的，也就是活到了 30 岁才能进银行存点钱。我调到济南军区政治部后，因为家里负担太重还需要借钱。我至今还记得那时找人借钱时的那份屈辱和难堪。有两件事已经永远地留在了我的脑子里：我结婚时，房间里只放了一个用两块钱买的包装箱；我有儿子时他的尿布舍不得扔掉，托人从济南捎回南阳老家。我渴望过一种不再受钱折磨的生活。也就是近两年，我的日子才算好过一点。

我的自尊心特强，而且伴着严重的自卑。这可能是从下层社会走来的人的通病。我最怕被人轻视，谁轻视了我，我总要发誓超过他，要让他重新认识我，虽然有时并不能如愿。对看重我的人，我愿拼死为他出力，把心掏给他。我最讨厌那种自高自大自以为不得了的人，这世界上没有不得了的人，谁都有可能被超越。我很少看不起人，这可能是自卑在起作用，我总觉得我是个平庸的家伙，任何人都可能比我强。

我害怕的东西很多。我怕高，不愿登高，医生说这是"恐高症"。修理电灯，桌子上再放一个椅子，我登上去就有些害怕。1984年在西安求学时，同班的人大都去登了华山，可我没去，我不敢。我缺乏冒险精神。我惧怕车祸。我每次坐车，不管是火车、汽车还是三轮车，我都时刻担心会出车祸。我每次离开济南的宿舍时，都把东西简单整理一下，以便家人日后来整理遗物。我认为当代社会，人的生命并不掌握在个人手里，而握在驾驶员手中。我害怕看人打架，不管谁打谁，不管谁胜谁负，我听见人的肉体被击打时就害怕。我这辈子没同人打过架，读初中时，一个同学把我新买的一顶布帽的帽檐弄折了，我非常心疼，气得上前把他头上的布帽也抓下来揉了揉扔到地上，这是唯一的一次对他人的攻击行动。

我见不得别人流泪。别人一流泪我就想陪着流泪。村上人送葬，死者的亲友们还没开始哭，我先已泪盈在眶了。我听不得穷人尤其是女人们诉说苦难，她们一诉势必弄得我泪流满面。我常常为电影、小说、戏剧中的人物流泪，看一些电影，别人还没怎么感动，我却已经唏嘘不止了。1985年去老山前线采访，男兵女兵们一讲述战友们牺牲、负伤的情况，讲述人还很平静，我已经要擦眼泪。1991年春末夏初，姜文来南阳谈一个剧本改编，让我讲起老山前线的见闻时，我竟然又流了泪。我对自己的这个毛病非常痛恨，很想让自己的心肠硬起来，但没有办法，我估计是我的泪囊有毛病，里边的泪水太多。

我口拙，不善言辞。如果是熟人，是好朋友，是同行，我谈话还能自如；如果是生人，我会感到窘迫。我讨厌夸夸其谈的人，我尤其讨厌那些得意忘形、自视甚高、旁若无人吹大话的人。

我重视名声。我一旦对别人应诺了什么，我就一定想法去兑现；我宁可在经济上遭受损失，也不愿让别人说我不仗义。

我认为人身上的兽性还太多，人在折磨同类时会用许多很可怕的方法。我痛恨那些折磨别人的人，不管他是用权、用钱还是用气力。我把人们平安相处作为我的社会理想。

我希望人们办任何事时都往二百年之后想想。二百年之后，我们现在活着的人在哪里？不都完了，消失了？干吗非要去斤斤计较不可？干吗非要去你死我活不可？干吗非要去互相仇视不可？我们最后都将栖息在一起，栖息到土里，争什么哩？斗什么呢？

我好急躁，一件事不办完我总爱放在心上，睡不好觉。如果明天出发，我今晚就容易失眠。如果我决定办一件事，我就想立刻去办，办不成就会六神不安。

我常常对自己的记忆力发生怀疑。写完信明明是装对了信封，临到邮局时我还要抽出来看看，唯恐装错了信封。煤气灶明明是关了，我总还要去检查几次。出门时明明把门锁了，下楼后还想再回去推推门试试锁上没有。

我认为人类有末日，而且这个末日是人自己制造的。总有一天，人会用自己的双手把地球弄得不适宜人类居住，最后走向灭亡。我相信那种假说：地球在过去曾有过类似今天的文明，后来被毁了。

我认为女人与男人相比，女人身上的好处、长处更多一些。她们身上的善良、宽容、忍耐等优点让我感动，我愿意歌颂她们，关心她们，帮助她们。我不愿把她们写得太坏。

我有胃炎，它已经折磨我不短的时间了，要不我会胖些的。我刚当兵时，黑胖黑胖，那时的照片与现在的照片简直判若两人。我抱怨上天，既然让人的胃每天都要工作几次，当初就应该把它造得结实些。我一直幻想，什么时候在人的肚子上装个拉链就好了，肚里哪个器官有炎症，把拉链拉开，把那个器官掏出来抹点消炎粉该多方便。

我爱看电影，不管那电影拍得多么糟糕，我都可以看下去，主要是为了让自己注意力转移，不再想缠住自己的问题。我爱听豫剧，不爱看剧情，爱听唱段，那种韵律让人舒服。有时也能跟上哼几腔，但不敢当着别人的面唱。我爱听二胡独奏曲，尤其是《良宵》。我曾经学过二胡，但后来忘光了。我还爱听小提琴独奏曲《梁祝》。

我认为有恩该报，哪位老师、朋友、同事帮我做了件什么事，有恩于我，我总要想办法回报，不然心里不安。我遵循你敬我一尺、我敬你一丈的原则。

我非常渴望能住得好一点，最好有一间宽大的书房，让我在里边摆几排书架，放一个躺椅，舒舒服服地看书。

我讨厌老鼠、跳蚤、蚊子。我觉得上天当初不该造它们，它们给人带来的麻烦太多。

我认为人生最惬意的时候，是在有风的雪夜里，自己就着台灯光，围坐在温暖的被窝里读书。身边是熟睡的妻子和孩子的鼻息轻响，屋外不时传来风的怒吼和雪粒的扑打声。读累的时候，望望屋外的风和雪，想着自己此时若行进在无边的旷野里该是多么糟糕，心里会有一种带点庆幸的舒畅感。

我好遐想。不论是在干活还是在走路，不论是在读书还是在谈话，我都可能突然走神，去想一件和眼前的现实完全不相干的什么事，有时会想得很高兴很激动，有时又会想得很沮丧很伤心。

我爱吃面条。我吃过各种各样的面条，白面条、绿豆面条、红薯面条、杂面条都吃过。我一天吃三顿面条都可以，吃不够。我这几十年间可能已吃有上万斤面条了。我最爱吃的面条是糊汤面条，就是面条下好后再糊点面，放点青菜。面条是穷人家的主要吃食，我的这种饮食偏好是娘给我培养起来的，是我家乡的饮食习惯影响的。

我爱喝用清明节折下来的柳叶泡的开水，我觉得它比用茶叶沏出的茶水有味，而且这种水喝了去火，让人身上不起疖子。小时候在家，每到清明节，总要和娘一起去折些柳枝来家，晾干后捆起挂在屋檐前，喝水时捋几片柳叶下来，放进碗里，沏上，水渐渐就变成绿盈盈的了，喝一口，有一股清苦味儿，也有一点香味儿。

我爱穿素色衣服，因为它不起眼，不惹人注意。我最怕在公众场合让许多人注意自己。虽然我渴望成名，可又不喜欢被人注视。在有很多熟人在场的情况下我不愿拍照。我不愿在会议已经开始时再走入会场，因为那会引得众人来看自己。

我爱打枪。我的枪法不错，不论是冲锋枪、步枪还是手枪，我打靶的成绩都挺好。其实我当兵后训练打枪的时间并不长，打枪的机会也不多，我想我打得准可能得力于我的眼，我的双眼目前的视力还都是1.5。

我写过一封遗书。那是1985年我去老山前线采访前，我给儿子写了一封。我担心回不来，因为战场上什么事情都可能发生。我不是英雄，那封遗书中没写什么豪言壮语，只是给儿子交代了一些事情，其中有关于一点可怜的遗产之分配，他那时也才5岁。可惜这封遗书没得留下来。详细的内容已记不起了。我不知道人间最早懂得写遗书的是谁，我觉得他的这个发明很重要。有了遗书，死者闭眼前可以心安——他已对该说的事都做了说明；活着的人也可以明白该为死者再做些什么。任何一种流传开来的发明都有价值。

我知道死在逼近我，我多少有些怕它。我希望它决定带走我时不要绕很大的圈子，不要故意捉弄我，它最好是趁我不防，突然到我身边，带上就走，让我很快进入另一个世界。

我知道灾难每隔一段总要找上一个人的门，我也知道它早晚还会找上我，不管我躲到哪里，它都会找来。我恳求它的只是，看在我从未做过伤天害理的事的分上，看在我半生坎坷的分上，不要给我太重的打击；或者是把一个很重的打击分成几次进行，以让我能够承受。我不是一个很坚强的人，我担心过重的灾难会把我压垮。

我不怕失败，可我怕失败后别人的幸灾乐祸。人幸灾乐祸时的那副嘴脸真是难看。不过那没有什么了不起，我会爬起来，我会摇摇晃晃站起身，我会再向胜利挪近，直到我把胜利攥到手里。

我敬畏时间。时间能让人把不该忘的东西忘记，时间能让熟识的人互不相识，时间能让男人长不愿长的胡须，时间能让女人生不愿生的皱纹，时间能把人变成痴呆，时间能把人的腰变弯。人快乐的时候，它会缩得很短；人痛苦的时候，它又会伸得很长。我无金钱去贿赂时间，我知道它不会答应在我身边停留，我希望它的只是，在我写一部作品还未写完而原来给我的时间却已尽时，最好能稍稍延长一点，别让我生出留下半部遗作的遗憾。

我喜欢看那些偎在母亲怀中的孩子，不管是男孩还是女孩。看见他们我心里会有一种舒畅感。不过看见他们时我也会有一种惊奇：为什么同是这样可爱的小东西，长大后有的会成凶手、强盗、荡妇，而有的则成为学人、工匠、淑女。我一直幻想，要是有一种神秘的鉴别器就好了，预先就把可能成为社会渣滓的孩子鉴别出来，不让他们长大，免得以后为追捕一个凶手费尽了力气。

我现在有一个儿子，我还希望有一个女儿，可惜按照计划生育政策我不能再要女儿了。我觉得最好的家庭结构应该是一对夫妻有一子一女，这样，孩子们将来长大好有个照应，大人也可享受儿女双全的乐趣。就我内心来说，我不仅想有个儿媳，当一个公公；我还想有个女婿，去尝尝当岳父的滋味。

第六辑

倾听

一边奋斗一边享受，会使我们觉得人生有苦有乐，不会绝望和颓废，活得有滋有味。

有关"韧性"的记忆

小时候，我家门前有许多树，榆树、杨树、桐树、刺槐、构树都有。那个时候多风，大风一来，我们这些孩子便开始躲在窗后去看风的厉害：先是吼声越来越刺耳骇人，接着便见它去折磨那些树木——将它们的躯干压弯，将它们的枝条扯上扯下，将它们的叶子一片片捋掉，经常还要把一些杨树和桐树的枝干刮断。有一次，风走之后，我看着地上断掉的又净是杨树和桐树的枝干，便去问父亲：为啥断掉的都是杨树和桐树？父亲慢腾腾地答道：桐树和杨树木质脆，没有榆树、槐树、构树那样有韧性，所以总是被刮断。大约从这时起，我记住了"韧性"这两个字。

十来岁时，我爱和同村的伙伴们一起做一种名叫"打翘"的游戏。伙伴中有一位身材稍小的，技艺极差，玩这游戏时总输，久之，便不愿与他再玩。他常常苦苦哀求我们允许他参加游戏，我们总是坚决拒绝。有很长一段日子，逢我们再玩时，便不见了他的身影。忽一日，他提出要和我们比试，而且主动说，如果他输了，他不仅接受游戏中规定的惩罚，还另外给我们每人一个烧熟的红薯吃。我们讥笑着答应了他的挑战，并断定每人会赢得一个红薯。可比试结果大出我们的意料：他竟赢了。我们不得不悻悻地接受了游戏中规定的惩罚。这时，常在一旁看我们做游戏的一位老爷爷说：他能赢你们，是因为他有韧性，我看见他总是一个人在那儿练。这件事给了我挺大的刺激。

上了中学后，有一次一位小麦育种专家到学校给我们做报告。我看不出他有多大岁数，不过他脸上的皱纹给我留下了极其深刻的印象，它们真像秋天收获季节农人在田间随意踩出的小道，纷乱而密集。他那天讲了他从一个普通农业技术员到小麦专家所走过的艰难道路。他二十几岁迷上育种，其间曾因此挨过多次批斗，且遭受过一次又一次实验失败的打击。他有无数个躺倒不干的理由，更有无数个逃离育种实验的机会，但他最终坚持下来了，育出了优良的小麦品种，成了闻名四方的专家。他在报告的最后说了一句：是韧性帮助了我。这句话让我心头一震。

我有一个战友，他相貌一般，却看上了一个极漂亮的姑娘，一心想娶其为妻。他极痴心地追人家。我料定他不会成功，劝他罢手；朋友们也都笑他不自量力，讥他"癞蛤蟆想吃天鹅肉"。可出乎我们所有人的意料，他最后成功了，真的和那位姑娘结婚并过起了幸福生活。我们后来笑着追问他的妻子：他何以会成功？他的妻子笑答：因为他那股死不承认失败的韧性让我感动。我为这回答一愣。

我在西安政治学院上学时开始系统地读史书，在关于1840年之后的史书上，我看到了失败、低头、反抗和又一次的失败、低头、反抗，六个字不停地循环。字里行间塞满了耻辱、愤怒和不甘。我在那些书页里发现，每当我们这个民族被迫弯腰低头去签字同意割让或租出土地时，反抗的力量便开始迅速积聚。那些被打倒在地的中国人，并没有彻底认输准备永远俯首，总是很快擦干嘴角的血沫，又摇摇晃晃站起了身。我分析造成这种现象的内在原因，最后明白是韧性在起作用，在我们民族精神的内核里，有韧性这种成分。就是这种韧性使那些想把中国彻底打倒打垮的人没能如愿。

这些有关韧性的记忆一直堆积在心里，慢慢就使我生出了一个愿望：日后有机会，我该去写一篇有关韧性的东西。写写韧性的生发机制，写写它的形状和力量，写写保存它的办法和意义。

1988 年，当我决定写长篇小说《第二十幕》时，"韧性"这两个字悄然走进了我的构思里。于是，我选择了一种很难扯断、韧性颇大的物品——绸缎作为我叙述的道具；我把韧性这种东西，作为我虚构的人物展开活动的酵母；我让韧性在一场旷日持久的奔跑中，充分发挥它的兴奋药力。韧性或多或少地帮助我完成了此书，我因此对它怀着一份感激。

以后，我想我对韧性的记忆，不会轻易消失。

凝视 "恐惧"

只要是人，差不多都曾恐惧过。

这世上没体验过恐惧的人很少。

恐惧笼罩着我们人生的各个阶段。

人在幼年时，常常恐惧黑暗，不愿在黑暗里单独停留；恐惧一些体形大的动物；恐惧反常的声音；恐惧奶奶和妈妈用来吓唬我们的一切东西：狼、鬼、老水牛……

人在少年时，常常恐惧因做错事而遭受大人们的惩罚，恐惧父母突患重病，恐惧大人们殴斗的血腥场面，恐惧阉牛时阉牛者手上的刀，恐惧狂风，恐惧遮天蔽地的暴雨……

人在青年时，常常恐惧自己深爱的异性弃自己而去，恐惧好名声的丧失，恐惧突然而至的战争，恐惧失去朋友和同学的信任……

人在中年时，常常恐惧得病尤其是癌，恐惧儿女们遭遇不测，恐惧事业失败，恐惧物价暴涨，恐惧社会动荡出现灾荒……

人在老年时常常恐惧死亡，身子有一点不适便有些着慌；恐惧儿女们对自己的嫌弃；恐惧老伴儿辞世，自己变得更加孤独；恐惧子孙不肖，挥霍掉自己毕生奋斗得来的财产……

自
在

194

不同职业的人，恐惧的对象常常并不一样。

守林人恐惧起火。

经商的恐惧破产。

务农的恐惧下冰雹。

做官的恐惧被罢免。

挖煤的恐惧瓦斯爆炸。

当兵的恐惧把身体暴露给敌方。

下海捕鱼的人恐惧台风。

做贼的恐惧被他人发现……

男人和女人，恐惧的内容也有不同。

女子成年后恐惧遭人强暴，结婚后恐惧生孩子难产，老了恐惧遇见年轻时倾慕自己的男子。

男子恐惧无后代继承家产，恐惧患难言之症——阳痿，恐惧妻子与人私通给自己戴上绿帽子……

人们恐惧的对象和内容尽管各种各样，但若仔细分析，无非两类：一类是对大自然的威力和它所制造的灾难的恐惧，比如人们对冰雹、地震、山火、飓风、瓦斯爆炸、山体滑坡、蝗灾、洪水等的恐惧；一类是对人类自己所制造的苦痛的恐惧，比如人们对监禁、拷打、抢劫、枪毙、战乱、遗弃、破产等的恐惧。人们在未成年之前，对大自然所制造的灾难的恐惧通常要超过对人类自己所制造的苦痛的恐惧；而在成年之后，对人类自己所制造的苦痛的恐惧要超过对大自然所制造的灾难的恐惧。许多因恐惧而自杀的人，他们恐惧的往往是人类所制造的苦痛，而非大自然所制造的灾难。一些人在经历了地震的恐惧之后仍能在废墟里等待救援并最终活了下来，一些人却因恐惧被拉出去游街示众而在温暖舒适的屋里上吊自尽。因此，这两类恐惧在重量上和对人精神的刺激强度上并不一样，大自然所制造的灾难引起的恐惧，属于瞬时恐惧、可忍恐惧；人类自己制造的苦痛引起的恐惧，属于持续恐惧、难忍恐惧。

恐惧对人体的损害显而易见。精神上的恐惧首先会引起人的内分泌失调，继而会引起胃、肠、肝等内脏器官的病变。持续的恐惧会使人的神经由衰弱到失常到崩溃，会使人对自己活着的意义产生怀疑，会使人对人生、对社会绝望，从而毫不怜惜地自己动手去结束掉自己的生命以寻求解脱。一位法医曾经说过：许多因恐惧而自杀的人，他们死后的面容异常安详甚至面带笑容，那是他们为自己终于挣脱了恐惧而在最后一刻所表现出的轻松和高兴。恐惧对人体的损害既然如此之大，减少人的恐惧感当然应该成为人类文明发展的一个目标。

人的恐惧的本质是害怕失去已有的东西。人们恐惧大自然所制造的洪水、地震等灾难，是因为这些灾难会让人失去食物来源、失去健康或失去生命；人们恐惧抢劫、监禁、战乱等人类自己制造的苦痛，是因为这会让人失去财产、自由、平安、声誉。减少人的恐惧似乎应该从两方面着手：一方面是增强人对"失去"的心理承受力；另一方面是提高预报自然界灾难的能力，让人对自然界的灾难的到来有心理准备。应提倡用爱心来对待周围的人，把人类自己制造的苦痛减少到最低限度。

减少恐惧并不是说要消灭恐惧，人的恐惧感作为一种生理现象不仅不会被消灭，也不应该被消灭。一定的恐惧感的存在，对于维护人类社会的安定和自然界的秩序是必需的。试想，如果人对自然界完全失去了恐惧，肆无忌惮地砍伐林木，毫无顾忌地向江河湖海抛掷垃圾，无限制地侵占土地，频繁地大规模地进行核爆炸试验，不顾一切地捕杀各种动物，那自然界最后会变成什么样子？这个地球还会适宜人类居住吗？同样，如果人间现在就取消监禁、枪毙、处分这类制造苦痛的办法，就很难使一些人控制、压抑住自己身上潜伏着的那部分兽性从而犯罪，安定的社会秩序就很难维持。

恐惧对于人既不全是一块蜜饯，也不全是一剂毒药。

恐惧是上帝考虑到人的特性而为人特制的一种东西。

平　衡

百姓们常说的一些话很值得回味：

好女无好婿。是说相貌漂亮的女人，反而常常会找不到英俊的夫婿。这种现象每个人的身边都不乏例子，解释这种现象的理由似乎应该是：你既然长得漂亮，在女人中大出了风头，那么好吧，就让你得到一个并不称心的丈夫！

病恹恹活过翘颠颠。是说一些平日看上去体弱多病的人，倒常会活过平日看上去体壮如牛的汉子。这也是一种并不少见的现象，解释它的理由似乎也应该是：既然你平日身体很棒，享够了健康带来的舒服，那么对不起，就来点意外缩短你的阳寿！

官高诗好能几人？是说既在仕途上顺利又在学术上有造诣的人不多。既然你在仕途上青云直上享足得意，那么对不起，你在学术上就休想名垂青史！

磨难出伟男。是说磨难常会激励造就一个人才。你既然在生活上受足了磨难，那么好吧，作为补偿，就让你在事业上有所成就。

这些话似乎都在说明：人世上有一条平衡规律在起作用，一个人的失与得，差不多都呈平衡状态。

你在这方面失去了，便会在那方面获得；你这段时间得到了，另一段时间又可能失去。一生诸方面都得到顺利、幸福的人没有；一生全是苦难、挫折、痛苦的人也没有。

你到街上随便去找一个乞丐，详细问询之后定会发现，他也曾有过美好的生活，或是有过幸福的童年，或是享受过浓浓的家庭之爱，他照样有过值得骄傲的时刻。

你去访问一个大权在握的高官，倾心交谈之后你会明白，他虽然过着前呼后拥的生活，但他的心中也有不尽的烦恼和苦闷，或是夫妻不睦儿女不才，或是身有隐疾不便公开，等等。

平衡规律无处不在！

于是人生中便悲喜相掺，喜中有悲，悲中有喜。

于是人生便有喜剧、悲剧交替上演。

看到了平衡规律，人就会镇静、冷静地看待纷繁世事。自己身处繁华场景，不激动、不喜出望外、不忘乎所以、不手舞足蹈；自己身陷苦难环境中，不沮丧、不悲观绝望、不寻死觅活、不投河上吊。一切都是人生发展过程中应有之景。繁华场景会变化，苦难处境也会变化，一切都在变化之中。

看到了平衡规律，人便会对他人心怀善良、宽容。何必呢？每个人都有一份痛苦要嚼，或迟或早而已，大家活得都很艰难，为什么要再给别人增添烦恼、痛苦？帮一帮、拉一拉别人有什么不好？

看到了平衡规律，动笔写作时就心中有底。一个人富贵到了极处便是潦倒，一个人坎坷到了极处便有顺利，人间没有完全称心的生活，世上没有百事能成的伟人。手中的笔应该给正高兴的人一点提醒，也应该给苦难中的人一点慰藉。

自然，平衡规律也很狡黠，在身上涂了五颜六色的迷彩。让人人看见岂不要失去了对它的敬畏？于是，没有一定阅历的人便不会看到，看到了也不会承认。

不过，它是存在的，而且在时时窥测、衡量你的生活！

不信？三十年后，回头看看生活中的你自己！

自
在

幸　运

在这个世界上，谁都希望幸运降临到自己头上。

想发财的，希望幸运送来赚钱的机会。

想做官的，希望幸运送来提升的机遇。

想出名的，希望幸运送来扬名的契机。

想成家的，希望幸运送来如意的伴侣。

幸运是一个分送幸福的邮差，人们渴盼它上门当属自然。

但我们对幸运该有一个清醒的认识。

幸运是一个特别喜欢捉弄人的东西。你越是对它望眼欲穿，它越是在远处盘旋，就是不到你的面前；直到你觉得盼来无望，掉头去全心全意干自己的事时，它才会倏然而至，飞到你的身边——有一个农民，在穷苦的生活中已经失去了任何发财的希望，却忽然有一天在挖地时一下子挖出了一颗巨大的钻石！

幸运在飞行时并不独往独来，通常是用苦痛开路，用灾难收尾，和这二者结伴。谁要想接近它，就必须先去尝受一番苦痛。即使你侥幸躲过了位于其前侧的苦痛，得到了幸运，但你随后也需要再历经一番灾难。很多和幸运有过接触的人都有这种感受。那些得到了诺贝尔奖的科学家们是多么幸运，可他们在得到这个幸运之前，差不多都在实验室、在书斋、在社会、在家中尝受过许多苦痛。有些一下子青云直上做了高官的人，幸运过后，竟然是监禁和杀头在等着他们。还记得王洪文吗？三四十岁就有了那样显赫的官位，真是幸运！可是没过几年，长久的监禁便姗姗来临了。

幸运还是一个比较讲究公平的家伙。它通常并不接受贿赂，它从不连续降临到一个人的面前。它像一个俯视人间的天神一样，总是把它那温暖的手伸向那些最需要它的人面前。世界上没有一生都与幸运打交道的人，世界上也没有一生都不与幸运打交道的人。不要对那些最可怜的倒霉的人投以冷眼，说不定他以后还能给你帮助。老百姓不是有一句俗言"三十年河东三十年河西"吗？一位捡破烂的年轻人，当初进学校捡拾破纸烂瓶时都遭到呵斥，没想到十几年后幸运落到了这个年轻人头上，他成了一个亿万富翁，正是他掏钱为这个学校修了一座大楼，并为每个教师上浮了一级工资。

知道了幸运的这些特点之后，我们该对幸运抱一种旷达的态度。我们只平平静静地按自己的信念、自己的追求去做事，并不时时刻刻忧心如焚地去期盼着幸运的到来。保持一种平静的心境于健康长寿会有好处。看见幸运落到了别人的头上，最好投去一个祝贺的笑意，并不嫉妒、不诅咒、不咬牙切齿，要把那视为他人该得的东西。倘若幸运真的翩然而至落到了自己的面前，也不要得意忘形，把尾巴翘到了天上，反而该警惕灾难会紧随着到来。

幸运和灾难是人生长过程中的特殊状态，持续的时间都不会太长。人生中最多的还是平常和平淡。打发掉平常和平淡的日子是我们每个人一生中的主要任务。让我们平下心静下气来，慢慢去打发那不到百年的生的时间。

我们面对幸运，最好既能平静地说"欢迎"，也能平静地说"再见"。

倾　听

我喜欢倾听。

春末夏初，我喜欢坐在小麦地头，去倾听风摇麦穗的声响，飒啦飒啦飒啦，那声响一波一波地涌进心里，让人感到舒畅而熨帖；金秋时节，我喜欢坐在田埂上，去倾听风拂玉米叶子的声响，呼哗呼哗呼哗，那声响如海涛一样，使人心旷神怡。听着这些声响，我闭了眼也能看见乡亲们在田里劳作的身影。

在有月光的夏夜里，我喜欢拿一领竹席铺在村边的草地上，而后躺下去倾听夜声。青蛙的、蟋蟀的和其他不知名的虫儿的叫声，高高低低，错错杂杂，让人听了心里分外安宁，会不知不觉地沉入梦中。

我很爱坐在城镇里那些小酒馆的一角，去倾听喝酒者的高谈阔论，听他们互相劝酒，彼此骂娘；听他们议论国事，发泄牢骚；听他们说家长里短，谈黄色笑话。这种倾听使我对底层社会有一种深切的了解，使我对普通人不存隔膜。

我愿意坐在幼儿园的游戏场边，去倾听孩子们的笑闹声，那欢乐的、稚气的、天真的、无忧无虑的笑闹声，能让我在恍惚中返回到自己的童年，重新体验到生命的快乐，使自己的心又变得年轻起来。

　　我喜欢坐在社区绿地旁的石凳上，去倾听白发老人们的交谈。听他们谈自己身体的不适，听他们夸耀自己的儿女，听他们讲陈年旧事，听他们述说对死亡到来的准备。倾听这些，能使我了解生命末段的情景，能使我挣脱身外之物的束缚从而变得宠辱不惊，能使我更深切地感受到生命的确是一个过程，能使我活得和写得更从容。

　　我还愿意去倾听伤心者的哭诉。每当我发现有人坐那儿哭诉什么时，我总愿凑上前去倾听，听听他们诉说的内容。这个世界上苦难的种类太多，我们个人经历过的只是其中很小一部分，听听别人遭遇的苦难，对自己走好今后的人生途程会有好处。

　　我也愿意去倾听得意者的吹牛。每当我发现官场和其他名利场中的得意者在眉飞色舞地吹牛时，我都要走过去倾听，听听他们声音里的那份志得意满和不可一世，听罢你会在心里感叹，人其实是一种多么短视和渺小的动物，他竟然看不到一百年之后！一百年之后，你那份得意还会有谁去赏识？还会有几人能去记住？为何不能用平常心对待自己得到的那点东西？

　　我喜欢在暴雨到来时隔窗倾听暴雨所造成的那种声响，那铺天盖地的声响会使我对大自然生出一种恐惧，会使我想到人的生命其实很可怜，大自然一旦发怒想要毁灭你实在很容易。

　　我喜欢傍晚坐在阳台上倾听远处的市声，那由人、汽车和其他机械造成的声响，会使我感受到城市的活力，使我觉得那是城市的心脏在跳动，使我知道外部世界在活着，对明天不必太忧虑。

倾听带给了我很多乐趣，引发了我许多思考，对我的创作当然也会有益。

我也因此更愿倾听。

倾听是我们感受和了解外部世界的一个途径，一个以写作为生的人，不应该漠视这个途径。

造物主既然给了我们双耳，我们就应该好好利用它们。

不要因为忙碌因为生活的纷繁复杂因为心绪的不断变化而忘了倾听。

自
在

抚慰他人

我是在中原一座小城的一家小音乐厅里看见这四个字的：抚慰他人。

这是这家音乐厅的宗旨吗？

我当时望着那四个字久久没有移动脚步，我不由得在心底对这家音乐厅的老板赞道：写得好啊，你！

在如今这个喧闹非常、变化太快的世界上生活，谁没有需要抚慰的时候？不论是经商的还是做官的，不论是打工的还是当兵的，不论是治学的还是种田的，不论是男人还是女人，谁没有身心疲惫的时辰？谁没有孤独苦恼的时刻？

抚慰是一个神奇的熨斗，它能熨平人心上的褶皱；抚慰是一剂镇静的药物，它能使烦乱的心绪归于安宁；抚慰是一只柔软的手，它能拎走压在人心头的重负。

当然，抚慰主要该来自被抚慰者的家人、亲友，但互不相识的陌生人之间，同样可以彼此给以抚慰。

这抚慰的方法其实很简单，有时只是一杯清水。当一个满脸疲惫的路人停在你的门口时，你含笑递给他一杯清水，就会使他心中泛起一股温暖的涟漪。这抚慰有时只是一句话。当一个受了委屈的人站在你面前流泪时，你只需轻轻说一句：想开些，事情以后会弄清的。就可能使他慢慢停止啜泣。这抚慰有时只是一个动作。当一个受到众人嘲弄的孩子窘态毕露时，你只需上前替他抻一下衣襟，就会使他摆脱窘境恢复自信。这抚慰有时只是一个眼神。对一个遭受病痛折磨的人，你只需送去一缕关切的目光，也许就会使他的心里好受许多。这抚慰有时只是一种心对心的理解。比如就在我开头提到的那家小音乐厅内，我注意到一个面孔阴郁的男子走进来坐在桌前闷头喝茶，老板娘发现后，不动声色地在唱机上换了一盘节奏舒缓如水波轻荡的音带，如水一样流动的乐曲终于慢慢洗去了那个男子心里的烦躁，使他的脸渐渐变得柔和开朗起来。

抚慰他人的举动虽然简单，但做起来却需要一个前提条件，这就是要对他人怀有一颗爱心。一个心中无爱的人，很难设想他会主动地抚慰别人。这种爱心是同类之爱、同族之爱、同胞之爱的总汇。我们每个人活在世界上的时间都不长，我们每个人活在这世界上都不容易，应该彼此怀有爱心，应该相互给以抚慰。

我有时不由得猜想，如果这世上人人都懂得了抚慰他人之后会是一种什么情景，我猜，那时这世上将少有争吵，因为人们心中的烦恼、烦躁、气恼都被抚慰化解了；那时这世上将少有哭声，因为人们的悲哀和痛苦将会因抚慰而被稀释了；那时这世上将少有自杀现象，因为人们心中的无望和绝望都被抚慰填平了。

那时的人间，会被温馨和宁静所充满。

有人可能会说这是空想，那就让我来空想一回吧！我多么希望写在那家小小音乐厅墙壁上的那四个字：抚慰他人，也同时写在每个人的心里，写在大地和天空中！

人生能得几回笑

这问题问得可能有些突兀。

谁去算这个账呢?

依我看,这个账倒是值得一算。笑——当然指的是欢笑,表明了人心里欢快,算清了这个账,也就弄明白了人一生有多少时间是在欢快中度过的,同时也就清楚了还有多少不那么欢快的时日要我们去打发。

对一生中笑的次数作个估算其实并不难,首先要明白一条笑的规律:人笑的次数随年龄的增加而递减。

3岁之前是我们笑得最多的时候。父母、爷奶、姑姑、阿姨的有意逗引常使我们咯咯咯地笑出声来,但大人们自有大人们的事情要忙,他们能平均一天逗我们笑十次就已经不错了。若一天按十次数,三年也才一万来次。

4岁至6岁是我们人生的又一阶段。这时依然会笑得天真,从大人手中得到一份礼物,吃到一种好东西,穿上一件新衣服,都可以让笑容在脸上绽开。但这时我们已经懂得观察和分辨,家人脸上的不快可以影响我们的心绪,从而让我们笑不出来;人间的诸样不公正已为我们感觉到,没有别人吃得好穿得好住得好,会使我们因羡慕、委屈而笑不出来。这时每天能平均笑八次就已经不坏，照此计算，这三年间笑的总数该是八千多次。

7岁至12岁我们已经在学校里生活。这期间，得到教师的表扬、受到同学的赞美、获得一项奖励甚至课间的嬉戏，都会使我们笑容满面。不过学业的沉重、同学们在各方面的竞争、教师和学校的管理，已不知不觉间让我们把笑的次数减下来了，能平均每天笑六次已属难得，这样一年两千次，六年是一万二千次。

13岁至22岁是我们读中学、上大学的阶段。这时，升学、考试的好成绩和同学们的相聚都会引发我们的笑声。但愈来愈繁重的学习任务、身体逐渐成熟而带来的烦恼、对就业迫近的焦虑，会使我们不知不觉间学会了皱眉头。这期间，平均每天能笑五次就是挺高的纪录了，照此计算，这十年是将近两万次。

23岁至50岁是我们在社会上立足、做事，显示我们的生命能量的阶段。这时，恋爱、结婚、得子、晋升、发财都会让我们面露笑容。但烦琐的家务劳动，孩子的入托、升学，自己晋升机会的失去以及经济的拮据则会越来越多地影响到我们的心绪，脸上的皱纹越来越多而笑声越见减少，每天能平均笑四次就表明活得还行。照此计算，这二十八年间能笑四万来次。

50岁之后，能让我们笑的事情自然还有，譬如儿女的美满婚姻、孙儿孙女的淘气顽皮、财产的增加、更多的外出旅游的机会、老友故旧的重聚。但随着肌体衰老各种疾病的显现，对死亡的恐惧和可怕的孤独感使得我们一天平均笑两次都已经很困难。照一天笑两次计算，活到80岁算是两万次。

如此算来，以80岁为生命终点，人一生笑上十一万次左右。

自然，这只是个大概数字。

每一次笑的时间按持续一分钟记，该是一千八百来个小时。也就是说，我们一生中，大约只有一百五十个白天是在欢笑中度过的。

多么可怜的一点时间！

上帝允许我们欢笑的时间原来竟如此少！

至此，我们明白，要加倍珍惜这点笑的时间。该笑的时候就开颜大笑，别再让烦恼和不快把这点时间挤走，别再让吝啬的上帝把他应允的这点东西再收了回去。

我们该想办法去寻找欢乐以延长笑的时间。上帝的口袋里一定还装有不少笑的时间，我们该想法子去赚。多看点喜剧影视片，多听点风趣幽默话，多找好友聊聊天，尽量争取多笑一次。

也该少给他人制造烦恼，少给别人增添不快，尤其在别人笑得开怀时，别去添乱。要把打断人的笑声看作是一种残忍的剥夺。

记住，我们一生中笑的时候并不多！

享受生活

在罗马尼亚访问，最大的一个感受是，这里的人们在创造美好生活的同时，很注意善待自己，会享受生活，能够在享受中去积蓄新的创造活力。

餐桌上的享受是罗马尼亚人很看重的一种享受。在罗马尼亚，人们吃饭不像大多数中国人那样，匆匆忙忙吃完了事，而是把吃饭看作一种享受过程，不慌不忙按照程序进行。先上矿泉水和白酒——开开胃；再上面包和汤——在胃里垫一垫底；接着上主菜——烤鸡、烤鱼或猪排、牛排，这是一餐饭中最主要的部分；再后来是葡萄酒和甜食——帮助消化；最后是咖啡或红茶——爽爽口。看着他们用餐，望着他们进餐时脸上的那副自得和满意，你会不由得在心里生出一股羡慕来——他们活得多么自在。他们不是把进餐看作劳作过程中要做的一件事儿，而是看作劳作之后应该得到的一种报偿和享受。罗马尼亚的男士和女士一般都能喝点酒，他们说，酒是我们自己酿造的，为什么不喝一点？我非常赞成他们的意见，自己的劳动成果，自己应该享受。在罗马尼亚进餐，你常常会在心里感叹，尽管人生有那么多的劳苦和烦恼，但人活着其实是多么美好。

到大自然中去尽情玩乐，是罗马尼亚人享受生活的一种样式。夏季的黑海岸边，到处都是避暑休息的人们。到了春秋季节，每逢周末，住在城中的那些并不富裕的人家，一般也不在休息日去加班挣钱，也总要开上自己的达契亚轿车，全家人一起到森林边上，到喀尔巴阡山里，到多瑙河畔，去度假玩乐。我们周日驱车在喀尔巴阡山中穿行时，在山溪边、山坡上、树林里，到处都能看见休闲度假的人们，那些男男女女或是悠闲地在河边散步，或是仰躺在那儿晒日光浴，或是在树丛和草丛中采摘着野花，那份自在和舒服太让我们这些经常活在紧张和匆忙中的人生出钦羡之心。罗马尼亚朋友告诉我们，人在城市里、在工作单位里、在人群中，忙碌过一段日子后，应该有放松自己的时候，而大自然是人放松身心、重新积聚精力的最好场所。

　　不放过任何一个寻求快乐的机会，是罗马尼亚人享受生活的一个诀窍。我们在雅西访问时住在统一旅馆，晚饭时刚好有一个单位搞集体聚会，请来了乐队和几个歌手。当音乐和歌声响起时，在餐厅就餐的其他客人也都加入到了这欢快的队伍里，有的人跟着歌手吟唱，有的人下到舞池跳舞，其中有一个下肢瘫痪坐在轮椅里的男子没法跳舞，便坐在轮椅上高举双手做着跳舞的动作，口中高声为自己打着拍子，那副自得其乐、快活无比的样子让大厅里所有的人都露出了微笑。给我们开车的维尔吉尔先生，年龄虽已过了五十，但听见我们在车上哼开歌之后，也笑着主动提出要为我们唱歌。我至今还记得维尔吉尔在那个黄昏为我们一行唱的那首罗马尼亚民歌：

这是一个节日的时光，

　　我感觉到确有一点疲惫，

　　但是和一个姑娘出去散散步，

　　太阳就会出来，

　　因为只有姑娘，

　　才可能带给我们欢快……

　　经常发出响亮的笑声是罗马尼亚人享受生命快乐的标志。在公园里，在街边的大排档里，在咖啡馆和小酒店里，我们经常可以看到老年人聚在一起轻松聊天放声大笑的情景。在一些聚会场所，我们可以不时听到朋友间因幽默的话语和相互打趣而发出的响亮笑声。朋友们相聚时，常常是大家轮流讲笑话以获取乐趣。

我至今还记得在比斯特里察访问时，陪同我们访问的罗方朋友格兹格旺在饭桌上为我们讲述的那些妙趣横生的故事，其中之一是：一个男子晚上回家上床睡觉，刚在妻子身边躺下，门外响起了敲门声，他闻声惊得一跳而起，抓起自己的衣服就推开后窗跳了出去。他的妻子十分惊讶，隔了窗问：那是仆人敲门，你干吗吓成那样？那男的气喘吁吁地说：我以为是你丈夫回来了……这故事引发了一阵长长的笑声。饭后，大家都觉得吃这顿饭是一种享受。

　　人生不过几十年时间，除去幼年和老年这些需要照料的日子，剩下的时间已经不多，加上又要奋斗——完成学业和劳动技能的训练，以及争取到一个好的工作岗位，如果把这段奋斗的时间再扣去，属于人享受生命和生活快乐的日子已是少得可怜。所以，我们该向罗马尼亚朋友学习，一边工作奋斗为这个世界创造物质财富和精神财富，一边去享受生命和生活带给我们的那份快乐，以便重新积聚起新的精力去继续奋斗和创造。

一边奋斗一边享受，会使我们觉得人生有苦有乐，不会绝望和颓废，活得有滋有味。

第七辑

想起范仲淹

胜利和失败、荣誉和耻辱、历史裁决和世人的评说，永远是在将帅们内心翻滚的东西。

遥想文王演周易

小时候就知道《易经》，因为它是"五经"之首，是历代文人要求后人细读之书。很早就知道阳爻、阴爻和六十四卦，因为母亲在我少时动不动就要请人给我起卦。上中学时就记住了《易经》中的一些精彩句子，像"天行健，君子以自强不息"；像"天尊地卑，乾坤定矣"；像"诬善之人其辞游，失其守者其辞屈"等，说得多么简洁智慧。但却一直不知道《易经》出自河南汤阴，不知道周文王就是在汤阴城北八里地的羑里城里发明了《易经》。

丙戌年五月，当我站在羑里城的门口，站在周文王的那座巨大雕像前，我才明白，对于我们中华民族的众多文化遗存，我其实是多么的孤陋寡闻。对不起，我来得晚了！我对着文王姬昌那张饱经风霜的脸在心里道歉。

大约在公元前 11 世纪，殷商的最后一位王位继承者纣王帝辛，上台之后以很快的速度腐败着。其腐败的最明显标志，就是耽于淫乐和动辄杀戮，九侯把女子献于纣王，仅仅因为该女不喜淫欢，就被纣王杀害，纣王还把献女的九侯剁成肉酱。鄂侯对此强进忠言，也被纣王杀死并做成干肉。周文王姬昌闻知此事仅偷偷叹息了一声，被崇侯虎告知纣王，结果，姬昌也被关在了羑里城这座国家监狱。纣王将姬昌投进监狱的本意，是要惩罚他，可纣王没有想到，他的这个残暴举动却催生了一部影响深远可称伟大的经书。

82岁的姬昌被关进监狱，其内心的痛苦可想而知，人仅仅因为叹息了一声，就要遭此磨难，世道怎会变成了这样？我猜，他最初入狱的那些天，可能会因气愤难息而在这所高出地面五米的台形监狱里不停地踱步。但最后，他使自己镇静了下来，他明白他必须接受眼下的现实，不管心中多么不满和气恨，他都暂时无法走出这座监狱。既然如此，那就找点事做吧，要不然，怎么度过漫长的白天和夜晚？

在监狱里能做成什么事？有监规在限制着，有武士在监督着！那就思考，没有谁能剥夺得了自己思考的权利。思考什么？82岁的姬昌要思考的事情太多，可只有一个问题最紧迫，那就是思考自己的命运，他太想知道自己未来的命运了，太想预测自己还会碰到什么，预测等在自己前边的是什么事情。可怎样预测？用何种办法预测？也许就在这时，他想起了伏羲的八卦，想起了八卦中的乾、坤、震、巽、坎、离、艮、兑，他于是依此琢磨，开始了自己的发明和创造。

他从自然界选取了天、地、雷、风、水、火、山、泽八种自然物，作为万物生成的根源；他把世上千变万化纷纭复杂的事物，抽象为阴阳两个基本范畴；他把刚柔相对、变在其中，作为自己对世事和人生的基本看法；他将八卦演绎成六十四卦和三百八十四爻……正当他全心钻研这前所未有的预测学时，新的打击又来到了，纣王为了进一步污辱姬昌的人格，从精神上彻底把他压垮，竟把他的长子伯邑考杀害，并烹作肉羹强令姬昌喝下。姬昌胸怀灭商大志，为避免遭到"辟尸"残害，只得咽下这揪心裂肺的人肉汤然后再去含泪呕吐。为了对付这残忍的摧残，姬昌能做的就是更深地沉入对"易经"的钻研之中，去总结古人的生活经验，去回想古代的历史故事，把它们作为自己卦辞和爻辞的内容……

整整七年时间。

在两千多个日夜里，文王就用监狱地上长的蓍草作为工具，把六十四卦和三百八十四爻演绎得清清楚楚。这需要怎样的毅力和忍耐力！他这样做的最初动机，可能只是为了预测自己的命运，为了短暂地忘记那难忍的污辱和锥心的苦痛，但他的研究成果，却为预测学埋下了第一块基石，对中国天人合一的哲学思想做了最早的探索，他创立的易经演绎方法，也已被当代科学家借鉴于现代科研中。

苦难成就了一个伟人。

文王拘而演周易的经过，让我们再一次见识了人抵御苦难的能力，见识了人的创造力有时会被苦难激发的奇迹。周文王姬昌的遭遇和作为再一次告诉我们，世界上没有不可以承受的苦痛，人有着抵挡苦难的巨大潜力，当命运给了你意外的灾难后，你要坚信自己不会被压垮，你要迅速找到使自己重新站立起来的办法。

在羑里城这座远古的监狱里，你既可以看到人心的阴暗和人性的丑恶，也可以感受到人的毅力的珍贵和人的灵魂的高贵，还可以让自己的精神得到一次沐浴并获取到在逆境中前行的勇气。

揣度孔明

作为智者化身的诸葛亮在我的故乡南阳生活过一段不短的时间，但关于他这段生活的史料却很少留存下来。因此，说起他的这段生活来便只有依靠猜测和揣度。和他相隔一千七百多年的我辈愚生去对他进行揣度，要想准确是不可能的。好在孔明大人一向宽厚仁善，对我的冒犯和非礼之处，想必他会宽恕。

先生你一开始并没想到要来南阳，你只是觉得居住在荆州和襄阳离政治旋涡太近——你非常清楚，一个羽毛未丰的人很容易被政治旋涡卷得无影无踪。所以你决定移步北行，去找一个隐居读书等待羽毛丰满的地方。当你在马上远远地看到南阳城头时，你舒了一口气，你觉得住在南阳还比较合适：这里已经离开了旋涡但又离它不远，离旋涡太远的人也很难施展。

到达南阳后你为居处的选择很费了一番心思。那个时代的人都讲风水，你最后选中卧龙岗作为住处肯定也有风水上的考虑。这条南濒白河、北障紫山的土岗吸引你停下脚步，是因为它状若卧龙，这多少喻示了你当时的境况。你内心一直自认是一条"龙"——你数次对挚友说自己可以和管仲、乐毅相比——眼下这条龙还只是卧着未飞而已。住在这样一条状如卧龙的岗上，很

自
在

222

合你当时的心境。此外，你自然知道当年著名的五羖大夫百里奚也曾在这条土岗的北头给人放过羊，百里奚正是由这条土岗为起点走向秦国大夫的高位的。你内心里断定这是一块可以成就人的祥瑞之地，所以你毅然离鞍下马，站在了这条岗脊上。

你请人帮忙在岗上搭了一间简陋的茅庐之后，就开始开荒种地。种地既不是你的特长也不是你的愿望，更不是你的人生目标，你只是把它作为磨砺自己意志的一种办法，当作对自己读书生活的一种调剂。种地是辛苦的，尤其是在这样一个荒草丛生狐狸出没的地方。每当你在炎阳之下拎锄走向田畴时，你的眉头总免不了要皱上一下。你深切地感受到了农人生活的艰辛，也正是因为有了这些切身感触，后来当你有了率兵大权之后你才对你的士兵们严格管束，规定行军时不准践踏农人的田地。在这段艰苦的躬耕岁月里，最让你高兴的是每年的收获季节。当你在小小的麦场上开始把饱硕的麦粒灌进粮袋时，当你在小菜园里摘下大如水桶的冬瓜时，当你在谷地里割下长如棒槌的谷穗时，你的眼角眉梢充满了笑意。

农闲季节，你总是在朝阳还未起身的时候就登上居所东南隅的土台子读书。你把那座土台自名为"澹宁读书台"。那时的书还是分量很重的竹简，你常常弯了腰抱着一抱竹简向澹宁台上登，偶然地一滑还会跌伤你的膝盖。小书童要来帮忙，你总是挥手让他回去忙点别的，你喜欢一个人不受任何干扰地坐在这儿读。坐在澹宁台上可以俯视白河，你每读完一卷书简总喜欢看着缓慢流淌的白水静思一阵。这种静思通常指向三个方向：书简上的话是否真有道理？怎样把书简上的东西用于治理社会的实际？

自己读后对人生的规律对社会的治理方则有无新的感悟？你就在这种静思中获得了真正的知识，为此后的《诸葛亮集》的写作做了最初的准备。你那时特别想找到一卷《孙子兵法》来读，你知道在这种诸侯纷争都想称雄的时代，不懂兵法的人很难有大的造就。可那时要在南阳城找到一部人人都知是宝的《孙子兵法》谈何容易？你差不多走遍了南阳城中的所有书铺、刻坊而终无一得。直到你结识了黄员外成了他的女婿之后，你这个愿望才得以实现。

卧龙岗虽然离南阳城区有七里之遥，但飘荡的晚风依然能把城内达官贵人们饮酒作乐猜拳行令笑语喧哗之声送入你的耳朵。人都有对繁华生活的一种向往，那随风而至的柔美歌声和弦乐，自然也把你的心撩拨得悠然而颤，使你时时起一种去结交权贵过世俗繁华生活的冲动。但你咬牙把这种冲动抑制下去，你给自己定下了淡泊与宁静的律条。你知道，人一生应该有一段时间处于一种宁静的环境和心境之中，只有这样才能为实现人生的最终目标做好知识和意志上的准备。人只有通过"宁静"才能到达热闹之境，放弃眼下的小热闹是为了将来的大热闹。十几个世纪过去之后，当时南阳城中在华宴之上在歌舞场里作乐寻欢的达官贵人富商巨贾一个个灰飞烟灭，唯有你还依然端坐在卧龙岗上让人争相去睹你的风采。历史证明只有你想得最远。

你懂得宁静不等于封闭，如果只过种田、读书，读书、种田的刻板生活，不与外界尤其是知识界的精英们交往并发生思想碰撞，自己同样可能变成井底之蛙。因此，你利用一切机会广交知识界的朋友，和颖川石广元、徐庶，汝南孟公威等都有很深的友谊。你常把他们邀入你的草庐，让童儿端来两碟青菜温上一壶黄酒，和他们边饮边聊，谈古论今。你谦虚地倾听着朋友们的高论，充实着自己的识见之库。你明白不向别人学习的人并不是真正的智者，你用青菜、黄酒和友谊，换来了通向成功的新基石。

　　你在南阳躬耕的那些日子正是你生命力最旺盛的黄金时刻，算起来也才20多岁。一个20多岁风华正茂的男人不想女人是不可能的。一些妙龄女子的倩影肯定吸引过你的视线。你在澹宁台读书时看到在白河岸边踏青的城中少女，你在田里荷锄劳作时见到地头走过的乡间姑娘，你的心里肯定起过莫名的骚动和波澜。男人渴望得到美女属人之常情，一些你见过的美女肯定也进入过你的梦境。你一定渴望和她们中的一个有更亲密的接近，甚至向往着和她一块儿步入洞房。但理智又告诉你，过于漂亮的女人往往会给丈夫惹来麻烦，会使丈夫不能专心致志地去做他爱做的事情；而且漂亮的女人因为有容貌上的恃持往往不再用心学习知识，常常是才学平平。也因此，你开始用意志去掐灭自己心中对那些美女的思念，转而去寻找一个容貌一般却有才有识的女子做妻。你最后把目光投到了居住在白河岸畔的黄员外家里，看上了黄员外的长女。黄小姐虽然又黑又瘦脸上还有一些麻点，但却饱读诗书尤其喜读兵书，说起演兵布阵治国方略尽管羞怯却是一套一套的。黄小姐的才华吸引了你，使得你三天两头往黄员外家跑，她在你的眼中变得魅力无穷。你郑重地向黄家求婚得到应允之后，高兴得在返回的路上打了一个跟头——这是你唯一的一次有失庄重的举动。你和黄小姐的婚事在当时被传为美谈，通常婚姻缔结的原则是"郎才女貌"，唯有你们的婚姻是"男智女才"。

举行婚礼那天，花轿抬着新娘，绕着卧龙岗转了三圈，才在你躬耕的茅庐前停下。你的岳父家财万贯，给女儿的陪嫁却只有一个大板箱。你对岳父的吝啬多少有些生气，待进了洞房你揭了黄小姐的红盖头，黄小姐把板箱上的钥匙递给你后你才知道，板箱里装的全是你急需的书简：天文、地理、阴阳八卦、孙子兵法，应有尽有。你当时高兴得随口吟道：躬耕卧龙岗，白水朝我来。不求颜如玉，单为书箱开。黄小姐听罢也羞怯怯地和了四句：志士爹爹爱，嫁女陪书来。钥匙交给你，造就管仲才。你在那个欢乐的新婚之夜，是一手抱着《孙子兵法》，一手挽着新娘走向那个漆成红色的婚床的。新婚的第二天，新娘就画了一张八卦图请你来破，你竟费了月余工夫才把那八卦阵破了。

数年的精读细研和对世事的静观透析，使你对如何安定四邦治理天下有了独到的见解，对率兵布阵攻防谋略也都了然于心。这时你迫切希望走下卧龙岗去施展自己的抱负，让社会知道自己的才华。但社会认识一个人并不容易，世事的发展很难尽如人愿，下岗的机会迟迟未来。焦躁中的你常在岗坡上来回疾走，像一匹圈在厩中的马和一只关在笼中的鸟。上天总算有眼，让刘备来到了与宛城只有半天路程的新野县。刘备那时正急于招募人才，司马徽和徐庶在刘备面前举荐了你后，刘备便伙同关羽、张飞二人匆匆来到了卧龙岗。就在你的草庐里，你用你的识见让刘备笑容满面对你刮目相看并恳请你下岗出仕。你认为过于轻易的应允是一种自我贬低，就故意两次拒绝邀请，直到他们第三次来请时你才颔首应许。

你离开卧龙岗是在一个阳光灿烂的早晨。那天你早早起床，吃了夫人为你做的一碗黄酒荷包蛋外加一个包有绿豆、红枣、红薯的豆包馍，而后沿着你这些年开垦的田地走了一圈，这才回屋脱下布衣，换穿上了刘备派人送来的官服。簇新的官服把你打扮得威武、干练而气度不凡。刘备派来迎接的人马早已在草庐前站成了两列，你在侍卫们的帮助下极潇洒地上了马车。当马车启动时，你探头窗外一边挥手一边看了一眼你亲手建起来的小小草庐，你模糊地预感到此一去差不多就是和这草庐，和卧龙岗，和南阳城永别了。再见了草庐，再见了卧龙岗，再见了南阳城！马车的速度越来越快，南阳城被越来越远地抛在了后边。你隔着马车上的布篷缝隙最后回望了一眼南阳城之后，便决然地扭转了头。你开始全心全意地去看前方，你看见了军师中郎将、军师将军、左将军府事、丞相、武公侯、益州牧等一长列官职在前边铺成了一条金光灿灿的路。

当然，那时你还不知道那条路的终点是汉中的定军山，你还不知道你的生命将在离南阳不太远的陕西画上句号……

227

曹操的头颅

公元 2010 年 1 月 30 日，我见到了曹操头颅骨的照片。尽管只是照片，当我从河南文物考古研究所考古队潘伟斌队长手上接过时，我的手和心还是禁不住同时一颤：这就是曹操的头颅骨？是当年那个大名鼎鼎、纵横叱咤、不可一世的曹孟德的头颅？我的目光在那白色的颅骨上久久停留。

想当年，除了曹操的女人，谁敢摸一下他的头颅？名医华佗每用针灸治疗曹操的头痛病，总有多名卫士执刀持剑在一旁监视。在公元 2 世纪和 3 世纪相交替的那些年里，这是北中国最重要最宝贵守护得也最严密的一颗头颅。没想到一千多年后，这颗头颅竟被抱在了一个普通考古学者潘伟斌的手中。据潘伟斌说，他当初下到位于河南安阳县西高穴村的曹操墓穴时，是在墓穴的前室发现曹操的颅骨的。他说他当时抱起这颅骨时颇感意外：怎么会放在这儿？

这当然不正常。曹操的颅骨应该在墓穴正室的棺材里。

潘伟斌他们发现，曹操的墓曾被盗过两次，最近的一次是在公元 2008 年 9 月间，盗墓者的目的只在于盗走陪葬器物。而第一次被盗的时间大约是在南北朝时期，盗墓者似不为陪葬的器物而只为泄愤，就是他们把曹操的头颅从棺材中取出，抛在墓穴的前室，而且对面部进行了毁坏。这些盗墓者应该是曹操的仇人，想借毁尸以解心头之恨。谁是第一次潜进曹墓的人，如今已无从查证了。

曹操生前大概不会想到，他的头颅竟会得到这样的对待。

在这颗如今只剩骨头的头颅里，曾装过多少安定天下的希望、抱负和理想？这颗头颅，曾设计过多少战阵、战法和治国的方策和谋略？

公元 174 年，20 岁的曹操头颅里满是要做清流的决心，在任京都洛阳北部尉时，严明治安规矩，敢用五色大棒把公然违禁夜行的宦官蹇硕的叔父打死，让都城的人们看到还有不畏宦官权势的官员，人心为之一振。

公元 184 年，30 岁的曹操头颅里满是镇压黄巾军立下军功的热望，领兵斩杀了数万黄巾军人，因此被晋升为了济南相。

公元 195 年，刚过 40 岁的曹操头颅里满是要破吕布的愿望，这年夏天终把吕布打败，被汉献帝任命为了兖州牧。

公元 204 年，50 岁的曹操头颅里满是攻克邺城的期望，这年八月，终把邺城拿到了手中，为魏国的建立打下了最初的基础。

公元 214 年，60 岁的曹操虽然位在诸侯王上，被授予了金玺、赤绂、远游冠，可他头颅里还满是平定天下的计划和雄心，仍要亲率大军南征孙权。

公元 220 年，66 岁的魏王曹操走到了生命的终点，南征北战，东杀西伐，身经大小五十余次战役的他在洛阳一病不起，头颅里带着未能统一天下的遗憾去了另一个世界。

曹操的头颅里，除了装着治国安邦的人事，还装着一腔豪迈浪漫的诗情。他领兵杀伐三十余年，却雅好诗书文籍，虽在军旅，手不释卷。书则讲武策，夜则思经传，登高必赋，及造新诗，被之管弦，皆成乐章。他的《蒿里行》忧心着民众的疾苦："白骨露于野，千里无鸡鸣。生民百遗一，念之断人肠。"他的《龟虽寿》抒发着自己的壮志豪情："老骥伏枥，志在千里；烈士暮年，壮心不已。"他的《短歌行》对人生发出了苍凉的感叹："对酒当歌，人生几何？譬如朝露，去日苦多。慨当以慷，忧思难忘。何以解忧？唯有杜康。"他的诗气派雄伟，慷慨悲凉，读之令人心动不已。身为男人，曹操的头颅里，除了装着军国大事和豪迈诗意，还装满了对女人的渴望和柔情。仅从可信的史书上知道，他先后有过丁夫人、卞夫人、尹夫人、刘夫人、杜夫人、秦夫人、王昭仪、李姬、孙姬、周姬、刘姬、赵姬等十几位女人，这些女人为他生过二十多个子女。据说铜雀台里住的都是他的姬妾。传说他还看上了关羽的一个女人，对才女蔡文姬也动过心。曹操虽经常铠甲在身，厮杀战阵，有铁血精神，但也感情细腻，对女人充满柔情。他的发妻丁夫人因养子曹昂的战死迁恨于他，开始对他冷漠，不再热情侍寝，他一怒之下将她赶回娘家，过些日子又起了思念，亲自骑马去请她回来。但丁夫人一身素装坐在家中的织布机前全心织布，连看也不看曹操一眼，随行的人都以为习惯指挥千军万马的曹操会发火，未料曹操只是抚摸着丁夫人的后背轻声问：跟我一起回去好吗？丁夫人充耳不闻，头也不抬，依旧坐在那儿只管织布。此后，曹操又多次派人来劝说她回去，甚至派人来强行把她接回，专门设宴赔礼，可丁夫人终未

自

在

230

答应和好。面对丁夫人的决绝态度，曹操到最后也没有生气，只是充满愧疚地再把她送回娘家。

曹操的头颅，其实不是一个十分健康的头颅。据《三国志》记载，早在他起兵平定袁绍的时候，就经常头痛。平定袁绍，挟持汉献帝之后，他掌了实权，大概是内有国事之忧、外有叛乱之患的缘故，他的头疾日趋严重。经常是先大叫一声，而后即双手抱头，觉得疼不可忍，只有在针灸之后，才又慢慢见轻。用今天的医学知识来解释，他大概得的是三叉神经痛，要不就是良性脑肿瘤。曹操一生都没能战胜这个头痛的顽疾，被其间断地折磨着，一直到他死去。装在曹操头颅里的雄才大略是在这个头痛病的伴随下去逐渐实现的。

曹操的头颅，因其宝贵和重要，他的敌人便想用毒药和刀剑将其取走。他经历过几次谋害，好在他高度警惕且武艺高强，使这种图谋不论在平时还是在战时，都未能得逞。也是因此，他的不安全感很强，加上他的宦官家庭出身导致的一种深埋心底的自卑，使得他的人格状态不很协调，性格多变，行为时时反常，经常猜疑别人且有时变得极为残忍。他信奉的"宁我负人，毋人负我"，让我们常人很难理解。由于他异于常人的出身和经历、阅历及抱负，使得他的头颅里还装着许多令我们无法捉摸的东西。

不管曹操的头颅里还装有多少令我们无法理解和容忍的东西，面对他的头颅遗骨，我们都应该保持一份敬意，应该不再打扰他，让他永远安息。毕竟他是一个统一过中国北方的人，毕竟他是一个参加过大小数十次战役的军人，毕竟他是一个写过那么多好诗的文人。南北朝和 2008 年那些潜进曹墓和盗过曹墓的人，实在应该受到谴责：怎么可以如此对待死者？谁能不死呢？在人死后动手亵渎他的遗骨，抢走他的陪葬品，惊动他的灵魂，这算什么本领？

你们就不怕上天的惩罚吗？

不知道被潘伟斌他们找到的曹操的头颅，最终会放到哪儿，是放进陵墓还是放进博物馆里？我很想提个建议：以后，任何人都别再掘墓了，包括那些合法进行考古的学者。让死者永远地安息吧，人活着时都很累，都很不容易，历经千痛万苦死了，你还忍心去惊扰他们？

看过曹操的颅骨照片，我暗暗为去世后只留下骨灰的当代人庆幸：你们再不用担心别人会动你们的遗骨了。后人再也无法抱着你的遗骨去评说什么了。即使你有仇人，也不用担心他们对失去自卫能力的你动手了。

人在处理自己的后事上，越来越聪明了！今天那些连骨灰也撒掉的人，看得更远，他们才会彻底地安息。

曹操的在天之灵看到他的颅骨照片被我等传看，会不会发怒？

宽恕我们吧，曹孟德先生。

想起范仲淹

我之所以常想起他，最初是因为他那些写离愁别绪的词句特别能打动我的心："浊酒一杯家万里，燕然未勒归无计"；"明月高楼休独倚，酒入愁肠，化作相思泪"；"愁肠已断无由醉。酒未到，先成泪。"客居异乡的我，每每读了这些词句总能引起心的共振。后来知道他曾在西部边陲守边四年，率兵御西夏，更对他产生了佩服之心，自己身为军人，当然知道戍边的那份辛苦和不易。再后来读史书知道他在朝中做官时，敢于上书直谏，力主改革施行于民有利的新政，更对他生了钦敬之心。再后来晓得了他的家事，知道他两岁丧父，母亲带着他改嫁，幼年生活十分贫苦，长大后发奋读书，昼夜苦学，终于凭自己本领考中了进士，对他便越加敬服了。

令我常常想起他的另一个原因，是因为他在我的故乡邓州曾做过一任知州。他的任期虽短，可给邓州我们这些后人留下了不少值得记住的东西。

我的故乡邓州在做过一回邓国的都城，风光了一些年之后，长时期陷入了默默无闻的境地。直到1046年，范仲淹被贬降到邓州做知州时，邓州的名字才又渐渐响亮起来。

　　1046 年的范仲淹，已是五十七八岁的老人了。而且就在前一年，他在宋仁宗支持下施行的"庆历新政"改革失败，他被罢参知政事职务，逐出京都。若是一般人，此时肯定是牢骚满腹，得过且过，喝喝闷酒，骂骂娘，再不会去努力做什么了。但范仲淹不，他上任伊始，就四处察访民间疾苦，了解百姓之忧。之后，他就开始做两件事，一件是重农事，督促属下为百姓种粮提供方便，让人们把地种好，有粮食吃；一件是兴学育才，在城东南隅办花洲书院，为邓州长远的繁荣培育人才。

　　就是他办的这后一件事让邓州的名字在大宋国里又响亮起来。据传，他亲自踏勘书院地址，亲自审视书院的设计。据传，他从远处为书院请来讲学的老师，他还抽暇亲自为书院学生讲学。据传，他在书院倡导有讲有问有辩。花洲书院的名字随着范仲淹的名字开始向四处传扬，一时令远近州县的学子们激动起来，有人步行来书院观览盛景，有人骑马来求留院学习。据说，连北边有名的嵩山书院也派人来问传授学问之法了。

　　也就在公元 1046 年这一年，范仲淹的好友滕子京在湖南岳州主持修缮城池，当岳州城面向洞庭湖的西城门楼——岳阳楼修复工程告竣时，滕子京写信给范仲淹，并附《洞庭晚秋图》一幅，派人到邓州请范仲淹为重修后的岳阳楼作记。现在已不知道信使抵达邓州时的具体情景了，我猜想，那可能是一个黄昏，就在新修后的花洲书院里，范仲淹接过了信使呈上的老友来信，他边在夕阳里读信边想起了与滕子京在宋真宗大中祥符八年同时考中进士的那种欢欣之状，想起二人曾共同参与修复泰州海堰工程的情景，想起两人当年在润州共论天下事的豪情，想起在西北前线二人一同领兵抗击西夏侵略的往事，想起两人一同遭陷被贬的现状，一时百感交集，遂转身进屋，展纸提笔就写。于是，千百年来一直脍炙人口的散文杰作《岳阳楼记》，便诞生了。

不过是一个时辰的挥笔书写，却给多少代人带来了阅读快感和深思。就在这篇不长的散文里，范仲淹记事、写景、言情、说理，把他"不以物喜，不以己悲。居庙堂之高，则忧其民，处江湖之远，则忧其君"的宽阔胸怀展示了出来，并给我们留下了忧国忧民的千古警句：先天下之忧而忧，后天下之乐而乐。从此，人们只要一说到这个警句，就会想起范仲淹，也跟着会想起《岳阳楼记》和它的诞生地——中原邓州。邓州这个地方因一篇文章而长久地留在了人们的记忆里。

人们直到今天还不断重提"先天下之忧而忧，后天下之乐而乐"这个警句，是因为天下仍有忧有乐，人们尤其是知识者和官场中人，面对忧乐时，取先乐后忧或取只乐不忧的，还大有人在。任何事情的出现都不会是无缘无故，包括一个警句的时兴。

范仲淹用他的文章给天下人也包括给邓州人送去了美的享受和千古警示，人们包括邓州人自然不会忘记他。前不久，邓州人千方百计筹款，重修了他当年修建的花洲书院，使书院再现了当年的盛景。如今，当你在书院的讲堂里、小院中、游廊内和荷池旁踱步时，你会不由得想起那个以天下为己任的被贬知州，会不由得猜测他在哪所房子里写下了《岳阳楼记》，会不由得去猜他来邓州上任时的那份复杂心绪。

范仲淹是在写完《岳阳楼记》六年后去世的。我估计，在他挥笔书写《岳阳楼记》时，疾病可能已经缠上了他的身子，只是他浑然不觉，仍在为天下忧虑，为百姓和朝政忧思。公元1052年他在徐州与这个世界作别的那一刻，他应该是心神两宁的，因为不论是作为一个官人还是作为一个男人抑或作为一个文人，他都做了他所能做的，都做得很好，他对他的时代问心无愧。也是因此，他值得我们后人尊敬。我身为一个军人一个文人一个男人，每一想到他就会觉得，他值得我效仿的地方真是很多。每一想到他，我也常会问自己：范仲淹在近千年前做到的，你都能做到吗？

我还会经常想起你，老前辈！

中原看长城

早就在老龙头、八达岭和嘉峪关等处登上过明长城，那巍峨雄姿已深印在心上。原以为看长城就是看这条蜿蜒西去的长城，不想近日回到老家南阳邓州，友人说州城西部的杏山上也有一条长城，我便一愣：中原也有长城？遂立刻生了去弄明白的兴趣。

那是一个阳光晃眼的上午，我在几位友人的陪伴下，驱车来到杏山脚下，沿一条小道向山上爬去。到了半山腰，友人向远处一指，叫：看！我注目望去，果然，一条褐色的石砌城墙在阳光下逶迤着伸向远山，极目处仍绵延不绝。真是一条长城！我惊喜地叫，加快了向山顶攀登的步伐。

有人说这是楚长城，也有人说这是宋长城，还有人说这是清末民初的土匪们修的寨城。友人边走边向我介绍。

楚时的都城在丹阳，离这儿很近，楚人在此地修长城就把他们的都城隔在了外边，能说得通？我提出了我的疑问。

楚人因为害怕强秦的入侵，将他们的首都一再南迁，我们这儿的丹阳只是他们最早的首都。这长城很可能是楚人迁都后为了抗秦而修的。

这样解释有些道理。我点头。为何又说是宋代修的？

因为史书记载，南宋时这儿是抗金前线，据说岳飞也领兵在这儿与金兵打过仗。南宋军民在这儿修一条抵御金兵的长城也有可能。

也说得通。我又点头。为何又说是土匪的寨城？

因为据方志记载，清末民初这儿的土匪很多，而这长城上砌的石头又是就地取材，很难分出年代，且城的长度也不是绵延千里，大股土匪似也可为。

朋友的话越加让我对这长城着迷，越加让我急于走到它的身边。

不知出了几身大汗后，我终于来到了它的脚下。我在气喘吁吁中凝视它的身姿，尽管它的上部已全倒塌，但从它留下的基座仍可揣想出它当年的雄姿：其宽，可以跑马车；其高，不仅可御步兵、马队，还可御马拉的兵车。它通身全用不规则的石块砌成，结实而厚重，不但冷兵器时代的刀枪箭镞难以穿透，就是用今天的小口径火炮也难以轰倒。我登上这倾废的城墙，极目向两端望去，只见在每一个转弯处，都另有一条城墙呈弧形与其相接并再次伸向远处，这肯定是为了防备万一某处城墙失守，仍有可御敌的地方。在城墙的内侧，还保留有大量的房屋墙基，能看出那些房屋有大有小、有宽有窄，且都有道路相连，很显然，它们是当年屯兵用的。看到这工程的宏大程度与设计的精巧实用，我几乎立刻否定了它是土匪寨城的说法，如此规模的工程应该属于国家行为，它绝不会是一帮土匪所能完成的。

在我和友人们登上的这个山顶，城墙后边有一片很大的开阔地，这片开阔地被石片整齐地区隔成一道一道，极似人或马的跑道。我猜想，那很可能是当年的练兵场。当没有敌人来犯的时候，守卫城墙的兵丁们大概就在这里练习刀术和骑马奔杀。凝望着那遭风雨剥蚀的"跑道"，我仿佛听到了远古兵丁们操练杀敌本领时的呐喊声。

　　我仔细地观察那些从城墙上倒下来的石头，尽管岁月在它们身上造成了印痕，可凭我这双外行人的眼睛，实在看不出它们是哪个朝代被人从山体上取下来的。如果是楚国的长城，距今应该是两千余年；倘是宋代的长城，也有八九百年了。可石头到底是坚硬的东西，它竟依然可以对我们今人隐瞒自己的年龄。看着那些沉默无声的石头，我在心里认定，这些石头有些姓楚有些姓宋，这长城既是楚长城也是宋长城。很可能是楚时初修，以应对强秦的入侵；到南宋时，抗金的南宋军队退到这里，看见这废弃的长城可以利用，便又加以重修，使其成为御金的屏障。也正是因此，民间才说不清它究竟是楚长城还是宋长城。

　　杏山离我家所在的村子不远，只有几十公里的距离。在这么近的地方竟也有长城，而且把我的村子护卫在内，这令我意外而兴奋，同时也让我意识到，战争曾经离我家族的先辈很近，说不定，当年我家的先人就参加过这长城的修建；说不定，他们先是作为楚国后是作为宋国的国民，也参加了楚军和南宋的军队，投身于发生在这长城上的激战。是不是也出过带伤拼杀的好汉？

　　可惜，史书是不记地位卑微之人所做的事的。

　　站在这条废弃的长城上，我再一次明白，面对强敌，力弱的一方必须有御敌的战场准备，这准备必须是实实在在的，不然，你就会吃亏。

下了长城向山脚走时，我耳畔仿佛仍响着箭镞的呼啸、刀剑的撞击、战马的嘶鸣和将士们的喊叫声。我边走边想，先人们用这残破的长城告诉我们这些后人，在他们那个时代，他们做了他们该做的事情。

现在是我们后人来做我们该做的事情了！

自
在

去看战场

抵达潼关时，天已黄昏了。

站在关头望去，山、林、路、屋，都已变得迷迷蒙蒙。

看，那就是历史上兵丁们常走的道。朋友很热情地指着介绍。有些心不在焉的我这才记起，这潼关过去是兵家必争之地，是多次做过战场的地方。

当年，长安的唐军和安禄山的叛军在这儿往来打了不少回合。朋友说。

我记起了历史上那场著名的"安史之乱"。当年为权为利为帝位争得不可开交的人如今都去了哪里？安禄山、史思明、安庆绪、哥舒翰、郭子仪，还有唐玄宗，你们现在在哪里？你们当年得到的和失去的那些东西，如今都存放在什么地方？

也是在那一刻，我才霍然觉得心头轻松了——我那些天一直在为关乎个人利益的一件事满怀不快，我是怀着气闷启程来这里的，我没想到那些一直折磨我的不快会在这古战场上飘然飞走。

三百年后，还会有哪些东西属于你？

大约就是因此，以后有了出门旅游的机会，在看风景名胜的同时，我很愿意去看看那些旧日的战场。

我对旧战场产生了兴趣。

　　我去过洛阳，看过唐朝李渊、刘弘基当年率兵和王世充作战的地方；我去过离开封四十五里的朱仙镇，看过当年岳家军和金兀术率领的十万金兵搏斗之处；去过镇江郊外，看过鸦片战争中清军顽强抗击英国军队的战地；去过卢沟桥，看过当年中国军队抗击日军的位置；去过山东沂蒙山里的孟良崮，那是人民解放军和国民党军当年激战过的地区；去过老山，那是当年南部边境战争的主要战场之一；去过戈兰高地，那是以色列和阿拉伯国家当年激烈争夺的地域。

　　站在这些旧战场上，我仿佛又看见了当年两军对垒的情景，看见了那些军人们肃穆、沾满泥土的面孔，看见了那些闪着寒光的刀剑枪炮，看见了堑壕和碉堡，看见了那些冲杀的士兵和将领，看见了翻滚着的浓烟和大火，看见了伤兵和无数战死者的遗体。

　　站在这些旧战场上，我仿佛又听到了撼动山野的喊杀声，听到了惊天动地的枪炮响，听到了负伤者的痛楚呻吟，听到了战马的悲鸣和飞机的呼啸，听到了败方的呜咽和胜方的欢叫。

　　站在这些旧战场上，我仿佛又闻到了浓浓的血腥味，闻到了刺鼻的硝烟味，闻到了物体被焚的焦煳味。

　　过去的一切仿佛都还在这战场上保存着。看着这些战场，你会在心里感叹，人类发展到今天，曾经经历过多少惊天动地的事件，人类可真是活得不容易呀！这每一个战场，其实都是人类发展史这本厚书中的一页。常翻翻这些书页，对我们后人会有好处，这会使我们更全面地认识人类自身。

　　每到一处旧战场，我常会去想同一个问题：这世界上曾经做过战场的地方有多少？

有没有人能说得清楚？

就国内来说，北京、上海、广州、南京、天津、太原、济南、长沙、武汉、石家庄、成都、重庆、宁波、合肥、沈阳、长春、西安、兰州这些城市，哪一个没做过战场？太行山、燕山、中条山、泰山、伏牛山、桐柏山、井冈山、十万大山，这些山里不都响起过两军对垒的杀声？长江两岸、黄河滩上、渤海湾里、洞庭湖面，不都曾躺过和漂过战死者的尸体？山海关、雁门关、荆紫关，这些关口，不是频频见识过两军肉搏的场面？

从世界范围看，像罗马、巴黎、纽约、莫斯科这些知名的大城市，有几个没有做过战场？像英吉利海峡、地中海、黑海这些海域，有几处没见过两军舰船的打斗？像阿尔卑斯山、喀尔巴阡山、邦克山这些地方，有几处没有飘起过硝烟？

从古到今，人类已经打过了多少仗啊，每一仗都有一个战场。地球上自然条件较好的地方，差不多每一块土地都充当过战场。

要是一个人去每一个战场看一眼，他一生都不可能看完。

看过一些旧战场后我发现，若把它们作一比较，其间有不少不同处，也有很多相同处。第一个不同处是大小不同。由于作战双方投入兵力的规模不同，战场的范围有大有小。有的不过方圆几百米，打的双方仅是为了争夺一个村子或一个小镇而已。也有的方圆几公里或几十公里，打的双方是为了争夺一个要地或一座城池。还有的方圆几百公里甚至上千公里，打的双方都投入了大量兵力，带有一决雌雄的性质。第二个不同处是地形相异。由于作战目的不同，对战场的选择也有各种情形，有的在山区关隘，有的在河畔江岸，有的在海岛滩涂，有的在平原村镇，有的在城区闹市。第三个不同处是使用的时间长短不一。由于战斗或战争持续的时间不一样，战场被打斗双方使用的日子也有长有短，有的不过一个小时，有的则有几天，也有的长达几个月甚至几年。

世上的战场不管有多少不一样的地方，但只要仔细查看它们作为战场的史料，都会发现它们全经历过三个阶段。

开始是惊人的热闹。从作战双方开始向这个地域或附近运送兵员和物资起，此地原有的那份安宁便被打破了。战争一旦打响，热闹就开始了。冷兵器时代是人喊马嘶，剑戟相碰，哭叫连天；今天是枪声盈耳，炮声隆隆，战车轰鸣，飞机呼啸。战事结束，战胜的一方自然高兴，或蹦跳欢呼后准备远撤，或锣鼓喧天立时开会祝捷，或就地大摆酒宴论功行赏。笑声、欢呼声和伤员们的呻吟声交混着在战场上空飘动。

接下来是死一样的沉寂。战胜的一方在庆贺一番之后，终于撤走了。这时硝烟渐渐飘散净尽，阵亡者的尸体开始在地下腐烂，作战中被炸毁、烧毁、捣毁的工事、桥梁、房屋也这一块那一坨地塌落完毕。鸟兽家禽早已被吓跑了，原住民们养的牲畜也或跑或死或被杀掉吃了，百姓们更是早被杀声、枪声惊逃到了远处。战场于是像散戏了的戏院一样开始沉寂，只是静静地仰卧在那里等待着风雨。

也许是几个小时，也许是几天，也许是几个月，也许是几年之后，先是鸟们飞来探听一下情况，见无人惊扰它们之后，它们发出了愉快的鸣叫。它们的鸣叫先是引来了野兽，后是引来了人，于是沉寂的战场又有了声音。春天来了之后，若这战场原先就无人居住，青草就开始疯长；若原来有人居住，人们会整理那些废墟，开始重建新屋。几年、十几年、几十年下来，原先无人居住的战场，繁盛的草木会把战争的遗迹完全遮住，使其恢复早先的模样；原先有人居住的战场，会重新变得人丁兴旺，新起的建筑会把战争的遗迹彻底压在下边。至此，此地复苏，一个轮回完成。

我在踏访旧战场时发现，很多战场并不是只被使用一次。有的战场刚刚复苏，就要去迎接下一场战争的开始了。

不论是中国还是世界其他国家，都有一些城市和地域，会连续多次地燃起战火。比如中国的襄阳，三国时关羽率兵于建安二十四年七月攻打襄阳，使襄阳成为了杀声震天的战场；到南宋时，岳飞又率军与齐国大将李成之兵在此大战，战事最后以李成弃城逃走结束；明朝成化年间，河南刘通等人率起义的流民频频出击襄阳，战鼓声不断地在襄阳城外响起；解放战争时期，人民解放军和国民党军也在此打了一场恶仗，人民解放军还在此活捉了对方的将领。又比如耶路撒冷这个地方，做战场的次数真是数也数不清了。

一个地方一旦被选作了战场，是这个地方的不幸，这和一个人选择了一场灾难一样。一个人频遭灾难，会衰老得很快；一个地方如果连续被作为战场，其生机和活力也会受到损坏，破落的速度也会加快。在中东地区，一些城市比如贝鲁特，要不是因为战火频仍，肯定会是另一番崭新的模样。

每次站在旧战场上，我都在想，脚下的土层里肯定埋藏着很多故事。那些惨烈的战斗场面和战斗中发生的各种意外会很吸引人；那些上阵者和战死者中，每个人都有父母、兄弟、朋友，很多人会有姐妹、妻儿、情人，他们每个人的经历也可能异常感人。只可惜，随着战场的沉寂，所有的故事也被埋进了土里。

在河南邙山当年东魏和西魏发生大战的战场，我听说，东魏右翼军彭乐率数千骑攻入西魏军一侧后，造成西魏军奔溃。东魏军乘胜追击，大破西魏军，俘西魏军将佐四十八人，斩首级三万余。据说东魏军为了泄愤也为了震慑对方，把那三万多颗人头在邙山坡上一排一排地摆开，离远一看，三万多颗人头上的六万多只眼睛死瞪住天空，情景十分骇人……

在威海当年北洋海军的炮台旁，听一个渔民说，当年日本陆军中将黑木为桢率兵攻打南帮炮台时，炮台上的三个中国士兵打完最后一发炮弹，又取下腰刀和敌人搏斗，因寡不敌众，相继倒下。攻下炮台的日军后来竟将三个尚活着的中国士兵的身体用刀剁成碎块，全喂了他们带来的狼狗……

在台儿庄那个中日军队血战的地方，我听说了这样一个故事：中国军队里的一个团长，忽然在增援的部队里发现一个穿了新军装的小伙儿，原来是他的外甥，他很高兴，就跑过去把外甥叫到了一边，想问问老家的情况。未料他还没来得及把第一句问话说完，日军的排炮就突然响了。那位舅舅能做的只是扑到外甥的身上，但他并没能救得了他的外甥，两个人是紧紧抱在一起死的。后来打扫战场的人不忍心再把他们分开，便将他俩埋在了一座坟里……

在南部边境的一处战场上，有人指着一个山坡告诉我：战时的一个早晨，我军的一支文工队奉命去慰问部队，出发时队长就警告他的队员说，这一带到处都有敌人埋设的地雷，我在前边领路，后边的人一定要踏着我的脚印走。文工队走到那个山坡上时，队长让原地停下休息三分钟，需要小解的就地小解。有一个女兵，刚满 18 岁，人长得秀气，歌儿也唱得特好，她那会儿也想小解，可她就是不敢像其他女兵那样脱下裤子当众小解。她看见小路旁边有一丛灌木，离她就有三步远的样子，就自作主张地走了过去。她刚刚走到那丛灌木旁边，只听轰隆一声，一串连环雷爆炸了，响声过后，那女兵已面目全非地躺在了血泊里……

旧战场上除了埋有故事之外，还埋有许多刀枪剑戟。

在山东益都的一处旧战场上，出土了商朝的兵器——青铜钺；在湖北江陵的旧战场上，出土了春秋时越王勾践的青铜剑；在河北易县的燕下都——那也是发生过战事的地方——出土了战国时期的铁胄；一门明朝洪武年间的铁炮也是在一处旧战场上被发现的。如果你运气好，去看那些旧战场时说不定真可能捡到一两件文物。我的一个朋友告诉我，"文革"期间他曾在咸阳城外的田野里捡过一把锈蚀得很厉害的剑，那年头因怕惹祸就又把它扔到了人路上，被拖拉机压得粉碎。他满怀遗憾地说，那恐怕是古代军人用过的兵器。我有点相信。历史上，咸阳城外曾发生过多少场战争？那些战死者的兵器不就散落在土地里？

去看看吧，你只要去看了那些旧战场，不是在精神上就是在物质上，或多或少都会有些收获，说不定还能发大财——要是你捡到珍贵文物的话。

祝你有好运气。

将 帅 们

这一生无缘做将帅，却十分关注将帅们的生活。

总觉得指挥大军到战场上去驱驰搏斗，那是男人一生中最威风的事情。

查史料方发现，"将帅"一词产生的时间远远落后于"军队"。在中国，最早见于春秋中期的典籍。《左传》载：晋文公在一个叫被庐的地方"作三军，谋元帅"，"乃使郁縠将中军"，"狐偃将上军"，"滦枝将下军"。但此时仍以卿为将，文武尚未分离。到春秋末期，随着军事活动的发展变化，将相才开始分开，将帅作为专职的军事事务的领导者和指挥者才正式出现。差不多在同一时期，世界的其他地方也开始出现专司军务的将帅们。从此以后，在无数次不同性质和规模的战争中，涌现出许许多多著名的将帅。

将帅们既然是最危险、最激烈的战事的指挥者，他们就一定有异于常人的地方。

第二次世界大战时法西斯德国著名的将领隆美尔，曾在

1944 年 4 月 16 日的日记中写道：

> 对于我，
> 历史将做出怎样的裁决？
> 如果我在这里胜利了，
> 谁都会说
> 一切全是光荣……
> 倘若我失败，
> 那么，任何人又都会
> 因此而责备我。

以隆美尔的聪明，他在 1944 年 4 月，不可能看不出等在他前边的是什么，他这时内心一定充满了紧张和痛苦，这首带有辩解意味的诗，是他内心紧张和痛苦的反映。

从这首诗里我们也能够看出，和我们常人不同的是，胜利和失败、荣誉和耻辱、历史裁决和世人的评说，永远是在将帅们内心翻滚的东西。

（二）

将帅们的童年生活，和我们一般人并没有太大的区别。他们中的许多过的都是普通的底层生活。"二战"时苏军的著名将领朱可夫，出生于莫斯科西南卡卢加省的斯特列尔科夫卡村。他的父亲康斯坦丁是一个孤儿，被人抚养长大后做了一辈子的穷鞋匠；母亲乌斯金妮亚在一家农场干活，劳动强度很大，但工资少得可怜，每年春夏和早秋季节，她在地里拼命干活，到了晚秋和冬天，她就到县城替人运杂货，每次挣回一卢布。朱可夫出生在这样的家庭，童年的生活情景可想而知。他读了七年书后，家里就再无力继续供他上学了，11岁那年，他便被送到在莫斯科当皮货商的舅舅那里当了学徒。"二战"时期美军的名将艾森豪威尔1890年呱呱落地时，他的父母除了日常穿的衣服和一些简单的日常用品外，一无所有。他的父亲最穷时，口袋里只剩下二十四美元。他有两个哥哥、三个弟弟，兄弟六人都长得结实、健壮，胃口好得出奇，也是因此，全家的温饱常成为问题。"二战"时期英军的名将蒙哥马利，两岁时随全家迁往远离伦敦的偏僻荒凉的塔斯马尼亚，一家人的生活跌入艰难的境地，致使他后来在回忆录中说：我的童年是不幸的。笔者认为，人的童年若是过于幸福，会磨蚀掉人性中的那股锐气，会减少其生命中的那股张力，会泄去其向前奋斗的部分动力。如果人生的幸福是10的话，它的恰当分配比例应该是：1∶1∶1∶3∶4。就是说，童年、少年、青年都只能分得一份，中年分得三份，老年分得四份。朱可夫、艾森豪威尔和蒙哥马利在童年时只分得了他们一生中幸福的很少一点，这和我的主张很相近，这也是我特别关注他们的原因。

　　将帅中也有优劣之分。优秀的将帅们都有一个共同点，那就是在挫折面前从不丧失向前奋斗的信心。我们还以朱可夫、艾森豪威尔和蒙哥马利为例，他们三人中，受挫折最大的是艾森豪威尔。他从1911年报考西点军校立志从军，到1939年第二次世界大战开始，已有二十八年的军旅生涯，其间，他在少校军衔位置上就保持了十六年之久，到 50 岁时仍为中校。要是在今天有谁 50 岁时还是一个中校，他肯定是牢骚满腹了，就是我，恐怕也早已愤愤提出退役，不在军中干了。但艾森豪威尔满不在乎，他随遇而安，矢志军旅，痴心不改，照旧全力去完成上级交付的各种任务，直到第二次世界大战开始。战争使他的才能得以展现，五年间，他连续飞跃式地由中校、上校、准将、少将、中将、上将、三星上将、四星上将，直到五星上将，登上了美军军界的巅峰。蒙哥马利遇到的挫折是疾病。1939 年 5 月，在英国即将对德国宣战的前夕，正在国外军中的他被怀疑得了肺结核并且活不长了，他的身体当时虚弱不堪。他被人抬上一艘沿苏伊士运河开往英国的客轮。一般人这时会以身体为重，自动中止自己的军旅生涯。可他不，仅仅三个月后，他就战胜了病魔，坚决要求返回军中。三年之后，整个世界便都知道了他的名字。朱可夫遇到的挫折是在战争期间，1941 年他提出，为避免西南方面军被包围，需撤到第聂伯河对岸，放弃基辅，在叶利尼亚地区组织反攻。这与斯大林的意见相左，并激怒了斯大林，他被解除了总参谋长的职务。一般人遭遇了这种挫折，会满腹委屈地放下挑子。可他不，他在职务降低的情况下仍精心指挥了叶利尼亚的战斗并取得了胜利，重新赢得了最高统帅的信任。人的生命强度是通过挫折来验证的，他们三个人在挫折面前的态度，使我相信他们的生命强度非一般人可比，我也因此对他们充满了敬意。优秀的将帅们也都敢于改除军中的旧弊。朱可夫、艾森豪威尔和蒙哥马利在这方面也都堪称榜样。1940 年 7 月，蒙哥马利被任命为第五军军长之后，他立即在这个军里进行了一系列大刀阔斧的改革，免去了一批他认为年龄偏大和懒惰、缺乏才干、没有献身精神、不被士兵敬重而可以看作是"朽木"的中下级军官的职务；举行师以上规模的军事演习，培养士兵的吃苦耐劳精神和实战本领，迅速提高了这个军的战斗力。艾森豪威尔在担任欧洲战区司令之后，立刻发起一场整顿纪律的运动，对士兵进行责任感、使命感和驻地风俗的教育；对军官队伍中那些沽名钓誉、油腔滑调、花言巧语、作风不正的人，一经发现，就立即清除出去。朱可夫在战争中打破旧的指挥体制，对司令部工作提出了许多全新的要求。在作战指挥上，优秀的将帅们还都敢于做前人没做过的事情，把自己的指挥才能发挥到极致。艾森豪威尔指挥的盟军诺曼底登陆，是世界登陆作战史上规模最大的一次。参加这次登陆的陆、海、空三军人员多达二百八十七万人，三十九个师的兵力，参战飞机一万一千二百余架，参战军舰二百八十四艘，另有四千多艘登陆艇和其他舰只，还有一条名为"冥王星"的海底输油管道，从英国输来汽油给予保障。组织如此规模的登陆战役，其复杂性可想而知，可艾森豪威尔顺利完成了任务且取得了胜利。蒙哥马利在指挥哈勒法山之战时，用四百辆战车设置陷阱，开了用装甲兵打伏击的先河。在这之前，没人这样做过，但他胸有成竹，布置完后照常进入梦乡，早晨起床后从容梳洗，悠然进餐。关于战役进展，他一句都没有过问，可他知道，胜利会是他的。朱可夫在指挥攻打柏林的战役中，采取了一个前人从未用过的办法：在距各突破口二百米远处设置了一百四十三台探照灯。当凌晨三点炮火准备开始之后，这些探照灯突然亮了起来，照耀着步兵和坦克在延伸了的炮火中冲锋。这大片强烈的灯光使德军一片惊慌，以为苏联人有了能照瞎人眼睛的新式武器，使其中的不少人放弃了抵抗。

将帅们和我们常人一样，也有七情六欲，其中不少人也演绎过荡气回肠的爱情故事。蒙哥马利是40岁时结婚的，对象是贝蒂·卡弗。贝蒂是一位阵亡军官的遗孀，有两个孩子。她嫁给蒙哥马利之后再没生育。这娘儿三个，就成了蒙哥马利后半生亲情的全部寄托。贝蒂是一位艺术家，性情温和而执拗，她反对蒙哥马利所崇拜的大部分事物，包括他的军事、政治观点。但他们在一起非常和谐，原因就是互相关爱但互不干涉。贝蒂原谅蒙哥马利的怪癖，蒙哥马利则处处保护贝蒂，不让她做家务，不跟她谈论琐事，而让她专心致志搞艺术。在这种婚姻的温情中，蒙哥马利变了，变得更加宽厚、大度、和蔼而富有人情味。没想到十年之后，贝蒂竟突然被毒虫咬了中毒而死。当这幸福的婚姻骤然终结时，蒙哥马利的精神几乎崩溃，他跌入的是一个心灵的黑夜。他后来说："我回到朴茨茅斯的住宅，这儿原来要作为我们的家，我独自待在那儿许多天，谁也不见，我全垮了……我好像坠入一片黑暗之中，心灰意冷。"他此后再没有结婚。艾森豪威尔和他的妻子玛丽是 见钟情后结婚的。他到欧洲战场后，结识了关貌动人的英国姑娘萨默斯比。1942 年 5 月，艾森豪威尔以美国陆军代表的身份到英国考察时，萨默斯比奉命给他开车。后来，当艾森豪威尔在伦敦出任欧洲远征军司令时，他要求萨默斯比给他开车，同时当他的私人秘书，后来萨默斯比被授予少尉军衔，成为他的副官。在欧战期间，他们朝夕相处，患难与共，建立了亲密真挚的感情。当战争结束，英雄凯旋，新的仕途在艾森豪威尔面前展现时，他只得与这位多情女子一刀两断。萨默斯比也没有披露两人的亲密关系，直到1975年她去世前，才在《难以忘怀——我和德怀特·D.艾森豪威尔的恋爱故事》一书中，公开了她和艾森豪威尔的罗曼蒂克史。

一场大的战争结束之后，将帅们的表现、心态和处境常常很不一样。第二次世界大战结束后，艾森豪威尔载誉回国，在纽约市政厅外有过一次演说，那次演说的主题是：我不过是一个完成职责的堪萨斯农家孩子。他的不居功自傲使两百多万来自四面八方的听众欣喜若狂，长时间地热烈欢呼。七年之后，他成了美利坚合众国的总统。走出战争的蒙哥马利，否定了一些人要给贡献卓著的将领们一笔巨额奖金的动议，认为"除国王的荣誉勋章外，金钱的奖赏是过了时的东西"。他需要的是与轰轰烈烈的戎马生涯相称的最广泛的理解和拥戴，是英雄般引人注目的荣誉。但这种心态在和平年代不可能得到满足，他因而度过了一个痛苦的时期。朱可夫在战后担任了一系列重要职务，但1955年10月，突然被撤销了一切职务。他当时的震惊和痛苦可想而知。直到1964年，他才得以恢复名誉。

（三）

随着战争的远去，将帅们中的大多数会走进安逸的生活里或安静的史册里歇息，也有一些人开始了对战争的苦苦思索。《蒙哥马利传记》的作者罗纳德·卢因，在写到德国投降时引用了英国诗人西格弗里德·萨松写于第一次世界大战期间的一首诗：

五十年岁月，日换星移，

和平之光掩盖了对战事的回忆；

满怀豪情回溯峥嵘的往事，

喜欢冒险的小伙子会阵阵叹息。

夏日清晨，隆冬寒夜，

战火在他们心中燃起；

唱一曲战士之歌吧，这歌声豪放、刚强、活泼、粗野。

在那愤怒的进行曲中，

尽是无知的悔恨与不羁的狂喜；

他们会羡慕我们令人炫目的经历，

只缘此刻杀戮已在地球上绝迹！

在引用完这首诗之后，作者写道：在亲身经历"二战"胜利的日子里，蒙哥马利深深知道，萨松的诗加上下面几句是完全正确的：

一位满头银发的老人，

抬起饱经风霜的脸面，

谆谆告诫他的子孙：

战争是魔鬼，是瘟神。

……是魔鬼，是瘟神。

这是蒙哥马利对战争苦苦思索之后得出的结论。

第八辑

为了人类日臻完美

人生的全部任务，可以概括为四个字：寻找幸福。

读《复活》

那时，"文化大革命"还在"波澜壮阔"地进行。

那时，我还是一个炮兵团里的新兵。

是一个星期日的后晌吧，我去邻排的一个班长那儿串门，发现他正聚精会神地读一本旧书，书既没有封面，也没有封底，书脊也磨损得看不出书名和出版社的名字。我随口问："啥子破书，值得这么认真地读？"他闻声先是一惊，继而诡秘地笑笑，随后便把书掖在了裤子底下。我本来对那旧书并无兴趣，可他的举动反倒引起了我的好奇，我就坚持着要看看，但他执意不给，只说："你好好学习'老三篇'吧，别看这些旧书耽误时间！"我凭着本能判断：那一定是一本好看的书，要不，他不会如此金贵。心想，硬要你不给，我就悄悄来偷，我不信我就看不成。

第二天上午趁他外出不在宿舍时，我大摇大摆地到了他的床前，顺利地从裤子底下摸出了那本书。我拿回自己的宿舍开始翻，书的前几页已经被撕了，能看清的第一句话是："姨母开家小小的洗衣作坊，借此养活儿女，供应落魄的丈夫。"我一开始读得有些漫不经心，但渐渐地，我被书中的故事吸引了，我那天读得差点误了上岗。中午吃饭的时候，那位班长过来神色严肃地问："是不是你把书拿走了？"我伸伸舌头讨饶地一笑说："我看完就还！"他捏住我的肩膀郑重地交代："记住，只许自己看，不准传，不能让干部们发现！……"

此后几天，我便完全被迷在此书里，只要有一点点空，我就摸出了书来读。那时正是强调学习《毛泽东选集》的时候，为了不让别人发现我在看什么，我每次读前，都在桌上摊开一本毛选，使别人以为我是在边读毛选边查看什么辅导材料。我虽然不知道这本书的名字，不知道作者是谁，但我的心被这本书震撼了，我记住了玛丝洛娃和聂赫留朵夫这两个书中人物的名字，记住了几乎全部的故事情节，其中喀秋莎·玛丝洛娃在一个风雨之夜赶到小火车站想见聂赫留朵夫而没有见成的那一节描写，像连环画一样深深地印在了我的脑子里，直到今天，我只要一闭眼，还能看见喀秋莎·玛丝洛娃在夜雨中无望地随着火车奔跑的情景。当时年轻的我，对玛丝洛娃的命运生出了无限的惋惜和同情。

读完全书的那天傍晚，我久久地坐在床沿没动。一开始仍沉浸在书中的故事里，但后来，一个念头像一只小鸭那样从心底里摇晃着走出来了：将来我也要写一本像这样激动人心的书出来！如果有一天我真写出了这样的书，我一定要大笑三天……

我恋恋不舍地把书还给了那位班长，十分遗憾地说："书真好，可惜不知道书名和作者。"班长笑笑，附着我的耳朵轻轻说："书叫《复活》，作者是俄国作家列夫·托尔斯泰。"哦，《复活》！"复活"这两个字便从此留在了我的心里。

还罢书之后的那个晚上，我很久都没有睡着，我心中暗想，总有一天，我要弄到一本崭新的《复活》，我要好好再读一遍。

六年之后，我的这个愿望得以实现，我在济南的一家书店里，买到了一本新版的《复活》。也就是从这时开始，我开始学写小说。我虽然至今也没写出像《复活》那样激动人心的书来，但我明白，书，应该像《复活》那样写！

也就是因了这段经历，我对偶然见到的一些书本，总要认真地翻一翻，我期望在不经意中会像当年遇上《复活》一样，再遇上一位导师。谁敢保证，好书都会让你在正规书店的柜台上发现？

卡尔维诺的启示

意大利作家伊塔洛·卡尔维诺的作品，我是 1992 年才读到的。当时读的是花城出版社出版的肖天佑先生译的《帕洛马尔》那本书。那本小开本的书中收录了卡尔维诺的一部中篇和四个短篇小说。老实说，因为不懂意大利语，事先对卡尔维诺先生一无所知，也因为这些年读过的翻译过来的外国文学作品太多，知道其中不少并不是精品，所以我那天拿到那本书时本想翻翻即扔的，没想到一开读便被吸引住了。最先吸引我的是短篇小说《糕点店的盗窃案》中的那几个窃贼：德里托、杰苏班比诺和沃拉·沃拉，卡尔维诺把三个窃贼的心理和言行写得极其精彩，几次使我忍不住笑了起来。对这三个人物的描述使我看出了作者的写实功力，我顿时对作者恭敬起来。接下来我读了短篇小说《恐龙》，这篇以恐龙自述的方式写出的小说，对恐龙的命运和灭绝的因由进行了思索，最后得出了形而上的结论：恐龙灭绝得越彻底，它们的统治范围就扩展得越广。这使我知道卡尔维诺的小说有着深刻的思想内核，不由得对他钦佩起来。

我真正被卡尔维诺征服是在读了他的中篇小说《帕洛马尔》之后。这部写于 1983 年的小说是他的最后一部小说。因为两年后他患脑溢血在意大利锡耶纳去世时，手上的作品《在太阳之下的美洲豹》并没有写完。《帕洛马尔》是由三十九个片段构成的小说，情节并不完整，但它现实主义的描绘极具魅力，对现代人的孤独感和失落感的表现十分准确，是一部现实主义和现代主义相互交融的作品。这部小说也可以说是一部观察和默想的记录，对月亮、星星、海浪、乌龟、乌鸫、壁虎、椋鸟、长颈鹿、白猩猩等的观察细致入微，记录富有情趣明白易懂，表现了作者对大自然的热爱，也使读者读后有一种美的享受；而那些默想则都浸透了哲理，使人读后对人的命运和我们生活的宇宙有了新的认识。小说的最后一节是"学会死"，我读后特别受震动。小说的主人公帕洛马尔在这一节里"决定今后他要装作已经死了，看看世界没有他时会是啥样"。帕洛马尔的这个愿望恐怕很多人都有，就是想看看自己对于这个世界的价值。一些自以为了不起的人总认为自己对这个世界做出了巨大贡献，世界没有自己肯定不行。帕洛马尔观察的结果是："世界完全可以没有他，他也完全可以放心地去死且无须改变自己的习俗。"这个观察结果使帕洛马尔意外，也使我这个读者受到震动：原来我们每个人对于这个世界都是可有可无的，有你，这个世界可能会好一些；没你，这个世界也照样存在，谁也没有什么特别的了不起。我们都要以平常心对待自己的存在，改变自己与世界的存在关系，以平和的眼光看待一切。

《帕洛马尔》使我意识到，卡尔维诺的书是我应该尽量多读的。今年初，译林出版社出版了他的《寒冬夜行人》和《命运交叉的城堡》，我得到书后立刻去读。《寒冬夜行人》这本献给丹尼埃勒·蓬奇罗利的小说，最新颖的地方是它的结构方式，这种方式到目前为止还从来没有人用过。小说以《寒冬夜行人》一书的出版发行为开头，但读者买来书一看，发现从第32页以后，书的装订有误。于是找到书店要求更换，书店老板解释说，已接到出版社通知，卡尔维诺的《寒冬夜行人》在装订时与波兰作家巴扎克巴尔的《在马尔堡市郊外》弄混了，答应更换。男读者在书店里还遇到了一位女读者柳德米拉，她也是来要求更换装订错了的《寒冬夜行人》的。接下来小说便在两条线索上平行展开叙述：一条是男读者在阅读为寻找《寒冬夜行人》而得到的十篇毫无联系的小说开头的故事；另一条是男读者与女读者交往和恋爱的故事。这种原创性的小说结构让人耳目一新。使我看到了卡尔维诺不断改进和完善自己创作手法所做的巨大努力。

　　这本小说吸引我的另一个地方，是它对小说创作发表了很多有意思的看法。书中说，看书就是迎着那种将要实现但人们对它尚一无所知的东西前进……书中说，我想看这样一本小说：它能让人感觉到即将到来的历史事件，有关人类命运的历史事件，就像隐隐听到远方的闷雷……书中说，我最想看的小说，是那种只管叙事的小说，一个故事接一个故事地讲，并不想强加给你某种世界观，仅仅让你看到故事展开的曲折过程，就像看到一棵树的生长，看到它的枝叶纵横交错……书中说，我真想写一本小说，它只是一个开头，或者说，它在故事展开的全过程中一直保持着开头时的那种魅力，维持住读者尚无具体内容的期望。这样一本小说在结构上又有什么特点呢？写完第一段后就中止吗？把开场白无休止地拉长吗？或者像《一千零一夜》那样，把一篇故事的开头插到另一篇故事中去呢？……这些看法对我这个写小说的人不无启发。卡尔维诺其实是在教我们怎样写小说。作者在这本书中对小说的内容、语言、形式、印刷和装订都有精彩的议论，差不多可以说是一部关于小说的小说。

《命运交叉的城堡》这本书收录了卡尔维诺的三部作品，即《命运交叉的城堡》《看不见的城市》和《宇宙奇趣》。前两部是后现代派创作风格的小说，后一部是带有浓厚科幻色彩的小说。我读完《宇宙奇趣》之后才知道，我当年所读的短篇小说《恐龙》，原来就是《宇宙奇趣》中的一章。

卡尔维诺一生写了二十多部作品，我只读了他作品中的不多一部分，但就是这个阅读量，也使我看出了他创作上的三大特点：其一是顽强地不停地寻找新的表现手法。他的小说这一篇和那一篇在表现手法上很难找到雷同的地方。他从写现实主义小说开始，在发现现实主义表现手法的局限性之后，开始向寓言和童话世界去寻找新的手法。接着，又转向科幻小说，运用后现代派的写作手法来反映现代人的生活。后来，他将现实主义、超现实主义和后现代派综合于一身，形成了自己的风格。其二是在寻找写作题材时视域极其广阔。地上的草、海里的浪、水里的蛇、树上的鸟，天上的星星、月亮，过去的传说，当下生活中的爱情，都能进入他的小说。消失了的过去和就要开始的未来，自然界的万事万物，人的各种痛苦，都可能成为他的写作题材。和我们一些作家只会写农村生活或只会写市民生活相比，他的视域要广阔得多。其三是他在作品中思考的东西透彻而深刻。在《看不见的城市》这部作品中，他通过书中的人物告诉我们：为了回到你的过去或找寻你的未来而旅行；别的地方是一块反面的镜子，旅行者能看到他自己所拥有的是何等的少，而他所未曾拥有和永远不会拥有的是何等的多。他由马可·波罗的旅行见闻讲起，先思索的是旅行的本质，接下来思索的是人占有的局限以及人生的局限。把人这个在世界上走来走去的生物的可怜境况思考得透彻而深刻。

卡尔维诺用他的创作实践告诉我这个文学上的后来者，你要想成为一个优秀的小说家，就要一刻也不能停止向前寻找，寻找的东西主要是两个：一个是新的表现形式，另一个是新的表现内容。尽管无数的前辈作家已经找了无数年且也已找到了无数的表现形式和表现内容，但总有一些更新的表现形式和内容藏在前边的草丛和密林里，需要经过仔细寻找才能找到。只要你有耐心和肯付出心血，上帝一般不会让你空手而归。

卡尔维诺还用他的成功告诉我，小说家的劳动是为了丰富人类的精神生活，但他的最终追求，却是要把人类对内宇宙和外宇宙尤其是内宇宙的认识再向前推进一步，当然，这种推进是通过艺术手段来完成的。

卡尔维诺还用他的人生经历告诉我，一个人一旦以小说创作为自己的毕生的事业，他因为创新而起的焦虑和写作竞争而经受的煎熬总要比别人多，他的身体就或多或少地要受伤害，他的身子很难如常人那样健康。卡尔维诺是在62岁的年纪上辞世的，他走得有点早了。他如果不干这个行当，也许会活得更长久些。

作为一个后来者，我对所有给过我启示和启发的文学前辈都满怀感激之情，卡尔维诺这个意大利人是他们中的一个。

我怀念他。

文学：一种药品

说文学是一种药品，有点危言耸听了。

可我信。

这种药品有兴奋作用，有时能使人去除忧愁，忘却烦恼。

我记得我少年时期的许多个日子就充满了忧愁：家里缺吃的、缺烧的，没有像样的衣服，母亲有病却没钱买药，上学交不起学费，每当放学回家听见母亲病中的呻吟声，心就往下沉，少小的我已经学会了皱眉头。为了排遣忧愁，我常在晚饭后去听大人们讲故事，那些故事多是从古典小说《红楼梦》《三国演义》《水浒传》和《西游记》中挑出来的。那些漆黑的只有夜风呼啸和狗吠的愁烦之夜，因为有黛玉和宝玉的斗嘴，有诸葛亮的"空城计"，有武松和老虎的搏斗，有孙悟空的金箍棒，而变得五彩缤纷极有趣味了。它让我把忧愁一下子忘到了脑后，每当我听罢故事沿着村中的小道往家走时，竟有些心旷神怡，竟有一种想哼唱歌曲的冲动在心里升起。今天回想起来，当年我所以会那样，就是文学这种药品的兴奋作用使然。

这种药品还有致幻作用，有时能使人产生美妙的幻觉，进入一种非现实的神奇世界。

有一段时间，我读了许多描写爱情的小说，像《茶花女》《伊豆的舞女》《爱情故事》《霍乱时期的爱情》《红与黑》等等，我在被那些故事感动的同时，也开始幻想自己有一天能遇上一个美丽的姑娘或少妇，也开始一场感天动地的爱情。幻想的时间长了，有一些幻想出的情节便像真的一样存在于自己的脑子里，在一些细雨抛洒的白天和微风轻拂的月夜，幻想中的女性会飘然走到眼前，尽管来者似裹在薄雾之中，可那真是美妙的瞬间。

　　这种药品还有治疗健忘症的作用，常能使人回想起被遗忘了多年的往事。

　　我们每个人一生中经历的事情太多了，大脑不可能全都记下，没办法，便靠遗忘来帮忙。有的人干脆得了健忘症，把所有过去的事情都忘了。健忘症是需要治疗的，治疗这种病的药物很多，文学似乎也可以算作一种，文学作品中的人物、事件、情节、语句，都可能成为触发记忆复苏的媒介。我记得我在读鲁迅的《故乡》和沈从文的《边城》这两篇小说时，被其中的一些描写勾起了许多早被我忘掉的少年时代的往事：和伙伴们在小河里捉鱼，月夜里去生产队的西瓜地里偷瓜吃，和母亲一起在田野里蹦跳着寻找野菜，夏季的正午去荷塘里游泳，秋天的午后爬上树去捅鸟窝，坐在小船里摇摇晃晃渡过白河……那一幕幕早被忘却的趣事又一一在脑海里浮出，这种记忆的复现不仅让我意识到自己其实也拥有过许多美好的日子，这个世界并没有太亏待自己；同时也让我发现，自己那颗已被世俗生活磨硬了的心因这些往事的忆起而重新变得柔软了。

　　这种药品也能治疗人的心理失衡，多少能使人的胸怀在不知不觉间往大处变。

我们在生活中难免要遭遇挫折，挫败感和不平衡感可能随时产生，比如，同样做工作，别人提升了；同样的年龄，别人事业有成了；同样的努力，别人赚钱成了富翁；同样的条件，别人娶了年轻貌美的妻子；同样的家庭人口，别人住上了面积很大的房子。这都容易让我们心理失去平衡，产生痛苦。这个时候，如果我们去看看《红楼梦》，去看看贾、王、史、薛四个家族各色人等的下场，你就会明白世上的一切都是转瞬即逝的，没有什么东西可以永久归一个人，我们辛辛苦苦获得的一切，最终又都要被上帝一样一样收走。既是这样，我们又何必为没有得到某一点东西而耿耿于怀痛苦不已？如此一想，人大约就会变得达观起来，心理就可能恢复平衡。

这种药品还能对治疗人的孤独症发挥作用，能让一些患了孤独症的人重新回到人群中。

有的人患了孤独症，希望避开人群，喜欢独居一室，不愿与他人接触，不过只要这个人还爱读文学作品，他的孤独症就仍然可能治好——文学作品总要抒发人喜怒哀乐的情感，这种情感不可能不对孤独症患者的内心造成冲击；文学作品总要讲述一个人、几个人或一群人的故事，这些他人的故事总要在孤独者的内心引起或大或小的波澜；文学作品要使用优美的语言，这种文学语言不可能不在孤独者的内心里引起或强或弱的快感。这些内心的变化，最终会使他感觉到人群对他的吸引力，使他能慢慢地重新回到人群里。

这种药品也能对人的冷漠症起疗治作用，把人失去的爱心或多或少地唤回来。

好的文学作品，不管它是写什么的，内中必然都饱含着爱，或是爱异性，或是爱生命，或是爱孩子，或是爱社会，或是爱自然。这种爱被作家用语言的糖衣裹好后，很容易被读者也包括那些患了冷漠症的读者咽进肚里，久之，冷漠症患者肚里积存的爱多了，那爱就会燃起火苗，将原有的冷漠一点一点蒸发掉。

文学这种药品所起的作用，只限于人的精神和心理方面的疾患，而且也只能作为辅助药品。不能过分夸大它的作用，过分夸大，就可能误人治病。

文学既然是一种药品，它的制造者——作家，就应该小心它的质量，不能出残次品；否则，是要害人的。

作家造这种药品时不能掺水太多。掺水多了，就要影响药效，读者拿到药品，闻上去没有半点药味，吃下去没有半点作用，是要骂人的。

作家造这种药品时不能随便加有毒成分。加了毒物，读者拿过去吃下，或拉或吐，或出血或休克，可是要伤人的。

作家造这种药品时不能随便减少应有的成分，比如语言的韵味，少了它，作家固然可以省力，可也会降低药品的质量，使读者蒙受损失。

不论哪朝哪代，做药的人都要讲个医德。没有医德这个无形的东西束缚，这个动辄就可能出人命的行当怕是很难维持下去。作家既是也可以称为造药品的人，那就也要遵守医德，就是说，不胡来，不能为了钱什么都干。钱这个东西谁也离不开，药工需要，作家也需要，但需要必须取之有道，否则，就叫缺德。历史上缺德的作家并不是没有，不过他们都已经被钉在了耻辱柱上。

　　作家还是要认认真真地带着一点责任心去写，也就是去造一种治不了多少病可也能治一些病的药品——文学作品，这才算作讲了良心。

难忘陀氏《罪与罚》

　　1979年秋，经过南部边境战争的部队官兵们相继把目光由战地收回，重新置身于和平环境里。安静地阅读和静静地思考再次成为军营生活的内容之一，也就是在这时，我由朋友处借到了韦丛芜先生译的俄罗斯作家陀思妥耶夫斯基的《罪与罚》，开始了我与陀氏的第一次神交。

　　我是带着放松身心的愿望打开书的，但没读多久，心就又被揪紧了。我未料到这本书也是在写"战争"，只不过不是写炮声隆隆两军对垒的战争，而是写一场心理"战争"，写一个名叫拉思科里涅珂夫的大学生，因为被穷困的生活所迫，萌生了杀死一个放高利贷的老太婆以抢劫钱财的念头，他先是在做还是不做这件事上犹豫徘徊，终于下决心做完之后，又在自首不自首这事上痛苦斗争。我被那种紧张的心理争斗和挣扎的情景完全吸引住了。我差不多是在一周之内把全书读完的，这一周里，我的心和书中的主人公一样，沉浸在一种压抑、郁闷和迷离狂乱中。书中笼罩的那种阴沉抑郁氛围，也将我全笼罩其中了。

　　我清楚地记得，读完全书之后，我长久地坐在我的宿舍里一动不动。我感到我的心受到了强烈的震撼。那种震撼感首先来自于陀氏所发现的那种苦难。陀氏对底层社会苦难的熟知，以及表现这种苦难的细致和大胆，令我惊奇不已。特别是拉思科里涅珂夫一家和妓女索菲亚一家所经受的苦难是那样让人感到无助和痛心。原来苦难可以这样呈现，原来作家可以这样写社会，我在心里感叹：这才是人民的作家，这才是社会的良心。那种震撼感还来自于陀氏描写人物心理活动的奇特能力。此前读过的作家，当然也有描写心理活动的高手，但像陀氏这样，差不多一部长篇都在写一个人的心理活动，写得又是那样活灵活现入情入理，让人读时既感到透不过气来可又不忍放下，我还没有遇见过。作家的一个重要任务，就是探察人在各种情境和环境中的内心世界的奥秘，陀氏能把一个年轻男人在犯罪与受罚时的心理奥秘如此生动清晰地呈现在读者面前，这的确是一种天才。那种震撼感也来自于陀氏对灵魂得救方式的思考。陀氏先是让他的人物自己去寻找灵魂得救的办法，让他的主人公发明一种理论：藐视事物最多的人往往会在社会中成为立法者，最大胆的人最对。当这种理论最终不能拯救其灵魂时，陀氏把基督教的教义通过一个妓女展现在了他的主人公面前，把赎罪自救之法告诉了他的人物。作家的最终任务，其实就是通过自己的作品，去影响和提纯人们的灵魂，陀氏在这本书里，把这个任务完成得很好。

在我的阅读史上，这是一次重要的阅读经历。这次阅读让我明白，一个作家必须具有三种能力：其一，要有敏锐的感知社会苦难的能力。当别人没有发现苦难或发现了苦难却给予漠视时，你却能发现并敢于大胆地给予展示。其二，要有撬开所写人物内心隐秘之门的能力。任何人的内心世界多数时候都是呈封闭状态的，你要想法进去并将其中的东西展示出来。其三，要有抚慰人的灵魂的能力。世界上多数人的灵魂，因为各种各样的外部和内部原因，总是处在一种惊悸不安和难言的阴凄寂寞状态中，作家应该像牧师一样，想法给这些灵魂以抚慰。

这次阅读虽然已经过去了很久，但记忆至今依旧清晰，可见，读一本好书是多么重要，它能长久滋养你的心灵并给你留下美好的回忆。

《罪与罚》是陀思妥耶夫斯基发表于 1862 年的作品，到现在已差不多一百五十年了，可它依然保有着浓郁的艺术魅力，仍旧吸引着全世界无数的读者去看。这部表现都市生活的作品，用它的巨大成功告诉我们这些后世作家，你要想写好作品，必须沉下去，沉到社会的最底层，沉到人物的内心里，只有在那儿，你才能发现闪光的东西，才能发现使你的文字变成不朽的物质。

我庆幸我在 1979 年看到了《罪与罚》，它给了我太多的东西。我为此永远对陀思妥耶夫斯基心存感激。

我写《湖光山色》

　　我的故乡古属楚国，那儿的土层里不断有楚墓和楚时的青铜器物被发掘出来。按部分考古学家的意见，楚国最早的都城丹阳，就在今天的南阳西部淅川县境，它离我出生的村子只有咫尺之遥。先人们当年的生活，有不少如今已变成传说，星散在故乡的村落、山坡、湖畔和田垄里。在我懂事之后，这些传说开始断续零碎地进入我的耳朵，像鄢陵之战、丹淅大战，像楚秦联姻，像怀王赴赵，它们部分地满足了我了解历史的兴趣，在不觉间给了我精神上的滋养。五六年前的一个冬天，我回到故乡探亲，文友们建议我去看一段楚国的长城，我当时很是吃惊：楚时还修了长城？我带着疑问坐车向山区驰去，遗憾的是，那天飘着小雨且有大雾，没能上山看成。真正目睹它那雄姿依旧的身影是在几年之后了，当我站在它的身旁时，它那绵延许多山头的巨大身躯令我震惊不已，尽管我知道对它是不是楚长城学界还有争论，可一股要写点什么的冲动已在心中涌起，跟着便有一团东西在脑海中一闪而过，今天回想起来，当时脑子里一闪而过的那团东西，就是《湖光山色》最早的雏形。

　　书中的丹湖，脱胎于故乡的一座巨大水库，但它和水库已是两个存在了，水库今天仍安卧在南阳盆地里，可丹湖只存在于我的心里，它是我虚构出来以供我的人物活动的地方。丹湖里的水尽管和那座水库里的水没有两样，可它的波浪并不随自然界的风而起，它只随我的心境心绪心情变化而起。丹湖烟波浩渺，丹湖里鹰飞鱼跃，丹湖中有神奇烟雾飘绕，丹湖里的一切美妙都只供你在字里行间去感受，而不供你到伏牛山里去寻找。

中国的城市化正在不事声张地进行，大批城市像孕妇的肚子一样在快速隆起膨大，乡村因而随之发生巨大的变化，可这种变化的结局会是什么？是大片农田荒芜和许多村庄的消失吗？真要是那样，是福还是祸？农民的日子过得艰难，人们渴望离开乡村，世世代代的生存之地变成了极想抛弃之处，其外部和内部的缘由究竟有哪些？和农民涌进城市这股潮流并起的另外两个现象，是大批城市人在节假日里向一些乡村和小镇涌去，是一些城市资本开始向乡村流去，这反向流动的两股人流和反常的资本流动，在告诉我们什么？会带来什么样的结果？这一个个问号一个时期以来，一直在我这个眼下住在城市里的农民儿子的脑袋里翻腾，它们促使我去思考，《湖光山色》便是这种思考的一个小小的果实。

人生的全部任务，可以概括为四个字：寻找幸福。表现这种寻找过程是作家们的义务。我于是把笔对准了一个名叫暖暖的女性。暖暖这个人物是由两位姑娘的形象重叠而成。一位，生活在故乡，我和她相识于一个落雨的上午。那天上午我到故乡的一个小镇上采风，在镇文化站做事的她奉命来当向导，她的漂亮和气质令我眼睛一亮，容貌、体形都无可挑剔，加上不卑不亢的态度和标准的普通话，令我惊奇这个小镇还有这种美女。我问她可是本地出生，她点头。交谈之后才知道她大学毕业后，先在武汉找到了一份工作，后因为种种骚扰和挫折，一气之下返了乡。我问她将来作何打算，她笑笑：就在镇上了，我跑来跑去，觉得还是生活在这儿最舒心，我已准备结婚了……另一位，是在京打工的山西姑娘。她初中毕业后来京，在一家保洁公司里做工，平日受公司指派到一栋机关大楼里打扫卫生；双休日再到附近的居民家里做钟点工，一小时挣六到八块钱。她到我家只做了两天的活儿，可她的勤快和能干给我留下了深刻印象，她要擦一件东西就一定要把它擦得锃明瓦亮，洗一件东西就一定要洗得干干净净。在和她断续的交谈中，我了解到她想挣一笔钱供弟弟读书，同时为自己准备一份嫁妆。她说到她对未来幸福的憧憬时，那副陶醉的样子令我感动。这两个姑娘的形象渐渐在我脑子里重合为一，最后变成了《湖光山色》中的主人公。

村，是中国政治链条中的最下一环；村干部，是站在干部队列最后边的那位。别看他站在最后一名，别看他不拿正式的工资，别看他手中掌握的资源不多，可他只要是一个管理者，只要手中握有权力，他就具有执掌权力者的所有特点，就可以成为我们一个观察和分析的对象。《湖光山色》中的旷开田，就是这样一个对象，解开他变化变异的密码，不仅对改造乡村政治有益，而且对我们正确捡拾民族文化遗产有意义。

历史上的阴阳五行说在中国思想发展史上占有相当重要的位置，阴阳说是对宇宙起源的解释，五行说是对宇宙结构的解释，用现代科学的眼光看，阴阳五行说的缺陷显而易见，但它在当时对人类认识和把握外部世界所起的作用是巨大的；直到今天，它还在或多或少地影响着我们的生活。《湖光山色》借用阴阳五行来结构全书，旨在说明事物的对立统一彼此消长，说明事物的循环运转相生相克，并无重扬此一学说之意。

人的命运的玄机，一直是我有兴趣琢磨的问题。世上的人都希望自己能得到命运之神的垂顾，能有一个好的人生过程和比较完美的人生结局，但如愿者实在不多。《湖光山色》中的主人公暖暖，一直在人生路上奔波寻找属于她的那份幸福，但她最后得到的却和她的期盼相错万里，这让我们不能不去审视她脚下的路面和那些路的拐弯处，也许导致事情发生变化的玄机就藏在那里。

关于《安魂》

（一）

儿子离去后，那种锥心的疼痛让我好长时间神思飘忽，什么事情都无心干也干不成，常常一个人坐在书桌前，眼望着窗外发呆，本来就性格内向的我，变得更加沉郁。朋友们劝我出去走走，但无论走到哪里，都感到儿子就站在眼前。我意识到，若不把窝在心里的痛楚倾倒出来，我可能无法再正常生活了。怎样倾倒？找人诉说？不好，这会干扰朋友们的生活。还是来写吧，用文字来诉说，不妨碍别人。于是就萌生了写一部书的愿望，为儿子，为自己，也为其他失去儿女的父母。

但写起来才意识到，倾倒痛楚的过程其实更痛楚。你不能不忆起那些痛楚的时刻，不能不回眸那些痛楚的场景。也是因此，这部书写得很慢，有时一天只能写几百字，有时因伤心引起头痛不得不停下去躺在床上，以至于有时我都怀疑我的身体能否允许我写完这部书。还好，写了几年，断断续续总算写完了。

我过去写的小说，都是写的别人的生活，人物的内心还需要去揣摩，故事还需要去虚构，喜怒哀乐还可以去控制；现在写自己的生活，真实的浸透着泪水的东西就放在那里，我需要做的就是把它变成文字，但把真实的生活变成文字与用文字去表现别人的生活是两回事，这次写作给我的煎熬超过了以往任何一次写作。

（二）

儿子虽然走了，但在我的意识里，在我的梦中，他还在家里，还在我的身边，我们还能交流，他还能听懂我的话。同时，我也希望他能听到我的忏悔。还有，我相信人不只有肉体，还有灵魂，肉体不得不走，灵魂却能留下。人若只有肉体，世上就不会有那么多的痛苦了。就是因此，我写作时选择了这种对话方式，这是我唯一愿意采用的方式，就像儿子在世时我们父子聊天一样。我们的谈话漫无边际，一会儿说这儿，一会儿说那儿，我相信我说的话他都能听到。他肯定听到了！

（三）

这部作品中，在述说真实生活的同时，我还想象和虚构了一些东西，特别是小说后半部中关于天国的部分。这是为了安慰儿子的灵魂也为了安慰自己，是为了让我和儿子得到解脱。在我想象和虚构的过程中，我渐渐相信了自己想象和虚构的东西，我觉得它们是可能存在的。想一想，如果真有一个天国享域那该多好！为何不能给天下将死的人们创造一个使他们的灵魂得到安慰的世界？让我们相信这个世界存在吧，这会让我们不再以死为苦，不再被死亡压倒。我不是在宣扬任何宗教，我只是想让人们在死亡面前减少压力和苦感。死亡是现世人间最令人感到惧怕和痛苦的事情，所有减轻这种痛苦的努力都应该是允许的。

（四）

完全走出来眼下还不可能。我还需借助时间的帮助。我现在只能这样安慰自己：儿子提前离开是上天的安排，我应该接受这种安排；死亡是每个人都必须经历的事情，他只是提前经历了；我只需走完自己的人生旅程，便可以去和儿子见面；生命的长度不是人自己可以决定的，我们不要抱怨……

伤心之境是一片遮天蔽日的原始森林，身在其中的人，需要在里面转很多圈才能摸到走出来的路径，让我慢慢摸索吧，我会找到路的。

（五）

认识。在我所在的这个大单位，就有独生女儿因病去世的一家。但我和对方没有联系，因为见面不可能不聊起孩子，聊起来就会伤心难受，还是不见为好。就在今天下午，我刚刚知道我在鲁迅文学院学习时的一位同学，他的独生儿子在执行公务时遇车祸牺牲，我不敢和他通电话，我怕我会哽咽得说不出话，我只给他发去了安慰的短信。在我儿子长眠的那片墓地里，就埋葬着不少去世的独生子女，有的是因为疾病，有的是因为车祸，有的是自杀。在清明节祭祀的时候，我会碰到那些失独的父母，大家彼此点头致意，不敢深谈，都怕引起对方伤心流泪。我和妻子在一些节假日去墓地看望儿子的时候，妻子总会把带去的祭品分一些给那些去世的孩子，摆到他们的墓前。

我从报纸上知道，全国现在有一百多万个失独家庭，而且每年还增加约七万六千家。这真是一个庞大的数字。独生子女政策是国家不得已时采取的一项控制人口政策，是一代人不得不做出的牺牲。我有时想，如果从 20 世纪 50 年代就号召一对夫妇生育两个孩子，那就好了，那后来就没必要强制实行独生子女政策了，也就少有今天的失独家庭问题。国家决策对普通人的生活影响太大了。

（六）

这是个政府应该考虑的问题。各地都应该建些养老院，专门接收这些失独的老人，让他们在其中互相安慰取暖度过余年。这些老人和有子女的老人若生活在同一个养老院，当然也可以，但当他们看到别人经常有子女来看望，精神上免不了会受刺激，可能会产生很大的失落感。

失独者也可以在精力尚好的时候，亲自去一些养老院看看做番考察，最后选定一家如意的，谈好入院的时间，或者预先把钱交上，做好准备。

现在我们国家的养老，基本上还是以家庭养老为主，正规的养老院很少，而且有的养老院管理也不好，使入院老人受到不好的对待。这个问题应该尽快解决。人生的两头都需要他人照顾，幼儿园和养老院一样重要。我们要向其他国家学习，把养老当作惠民爱民的一件大事办好！人人都有老的一天，把养老的事情办好，会让人们无后顾之忧地生活，是最大的人道主义。

（七）

　　把命运给我们的这份痛苦咬牙咽下去吧，不咽下去就会被痛苦压倒。孩子们在天国看着我们，他们希望我们坚强地活下去。每个人都该走完自己的人生，走下去吧，看看上天在我们的人生路上还放了些什么东西。尽量想办法安排好自己的余年生活，努力去找一点可让自己心情放松的事情做。让我们努力去相信这样一个说法：分发痛苦的那个神很公平，他可能不再给我们批发别的痛苦了。

为了人类日臻完美

人们从事文学创作的最初动机可能多种多样并和世俗生活紧密相连，或为钱或为名或为权或为了获得异性的青睐；但只要他们一直沿着创作之路走下去，就会发现这条路的后半段上到处都写满了提醒行路者的文字：请你为了人类的日臻完美。

全世界所有的真正可称为作家的人，不管他居住于哪个国家属于哪个民族，不管他用何种语言何种方法创作，他们最后都会

在那面写有"为了人类日臻完美"字样的旗帜下站立和会聚。

作家作为人类中的成员，又以人为描写表现的对象，他们理应关心人类的发展。迄今为止，世界上流传下来的文学名著，只要仔细分析就可以发现，它们都有益于人类向完美处发展。列夫·托尔斯泰的长篇小说《战争与和平》，让人们对战争这个怪物的狰狞、可怕之处有了极为详尽的了解，使人们懂得了理智地处理民族与国家间的争端以及抑制我们内心的一些欲望对于人类的和平发展有着何种重要的作用。它使所有看过它的人都对和平产生一种真挚的热爱之情，这样的书当然于人类的发展有益。莫泊桑的长篇小说《俊友》，把一个无赖和野心家塑造得栩栩如生，使我们对人性中的黑暗部分有了窥视的机会。这对于我们将来消

灭这个黑暗部分提供了帮助，自然也有益于人类向完美处转变。劳伦斯的长篇小说《儿子与情人》把母爱写得独到深刻，让我们瞥见了母爱深处的景观，使我们了解了即使是最美好的人类情感有时也会带来负性后果。这对我们人类学会控制情感从而去谋取到更多的幸福当然有益。无数的前辈作家已为我们树立了关心人类发展的榜样，我们后来者理应跟上。

人类的发展其实就是一个不断完美自己不断抛弃蒙昧和野蛮的过程。

众所周知，我们人类幼年时曾有过十分野蛮的行为。人类学、历史学和考古学的专家们发现，我们人类在一段时间里曾经自相残食。北京猿人头盖骨上的击打痕迹起初曾让研究者们百思不得其解，后来才明白那是人类自相残食的证据。当年的北京猿人们在寒冬季节吃食匮乏的时候，就用打磨过的石器将老弱病残者打死从而去吃他们的肉。这种自相残食的现象在辽宁锦西沙锅屯洞穴遗址和广西桂林甑皮岩新石器时代早期洞穴中也有发现。此种现象同样存在于世界人类发展史。达尔文在他的一部著作中详细记述过南美洲火地岛居民冬天吃食老年妇女的情景。恩格斯指出柏林人的祖先韦累塔比人也曾有过一个时期吃食他们年老的父母。新几内亚原始部落有一种库鲁病，也叫笑病，就是吃人脑子的习俗引起的传染病，发现这一病因的病理学家卡尔登·戈杜塞克还因此而获了诺贝尔医学奖。随着生产力的发展，随着文明程度的提高，人类的这些野蛮行为已经变成了遥远的过去，我们今天的人即使说起这些都觉得有些脸红、有些心惊、有些不可思议。人类就是在不断与这些可怕行为挥手作别的过程中变得可爱和完美起来。今天，不要说吃人，就是打人也被视为一种犯罪行为，也会被送上法庭受到惩治。两相比较，你不觉得今天的人已挺完美可爱？

自然，这种完美可爱只是与尘封的历史相比较而言，其实，今天的人类离真正的完美依然还有很大的距离。谁都知道，在今天的人类生活中，战争这个怪物照旧还存在。就在笔者撰写本文的时候，前南斯拉夫的波黑地区以及卢旺达国内和南北也门之间，枪炮声正把大地上的安宁摧毁得一干二净，无数的老人孩子和正值芳龄的姑娘小伙被子弹和弹片轻而易举地夺去了只有一次的生命。据说，人类自有史以来已经进行了约一万四千五百二十次战争，多少个充满弹性和灵性的活生生的肉体在这些战争中化作了一堆堆枯骨。正是战争在人类通往完美的大道上设下了第一道障碍。除战争之外，杀人、抢劫、欺诈、拐卖妇女儿童等丑恶现象都还存在。明明是同类，却偏偏要用假话、假货、假币、假合同去欺瞒、欺骗对方；明明知道别人失去妻子儿女后何等痛苦，却偏偏要拐卖了人家的妻子儿女；明明清楚别人挣个钱也不容易，也要持家吃饭，却偏偏要撬门破窗去偷窃他人的东西。这些现象存在，人类还说得上完美？还有就是人与人之间的冷漠。眼睁睁看着别人溺了水在拼命挣扎，他竟可以扭头轻松地走开；明明听见受伤的人在路边呻吟呼救，他竟会掉过脸去置之不理；明明知道有人食不果腹正在挨饿，他却只管一掷千金大吃大嚼。你说这样的人类能算完美？再就是人与人之间的明争暗斗。你做出了成就，我想办法对你进行诋毁；你登上了一级台阶，我想办法让你滚下来；你这几天笑得快活，我想办法让你哭出眼泪。有这些丑恶事情不断发生，焉能说人类已经十分完美？

面对人类今天的不完美现状，作为作家，有责任用手中的笔去促进真正的完美早日实现。作家该用自己的笔对人类的完美状态做出自己的描述，指出什么是完美的人，什么是完美的人类社会，什么是完美的人类生存状态，从而去吸引人们向那个完美的境界迈进。陶渊明的《桃花源诗并序》里写的桃花源虽然并不存在，但桃花源里人们的生存状态千百年来一直吸引着人，这说明人们多么需要这种描述。作家也该善于发现人类生活中向完美方面发展的倾向，并用自己的笔去给以鼓励。生活中许多人不顾巨大的痛苦以惊人的毅力为他人创造着幸福的享受，这种现象被罗曼·罗兰发现后，写出了《约翰·克利斯朵夫》，从而褒扬和鼓舞了许多为他人创造幸福的人。作家更该对人类生活中向邪恶和野蛮倒退的倾向给以谴责和抨击。当足可以毁灭地球的核战争的细芽在土下开始萌动时，女作家玛格丽特·杜拉斯用她的剧作《广岛之恋》，对人类提出了自己的劝诫和警告。作家还该对人类精神领域里尚未认识的部分进行表现和把握，从而促进人们在精神上向完美处转变。人类对自己一部分成员中感情上的低能现象并未有清醒的认识，加缪用他的小说《局外人》把这种低能现象淋漓尽致地展现在人们面前，从而使人们意识到克服这种现象的必要和紧迫。

在人类向真正的完美状态迈进的过程中，作家们有许多事情可以做，重要的是意识到这份任务并且不偷懒不懈怠。每个作家，当他在自己的书桌前坐下并伸手拿笔向纸上写时，该忆起他所走的路上那一行行提醒他的文字：为了人类的日臻完美。

尽头不是孤峰

常胡思乱想。

有时就琢磨：小说家的人生尽头是什么？

是一座高峰！我最初听人这样说，写小说就是攀那座高峰，看谁攀得最高。

我于是有些心惊，想：要是小说家们都比赛着去爬那座孤峰，人这么多，恐怕你挤我我踩你的现象就难免发生。有的人为了自己爬得快，少一点竞争对手，可能会顺手从山上折些木棍，照别人的脚踝上砸一家伙；有的人为了防止别人赶上自己，就可能从上边扔下一块石头；有些人对那些实力较强的对手，会悄悄摸到他身旁，猛地把他推入深谷！

难道写小说也需要做你死我活的搏斗准备？

我开始慌：以自己这副瘦弱身躯，行吗？

后来去读文学史，去读古今中外名家们的作品，读完后又生了疑惑：像曹雪芹、罗贯中、施耐庵他们，像鲁迅、茅盾、沈从文他们，像巴尔扎克、司汤达、狄更斯、托尔斯泰、海明威他们，像福克纳、卡夫卡、乔伊斯、劳伦斯他们，是都走完了人生之路、走到了创作终点的，他们是同站在一座山上吗？如果是站在同一座山上，那么各自的位置怎么区分？谁站在最高的峰巅上？谁站在次低一点的位置上？谁比谁高出几米？谁比谁低去几厘米？

谁说得清？

倘若是一座孤峰，那么不管它的山体多大，那上边也总有站满人的时候，再后来的小说作者往哪里爬？

我于是猜测：大约尽头不是一座孤峰，而是一片平地！

所有的小说家们走到尽头之后，都可以用自己的作品，在那里堆起一座山来，而后站在山顶。

这些山的海拔高度可能不同，但每个人都站在自己的峰巅。

倘若真是这样，尽头只是一片平地，每个小说家早晚都可以用自己的作品在那里堆成山峰，那我们就不必担心被别人暗算，就不需时刻对同伴保持警惕，就不必在写作之外再准备什么武器。我们只需鼓足力气写作品。你写你的，我写我的，你用你擅长的法子写，我照我熟悉的路子干。你不对我的作品嗤之以鼻：这是什么玩意儿？我不对你的作品横眉立目：那算什么小说？大家只是相互催促：干呀，不能偷懒！或是惊叹一句：小子的这一招挺绝！或是提醒一句：前方五米处有一口枯井！一旦我们不再一手拿笔一手拿棍，不再一手执盾一手握笔，我们就可以全力向前走，不停地写，不停地干，不停地去琢磨精彩的情节，去刻画有个性的人物，去抒写典型的心态，去制造迷人的氛围，去设计新颖的形式，从而使读者们不停地惊呼：此乃杰作！这是佳构！当然，我们也会有更多的时间去同妻子亲热，同情人幽会，不必再带着紧张和不安的心绪去生活。

待有朝一日我们都走到了人生和创作生涯的尽头，都站在自己堆起的山顶上，我们会惊喜地发现：哦，群峰蜿蜒相连，多么壮观！

自然，对有些太低的山头，历史会用大手把它抹平！

这一点，不用我们去操心！

我们只需要写作品！

自
在